KEITAI
SHOUSETSU
BUNKO
野いちご SINCE 2009

無敵の最強男子は、

お嬢だけを溺愛する。

JM020274

STARTS
スターツ出版株式会社

イラスト／そうだすい

5歳のときからずっと一緒にいる幼なじみ。

長い時間となりにいて、
知らないところなんてもうないと思っていたのに。

「あんまり隙_{すき}があると俺がお嬢を食いますよ」

隠_{かく}されていた、キケンな顔。

小鳥遊_{たかなし}　碧_{あおい}

×

鷹樹_{たかぎ}　茉白_{ましろ}

「お嬢はバカなうえにちょろいんで、
恋はまだ早いですよ」
「お嬢は俺なしじゃ生きていけないダメ人間ですね」

バカにしてくるくせに過保護なところも
笑顔も性格も変わらない。
……けど、きみのぜんぶはまだ知らないから。

知らないところがひとつもないくらい、
きみのぜんぶをおしえてよ。

無敵の最強男子は、お嬢だけを溺愛する。

登場人物

鷹樹 茉白
（たかぎ ましろ）

素直で鈍感な高1女子。5歳の時から、ずっと碧のことが好き。とある理由から、悪い大人達に命を狙われている。

小鳥遊 碧
（たかなし あおい）

"一族潰しの小鳥遊"と呼ばれる無敵男子で、茉白のボディガード。基本人当たりは良いけれど、茉白には特別甘くて過保護。

猿渡 健一郎
(さわたり けんいちろう)

茉白のクラスメイト。隣の席になったことがきっかけで、茉白を気に入って話しかけてくるように。

鈴宮 凛
(すずみや りん)

茉白の友達で、健一郎の幼なじみ。明るく元気な性格で、茉白の恋を応援している。

中条 翔琉
(なかじょう かける)

茉白の父が経営する会社の社員。茉白たちの10歳年上で、お兄さん的存在。茉白と碧の良き理解者。

contents

第1章

ましろとあおい

　十数年前まで、わたしの家は普通ではなかったらしい。

　鷹樹組組長、その人がわたしのひいおじいちゃん。

　鷹樹組は地元でかなり有名な組織で、たくさんの人たちから恐れられていたみたい、だけど……。

　ある日突然、鷹樹組はなくなった。

　ひいおじいちゃんや鷹樹組の組員たちは、組織を解体したのだ。それからひいおじいちゃんは何をしたのかというと……なんと、かつての仲間たちと会社を興した。そして、それは見事に成功して。

　現在、その会社の３代目社長を務めているのがわたしのお父さん、鷹樹和彦。

　その娘のわたし──鷹樹茉白は、お父さんの会社の社員たちから「お嬢」と呼ばれて育ってきた。

　わたしが親族唯一の女の子であることからそう呼ばれているだけ。

　ものごころがつく前からわたしのまわりには大人ばかりいたのだが、ある日わたしは彼と出会う。

　５歳の頃──。

　お母さんは体が弱く、病院に長期間入院していて、ひとりで遊ぶことが多くなったわたし。

　この日も、ひとりでお絵かきをして遊んでいた。

「茉白、こっちへおいで。新しいお友だちを連れてきたよ」

　お父さんに呼ばれて玄関へと行けば、そこにいたのは。

　スーツを着た、同じくらいの背丈の男の子。

　きれいな黒髪に、切れ長の目。

　小さな体なのにスーツが似合っていて、すごくキラキラして見えて。

　……一瞬で、恋に落ちた。

　これがわたしのはじめての恋。

　この日のことをわたしはずっと忘れない。

「彼は洋二の息子、小鳥遊碧くん。茉白と同じ5歳だよ。今日からここで暮らすから、仲良くしてあげてね」

　お父さんがそう言うと、隣の男の子──碧くんは「よろしくおねがいします」と頭を下げた。

　洋二さんとは、お父さんの会社の副社長を務めている人。

　その洋二さんから、息子がいるけど家と会社の距離があるため離れて暮らしている、と前に聞いていたわたし。

　碧くん、今日からここで暮らすんだぁ。

　仲良くなれるといいな！

「たかぎましろです！　こちらこそよろしくおねがいします！」

　ドキドキしながらわたしもぺこりと頭を下げて、挨拶を返す。

「お父さんはこれからやることがあるから、さっそくふたりで仲良く遊んでおいで」

　お父さんのその言葉を聞いて、私はすぐに碧くんの手を

つかんだ。

「わたしの部屋に行こう！」

　早く仲良くなりたい。

　友だちがひとりもいなかったから強くそう思い、強引に碧くんの手を引っ張って、走って部屋へと連れて行く。

「ここがわたしの部屋だよ！　お絵かきでもして遊ぼう！」

　部屋に着いて襖を閉めて。

　彼と向き合った時に……。

「急になにしてくれてんじゃチビ。ぶっころすぞ」

　低い声が聞こえて、手を振り払われた。

「？」

　びっくりして瞬きを繰り返す。

　……なんだ、今の。

　碧くんが言った？　でも声がさっきとぜんぜんちがうような？

　きょろきょろとまわりを見るが、部屋にはわたしと彼のふたり。ほかには誰もいない。

　もしかして、気のせい？

「碧くん、お絵かきして──」

「だまれクソチビ、まじでぶっころすぞ」

　わたしの声は低い声に遮られた。

　数秒前に聞こえてきた低い声と全く同じ声。

　まさか、と思い碧くんに目を向ければ……。

　彼は、鋭い目つきでわたしを睨んでいた。

　今の低い声は、碧くんの声だったんだ。

　な、なんか……さっきとぜんぜん声も態度もちがうような？　おとなしそうな子だと思ったのに。

　睨まれるのは少し怖いけれど、それより気になることは。

「……碧くん？」

「だまれって言ってんだろ」

「くそってなぁに？　ぶっころすって？」

　わたしは、その言葉の意味を知らない。

　だから気になって聞いてみた。

「おまえ、同い年のくせに頭悪すぎだろ。俺はバカとは仲良くしたくねぇ」

　はぁ、とため息をつく碧くん。

　いろんな言葉を知っていて大人だ。

　……わたしのことをバカにしてるみたいだけど。

「ちゃんとべんきょーするもんっ！　碧くんはこれ読んでて！」

　本棚から絵本を数冊取りだし碧くんに渡して、わたしはこのあいだ買ってもらったばかりのひらがなのワークを開く。

　わたしが勉強をして頭がよくなれば、碧くんが遊び相手になってくれると思ったから。

　せっかくふたりでいるのに、やっていることは別々のこと。

　碧くんがうちで暮らすようになって１週間。

　洋二さん――碧くんのお父さんは、夕食を食べ終わった

あとに、

「碧、お嬢とは仲良くなれたか？」

　と聞いた。

　その言葉にドキリとする。

　仲良くなんてなれていないから。

　どんな悪口を言われるのかと思えば、彼は。

「うん。今日はお嬢とふたりでお絵かきして遊んだ」

　まさかの即答。

　……うそだ。

　わたし、碧くんに "お嬢" なんて呼ばれたことないし、ふたりでお絵かきして遊んでもいない。

　今日もはじめて会った時と同じように、わたしはひらがなのワークをやって、碧くんは絵本を読んでたまにお昼寝。

　同じ部屋にはいたけど、ちがうことをしていたわたしたち。

「碧く──」

「楽しかったですよね、お嬢」

　わたしの声は遮られ、碧くんはこちらに視線を向ける。

　こっちを見た碧くんは、鋭い目つき。

　その目に睨まれるから思わず、「たのしかった」とうなずく。

「おやじ、お嬢とまたお絵かきする約束してるから行ってくる」

　碧くんは洋二さんにそう言うと、わたしの手をひいて。部屋を出て、わたしの部屋へ。

「おまえ、余計なこと言ったらぶっころすからな」

　低い声でひとことだけ言うと、すぐに部屋を出ていく碧くん。

　やっぱり、わたしの前でだけ性格がちがう。

　わたし、嫌われてる？

　なにかしちゃった？

　……考えてもわからない。

　そうだ、わからないなら聞いてみればいいんだ。『困ったことがあったらすぐに誰かに聞くのよ』ってお母さんが、前に言ってたし！

「碧くん！」

　襖を開けて部屋を飛び出すのと同時、ガタっ！　と大きな音が聞こえてきた。

　板敷き状の通路──縁側には、座り込む碧くんの姿。

「どうしたの？」

　なにかと思い彼の元へと駆け寄れば、彼の前には黒い大きめの蜘蛛がいた。

　碧くんは気のせいか、顔色を悪くして蜘蛛を見てる。

　この家は古くに建てられたと聞いたから、家の中でも虫を見かけることは少なくない。

　わたしはもう見慣れたけど、碧くんは慣れていないのかも。

　そっとその場にしゃがみこんで。

　蜘蛛を手に乗せて、外へと逃がしてあげる。

　碧くんはそんなわたしを見て、すごく驚いていた。

「……あれを素手でつかむとかすげぇオンナだな、おまえ」

「すごいの？」

「すげぇよ」

「ふつうのことだと思うんだけど……。碧くん、もしかして虫にがてなの？」

「…………」

　急に黙り込む彼。

　それは肯定だと判断。

　そっか、碧くんは虫が苦手なんだ。

　これは、新発見！

「碧くんのこともっとおしえて！　わたし、碧くんのことたくさん知りたい！」

　碧くんの前にしゃがみこんで、じっと見つめる。

　数秒間見つめあうと、彼はポケットの中をごそごそと漁って、「ん」と差し出した。

　彼が差し出したものは、小袋に入ったひとくちサイズのドーナツ。

「……これやるから、俺が虫苦手なのだれにも言うなよ」

「うん！　言わない！」

　わたしがそのドーナツを受け取ると、「ちょろいオンナ」と小さくつぶやいた彼。

「ちょろいってなぁに？」

　またまた知らない言葉を言われて首をかしげる。

　本当に碧くんはすごく頭がいい。

　彼はわたしのその質問に答えることはなく。立ち上がる

と、すたすたと歩いていってしまう。

「しかたねぇから、明日いっしょにお絵かきして遊んでや
るよ」

　と言葉を残して。

　嬉しかった。そう言ってもらえたことが。

　だから次の日は朝起きたらすぐに着替えて、顔を洗って、
お絵かきする準備。

　何時からお絵かきをするか決めていなかったから、碧く
んの部屋まで迎えに行った。

「碧くん、なにかいてるの？」

「秘密」

「みてもいい？」

「おわったら見せてやるよ」

「ほんと!?」

「ほんとほんと」

　碧くんの絵を楽しみにして、わたしは碧くんの絵をかい
た。

　それから、数十分後。

「できた」

　隣から声が聞こえてきて、わたしは顔を上げると。彼が
さっきまでかいていた紙を渡されて。

「でっかい蜘蛛を素手でさわるおまえの絵」

　かいた絵を見せて、そう言った。

　その説明通り、女の子が大きな蜘蛛を手に持った絵。

　それでも、すごく嬉しい。

　碧くんがはじめてわたしをかいてくれたから。

「碧くん！　この絵、もらってもいい!?」

「……まぁ、いいけど」

「やったぁ！　ありがとう！　お母さんが帰ってきたら見せるね！」

「……おまえの母親どこにいるんだよ？」

「お母さんは、いま病院にいるの！　だからすぐには見せてあげられないんだぁ」

「……へぇ」

　本当は早く見せたいし、碧くんのこともたくさん話したい。

「そういえば、碧くんのお母さんは？」

「……俺の母親、事故で死んだ。おやじは家と会社の距離があるからたまにしか帰ってこなかったけど、俺がひとりになったからおやじにこっちに連れてこられた」

　気になって聞いてみれば、まさかの。

　そんなことがあったなんて。

「碧くんの絵、天国にいる碧くんのお母さんにも見せてあげるね！」

　そう言えば、碧くんはそっぽを向く。

「あ！　でもそのまえに、お父さんに見せてくる！」

「……やめろよ、恥ずかしいから」

「じまんするの！」

　わたしは碧くんがかいてくれた絵を持って。

　自分の部屋を飛び出して、走ってお父さんの部屋へと向かう。

　すると、わたしの後を追ってくる碧くん。

　彼はものすごい速さでわたしに追いついて、手に持ったものを取ろうとした。

　縁側ではじまる攻防戦。

　必死に背伸びをして、手をまっすぐに上げて絵を取られないように頑張るけど、碧くんも同じくらいの背丈のため手が届きそう。

「社長に見せるのはだめだって」

「やだ！　じまんしたいの！」

「離せよチビ」

「これはもうわたしのだよ！　碧くんは部屋にもどってて！」

　取られないように必死になっていれば……突然、強い風が吹いた。

　指先で少し挟むように持っていた、1枚の紙。

　それは簡単に飛ばされてしまい……。

　ふわりふわりと風に乗って空高く飛んでいき、庭にある大きな木にひっかかる。

　……とりあえず池に入ったり、家の外まで飛ばされなくてよかった。

　わたしは靴も履かずにその木のところへと向かい、すぐに登った。

　木登りはわりと得意。

　前はよく登っていたんだけど、お父さんに危ないからと言われて禁止されてしまったっけ。

「危ねぇよ！　おりてこい！」

　碧くんが下からわたしを呼ぶ。

　だけどやめなかった。

　せっかくかいてくれた絵を絶対になくしたくなかったから。

　止まることなく登って、ひっかかってる絵に手を伸ばして。

　手が届き、無事につかむことに成功。

　よし、あとはおりるだけ。

　そう思って下を見た瞬間——。

　あまりの高さにびっくりして、足がすくんだ。

　そういえば、こんなに大きな木に登るのははじめて。

　おりるときは絵を持っておりなくちゃいけないから、片方の手を思うように使えない。

　おまけに風が強く吹いていて……木の上にいるのがすごく怖かった。

　涙が目にたまって、ぽたぽたとこぼれ落ちる。

「ど、どうしよう碧くん……。おりるの怖い……」

「今だれか呼んできてやるから待ってろ！」

「行かないでよ……。碧くんいなくなったらやだ……」

「そんなこと言ったってだれか呼んでこねぇと！　おまえ一生木の上にいることになるんだぞ!?」

「……いっしょう？」

　ずっとこのまま、というのも考えると怖い。

　わたし、もう木の上でしか生活できないのかな……。そんなのやだよ。

「でも碧くんがいなくなるのもやだ……。ひとりでここにいるの怖い……」

「すぐ帰ってくるって！」

「碧くん……」

「……じゃあ飛べよ！　ぜったい受け止めてやるから！」

　彼は下で手を広げてくれる。

「む、むりだよ、碧くんがつぶれちゃう」

「おまえそんなにデブなのかよ」

「……碧くん？」

「なんだよ」

「……でぶってなぁに？」

「今はそんなこといいから飛べ！」

「ほ、ほんとのほんとにだいじょうぶ？」

「大丈夫だって！」

　碧くんは何度も「飛べ！」と言って。

　わたしは、悩んだ末に彼の言うとおりに飛びおりることを決めた。

　その時に──。

「碧、どうしたんだい？　そんなところで──って、茉白!?」

　たまたま庭に出た、お父さんに見つかった。

　それからは家に来ていた社員の人たちにわたしは救助され……。

　そのあと、わたしと碧くんはそれはもうものすごく怒られた。

　でも、この日のことがあったから、碧くんとの距離が縮まった。

　毎日一緒に遊んでくれるようになったし、お話してくれて、少しずつ心を開いてくれるようにもなって。

　やがて、友だちになった。

　碧くんが家に来て1ヶ月が過ぎた頃。

　わたしのお母さんは……ある日突然亡くなった。

　ガンだったらしい。

　かなり進行していたが、それでも諦めずに治療して……帰らぬ人となってしまった。

　大好きだったお母さん。

　幼いながらにもう二度と会えないことを理解して、すごく泣いた。

　そんな時に、そばにいてくれたのは碧くん。

　ずっと泣いてばかりのわたしの隣にいてくれて、背中をさすったり、抱きしめてくれたり。夜も一緒にいて、隣で寝てくれた。

　そして、満月の夜に彼は誓う。

「これからは俺がずっと茉白のそばにいてやるから、もう泣くなよ」

　寝る前も、お母さんのことを思い出しては泣いてしまうわたしに彼は言った。

　はじめて"茉白"って名前で呼んでくれた日。

　いつもはわたしのことを"おまえ"って呼ぶのに。

「……ほんと？　碧くん、ずっとそばにいてくれる？　お母さんみたいにいなくならない？」

「いなくならねぇよ」

「ぜったいだよ？」

「あぁ」

　その誓いをして、わたしは安心して眠りについた。

　次の日から、碧くんが変わってしまうことなど知らずに。

「お嬢、おやつ持ってきました」

　わたしのことを"お嬢"と呼ぶようになり、ふたりきりの時でも敬語を使うようになった彼。

　すごくびっくりした。

「……碧くん？」

「俺のことは"碧"って呼んでください、お嬢」

「……わかった、碧ってよぶ。だから、わたしのことは"ましろ"ってよんで？」

「それはできません」

「な、なんで？」

「お嬢のそばにずっといるって誓ったからです」

「……よくわからないよ。なんで誓いをしたら、なまえでよんでくれないの？」

「お嬢はバカなんでなにもわからなくていいですよ」

「バカじゃないもんっ！」

　そのあとも何度も「ふつうにしゃべって」「なまえでよんで」と言ったが、聞いてもらえず。

　碧くん──碧がそばにいてくれるんだったらそれでもいいや、って諦めた。

　"お嬢" と呼ばれても、敬語を使われても、碧の性格が大きく変わったわけじゃない。

　バカにしてくるところだって変わらない。

　だから、気にしないようにして過ごすことにした。

　まぁ、そうしていたら、彼はいつの間にかいろんなことをやっていたわけだけど。

　小学生になった頃に碧は、柔道、剣道、合気道、空手、たくさんの武道を習っていた。

　……学校にあまり行かずに。

　碧に「学校行こうよ」と言っても聞いてもらえず。

　彼は武道場に、わたしは学校に通う日々。

　わたしには友だちもできて、楽しく過ごしていたけど……その日々はあっという間に終わる。

「ましろちゃんとはなかよくしちゃダメだって」

「わたしも、お母さんがそう言ってたから……」

　まわりは、わたしの家が普通じゃないと誤解（ごかい）するようになったんだ。

　いつもわたしの近くにいる大人たちは元ヤクザの家系が多く、強面（こわもて）な人たちばかり。

　登下校は黒塗（くろぬ）りの車、授業参観にはあまり普通に見えな

い人が来ていたんだから、そう誤解されてもおかしくない。

　やがて友だちはいなくなり、学校ではひとりぼっちになったわたし。

　それでも……ひとりでも、学校に通った。

　碧が武道を頑張っているなら、わたしもなにか頑張りたいと思ったから。

　6年間、勉強をしっかりやって、中学校に進学。

　義務教育だから、もちろん碧も中学生に。

　地元の中学校に通うことになっていたからまた友だちはできなかったけど、中学からは碧が学校に通いだして。

　わたしは、学校でひとりぼっちじゃなくなった。

　やっぱり碧がいれば寂しくなくて、穏やかな学校生活を送れていた……けれど。

　碧は今度は夜中、外出するようになった。

　そんなある日。
「碧さん、うちの邪魔ばっかしてた暴走族をひとりで潰したんだってさ！」
「あの若さですげぇな！　さすが碧さん！」
「将来有望だな～」
「強いだけじゃなく碧さんは仕事の飲み込みも早いから社長も頼りにしてるみたいだし、次期社長になるのも夢じゃないって！」

　お父さんと会社の社員たちは仲が良く、誰かしら毎日のように家に来ていたのだが、その時たまたま聞いた会話。

　その話をしていた社員たちに話を聞いてみたら、いろいろなことを知った。

　うちはトントン拍子に事業がうまくいったから、昔からそれをねたんでいる人が多くいること。元ヤクザだから、その関係もあり狙われることも余計にあるんだとか。

　そして、碧がいつの間にかお父さんの会社の手伝いをしていることも知る。無理やり手伝わされたのではなく、彼は自分からやりたいと言ったのだと……。

　わたしはすぐに碧の部屋へと向かった。

　でも、碧はいなくて。

　お父さんの会社へと連れて行ってもらうと目に入ったのは——。

　仕事を手伝っている、碧の姿。

　本当にここにいるから、びっくりしすぎて声が出なかった。

　いつからここで手伝っていたのか。

　なんでわたしになにも言わなかったのか。

「お嬢、覗きに来たんですか?」

　彼は特に慌てる様子もなく、普通に声をかけてくる。

「ち、ちがう! な、なんでここに……」

「あぁ、別に隠してたわけじゃないですよ。ただ言う必要もないかーって思ったから言わなかっただけで」

「言ってよ!」

「そんなに知りたいですか? 俺のこと」

「知りたいに決まってるじゃん、バカ！」

　ムカついたから、近くにあったクッションを投げて走って逃げた。

　ムカついたのは、自分のことはなにも言わない碧と、近くにいたのに気づかなかったわたし自身。

　そんなことがあった日からは、碧はわたしに自分のことを少しだけど言うようになった。

　ぜんぶ、事後報告だけど。

「お嬢、ピアス開けました」

　そう言って見せられた彼の耳には、シルバーのリングピアス。

　ピアスでは驚かなかったけど、中学校では耳に穴を開けるのは校則違反だったから、すごく先生たちに怒られていたっけ。

　そして、かなりびっくりしたのは中学3年生になったばかりの春頃。

「俺、道場の師範代（しはんだい）になりました」

　学校帰りに突然、思い出したようにさらっと言われた。

　15歳という若さで、師範代にまで上り詰めるなんてすごすぎる。

　碧は……事業がうまくいったうちを昔からねたんでいるその人たちを、撃退（げきたい）するためにここまで武術を身につけたの？

　そんなに、将来はお父さんの会社で働きたいの？

　うちの会社はたまに揉め事があって怪我をして帰ってくる人もいるし、時には危険な目にあうから……お父さんの会社に碧まで入らないでほしいというのがわたしの本音。

　これから先、もしかしたらもっと危険な目にあうこともあるだろうから。

　碧が危険な目にあうのはいやだし、心配で心臓が壊れそう。

　……わたしは、こんなことを心配しない普通の人を好きになりたかった。

　そう何度も思っても、気持ちは簡単には消せない。

　はじめて会った時から、わたしはずっと碧が好きなまま。

　わたしがどこかへ出かける時は碧が必ずついてきて、離れようとしても離れられない。

　県外の高校をこっそり受験しようとすれば、すぐにバレて。

「ボディーガードの俺を置いて、ほかのところに行こうとしないでください」

　碧も必死に勉強して、同じ高校を受験。

　好きな気持ちは消えるどころか、大きくなるばかり。

　これから危険な目にあうかもしれない人に恋していても、ろくなことがないとわかっているのに……。

　わたしは今日も、碧が好き。

入学式の日

「なにその髪色！」

　朝から大きな声を出してしまったわたし。

　わたしの目の前には、金髪の碧。

　碧がなかなか朝食を食べに居間に来ないから、寝てるのかと思い部屋に起こしに行けばコレ。

　昨日まで碧は黒髪だったのに、いったいなにがあったんだ。

「なんか、起きたらこうなってました。それより……お嬢、セーラー服も似合いますね。とっても可愛いです」

　眠そうに目をこすって答える彼。

　ちなみに、今日は高校の入学式。高校は髪を染めるのを校則で禁止されている。

　高校では悪目立ちしたくないから、『絶対染めないでね』って前もって碧に言っておいたのに……。

「寝て起きたらそんな金髪になるわけないじゃん！　なんで急に金髪にしたの!?」

「だから、起きたらなぜか金髪に──」

「ほんとのこと言って！」

「やっぱりボディーガードとしてお嬢を守るためには金髪で派手にキメて、強いやつをぶん殴り学校のてっぺんを取るべきだと思いまして」

　……意味がわからない。

　っていうかなんだ、この間から。いったいいつから碧は
わたしのボディーガードになったのか。

　まぁ、今はそんなことよりも気にするのは、この髪色の
こと。

「今すぐ黒髪にしないと！　髪色戻しはある!?」

「ないです。だからこれで学校に行きます」

「だめ！　わたし今からコンビニで髪色戻し買ってくるか
ら、碧は制服に着替えてて！」

　家からコンビニまで、走ればだいたい15分。

　時間に余裕を持って学校に行きたくて早起きしたから、
まだ時間はある。

　すぐに部屋を出ようとした、その時に。

　パシッと手首をつかまれて、引き止められた。

「な、なにす——」

「朝から騒がしくして、どうした？」

　後ろを向いて声を出した瞬間、わたしの声はある人物に
よって遮られる。

　声のしたほうへと目を向ければ、部屋の中を覗いていた
銀髪の男性——お父さんの会社の社員である、中条 翔琉
さん。

　翔琉さんは10歳年上で、わたしと碧が小さい頃からよ
く面倒を見てくれている頼れるお兄さん的存在。家事も昔
からやってくれていて、美味しいご飯をいつも作ってくれ
るお世話係でもある。

「翔琉さん！　碧が急に金髪にしてて！　高校では悪目立

ちしたくないのにどうしよう……！」

　必死にそう言えば、翔琉さんは。

「俺の部屋に髪色戻しあるんで、それ使ってください。今持ってきますね」

　まさかの。

　救世主……！

　翔琉さんは走って髪色戻しを持ってきてくれて。

　わたしはそれを受け取り、碧の手を引っ張ってお風呂場へ。

「早く脱いで！　髪黒くするの！」

「お嬢、大胆ですね」

「碧のバカ！」

　彼は変なことを言うけれど、わたしは負けずに彼の服を脱がせて髪を黒に戻させた。

　ここまでするのは、高校では絶対に友だちをつくりたいから。

　小学校、中学校と家がヤクザだと勘違いされたせいで友だちができなかったけど……高校は、遠くの学校を選んだからわたしたちのことをだれも知らない。

　高校は友だちをつくるチャンスなんだ。

　碧とは学校で話さないなんて絶対無理だろうし、碧が悪目立ちすればわたしまで悪目立ちしてしまうこと間違いなし。

　やばい人とはだれも関わりたくないと思うし、まわりからまた避けられるのは絶対にいやだ。

どうか、いい高校生活が送れますように……。

心の中で強く願った。

目立ちたくないから、家から学校までは電車と歩き。

電車は乗り継ぎなしで1本で行けて、通学時間は1時間半。

自分で選んだ学校だけど、結構辛い。

1番辛いのは、この満員電車……！

人がこれでもかというほど乗っていて、とにかく狭い、暑い、苦しい。

それから、隣のおじさんが喫煙者なのか、すっごくタバコくさい。

きっと電車に乗る前にタバコ吸ったんだろうな……。

家にも喫煙者はいるし、タバコの匂いには慣れているつもりだけど、この匂いが好きというわけではないからくさいものはくさい。

たまに息をとめたりして電車に揺られていたら、急にぐいっと腕をつかまれて。

強く引っ張られた。

わたしは電車のドアに背中をつけるかたちに誘導され、顔の横には大きな手がトンっとつく。

「お嬢はここにいてください」

至近距離で聞こえる碧の声。

わたしをここに移動させたのは彼だ。

今はタバコの匂いではなく、ほんのり甘い香りがする。

碧のいい匂い。

　……気を使ってくれたのかな。

「ありがと」

　ちらりと彼を見上げれば、距離が近くて心臓がドキドキと鳴る。

　切れ長の目に、すっと通った鼻筋、きれいな黒髪。

　やっぱり、碧には黒髪がよく似合う。朝の金髪は本当にびっくりしたよ。

　っていうか、碧、また背が伸びたような……。

　初めて会った時はわたしと同じくらいの背丈だったのに、どんどん抜かされていく。

　今はいったい何センチ差なんだろう。

　まだまだ成長期だろうから、伸びるんだろうなぁ。

　そんなことを考えていれば、ガタン！　と急に大きく揺れる電車。

　わたしはぼふっと碧の胸に顔を埋めるかたちでぶつかってしまった。

「ご、ごめん」

　慌てて距離をとろうとすれば、横髪が引っ張られて。離れられない。

　何かと思い見てみれば……彼の学ランのボタンにわたしの髪が絡まってしまっていた。

　な、なんと！

「ごめん、髪結んでくればよかった……」

　わたしの髪は胸元まである。

　満員電車なら邪魔になる可能性もあるし、結んでくれば
よかったと後悔。

「大丈夫ですよ。今ほどきますんでお嬢は動かないでくだ
さい」

　碧はそう言うとボタンに絡まった髪をほどいていく。

　髪に触れる優しい手。

　距離が近くて、ずっと顔を見ていられない。

　朝から心臓のドキドキが加速して、この音が碧に聞こえ
てしまうんじゃないかと不安になる。

　聞こえませんように、とひたすら祈るばかり。

「お嬢の髪はいつでもサラサラですね」

　ボタンと絡まった髪はすぐにほどけ、ぽんっとわたしの
頭の上に大きな手が乗せられた。

「それと俺、思ったんですけど……。お嬢、なんかまたチ
ビになりました？」

　次に耳に届いた声。

　これは絶対、バカにしてる。

　チビ、なんて。しかも"また"ってつけたよ、"また"っ
て。

「碧が大きくなっただけじゃん」

　ムカついて頬を膨らませる。

　そうすると、膨らませた頬に手が移動してムニっと触れ
た。

「餅みたいなほっぺですね」

　それが、碧がわたしの頬に触った感想。

　失礼な。

　餅みたいって、それってつまり頬にお肉がたくさんつい
ててお餅みたいに柔らかいってことだよね？

「碧のバカ」

　そう言ったあとに、電車がとまってとある駅に到着。

　学校の最寄り駅まではまだあと５駅。

「うしろのドアが開くみたいです」

　碧はわたしの手をつかんで、なるべく端の方に移動、し
たけれど。

　ドアが開けば、車内に乗っていたたくさんの人が一気に
おりていく。

　ドア付近にいるわたしたちは邪魔になってしまって、人
の波に流され……。

　碧とわたしは電車をおりてしまった。

　急いで電車に乗りなおそうとしたが、その電車にはたく
さん人が乗っていって。

　わたしたちが乗る余裕はなさそうで、電車を見送った。

　……まさか、登校するのがこんなに大変だとは。

　電車には今まで数回乗ったことがあるけれど、朝はこん
なに人が多いなんて知らなかった。

　これが噂の通勤ラッシュ！

　……恐ろしい。

　人はものすごくたくさんいるし、駅は広いし……人酔い
しそうだ。

「お嬢、顔色悪いですよ。どこかに移動して休みます？」

　顔を覗き込んでくる彼。

　大丈夫、と返したいところだけどあまり大丈夫ではない
かも。

　友だちをつくりたくて、学校に早めに到着するように計
算して家を出たから、きっとまだ時間に余裕はあるはず。

　少しだけなら休んでもいいよね？

「少しだけ休みたい」

　こくんと頷けば、わたしの手をとってゆっくり歩き出す
彼。

　階段を上って駅のホームを離れ、できるだけ人の少ない
ほうへ向かうと、わたしを椅子へと座らせてくれた。

「俺、コンビニか自販機見つけて飲み物買ってきますね。
すぐ戻ってくるのでお嬢はここにいてください」

　それだけ言うと、碧はすぐに走っていく。

　足の速さ風の如し。

　昔から碧はかけっこで1番だったっけ。

　彼の後ろ姿をぼんやりと見送った後に、思ったことがひ
とつ。

　こんなに広い駅で迷子にならないだろうか、と。

　わたしは迷う自信しかない。

　ここははじめて来た駅だから。

　碧はどうなんだろう。

　来たことあるのかな……。

　もし、碧もはじめて来た駅だったら、迷子になる可能性
が高いんじゃ？

　碧となかなか合流できなかったら入学式に遅刻してしまうかもしれない。

　入学式から遅刻してくるなんて、絶対やばいやつだと思われるよね!?

　絶対、初日から遅刻したくない！

　わたしはすぐに立ち上がって、彼を追う。

　まだ後ろ姿は見える。

　……でも、碧の足が速すぎて追いつかない。

　なんという速さ。

　そしてわたしは運動音痴だからなんという遅さ。

「碧……！」

　駅の中だからあまり大きな声では呼べないが、できる限りの声を出しても気づいてもらえない。

　距離はひろがっていく一方。

　気づいて、と心の中で願っていれば、急にガシッと腕をつかまれて引きとめられた。

「お嬢ちゃん、ちょっといいかな」

　声をかけてきたのは、メガネをかけたスーツ姿の若い男性。

「すみません、今急いでいるので……」

　早くしないと碧を見失ってしまう。

　ぺこりと頭を下げて行こうとするが、腕を離してもらえず。

「大人しくついて来たほうがいいよ」

　男性はにこりと笑いながら、下のほうでナイフをちらつ

かせた。

わたしは、この人が危ない人だと瞬時に理解。

「行こうか」

なにも言わないわたしを見て、男性は腕を引っ張って早足で歩く。

……どうしよう。

逃げようとすれば刺されるかもしれないし、こんなところで騒ぎにしたくもない。

そのまま早足で歩いて、改札を出て。

駅の外へと連れ出される。

駅を出てもやっぱり人はたくさん。

はじめて見る大きな建物、街に流れてる音楽、ここは別世界かのように思えた。

焦る心。

この状況をどうにかしたいけれど、なにもいい方法が考えつかない。

ほんとにどうしよう。

わたし、このまま連れていかれたら……殺されちゃうのかな。

そんなことを考えれば怖くなる。

わたしの腕をひっぱる男性は、片手でスマホを操作して電話。

なにを話しているのかはよく聞き取れない。

……ひょっとして、今が逃げるチャンスなんじゃ？

電話で油断してそうだし、この人の足でも思いっきり

蹴ってダメージを与えれば、すぐには追ってこられないは
ず。

　いや、でも……。

　もしそんなことをする前に気づかれたら……。

　いろいろと考えているうちに、ひとけのない細い道に
入って。

「まじで連れてきた」

「ちゃんとホンモノかよ」

　スーツを着た男性ふたりと合流する、最悪の事態に。

　金髪の男性に、坊主頭の男性。

　どちらもやばい気配しかしない。

　金髪の男性に近い距離でじろじろと見られて、下を向け
ばぐいっと顎を持ち上げられる。

「確かに、あの鷹樹組組長のひ孫、鷹樹茉白だな」

　よく顔を見られたあと、そうひと言。

「写真よりホンモノはやっぱ可愛いな。タイプだわ」

　あはは、と笑う坊主頭の男性。

「ロリコン発言はやめろよなぁ。それよりもう行こうぜ。
弱みを握ったから、これでたっぷり復讐できるんだし」

「いや、待てよ。これで今の会社潰せるのは確実なんだから、
ちょっとくらいゆっくりしようぜ」

　会話を聞くに、この人たちはわたしが元鷹樹組組長のひ
孫だと知っているみたいだ。

　こうして連れてこられたのは、この人たちが元鷹樹組に
恨みがあり、お父さんの会社を潰そうとしていて……わた

しを人質に使おうと企んでいるから。

　この時、わたしは碧がボディーガードと言った意味がわかった。

　なんで今まで気づかなかったんだろう。

　ヤクザというものは、人の恨みを買うことも多く……元鷹樹組を恨む人たちは、どんな手段を使って復讐しにくるかわからない。

　元ヤクザのひ孫で社長の娘なんて人質の価値はそれなりにあるだろうし、私は力が弱いから捕まえやすいだろう。

　どこへ出かける時も碧が一緒だったのは、わたしを守るためだったんだ。

　わたしが弱みだから、会社を潰そうと企んでいる人たちに狙われるかもしれないと思っていたんだ。

　……逃げなきゃ。

　心ではそう思っても、やばい人が3人になってはさっきよりも逃げられない。

「少しくらいなら楽しんでもバチは当たらないだろ」

　動けずにいれば、坊主頭の男性はわたしの腰に手をまわしてきて。

「ちょっと触るだけだって」

　大きな手は、わたしの腰から滑るように下へと移動していく。

　ゾワッと鳥肌がたった。

　声がまったく出なくて、体が凍りついたように動かない。

「やめろよなぁ」

「待つのは 5 分だけだぞ」

　耳に届くのは、男性ふたりの下品な笑い声。

　……怖い、気持ち悪い。

　やだ、やだよ……助けて、碧!!

　心の中で強く助けを呼んだ、その時に──。

　急に、わたしを見ていたメガネをかけた男性と、金髪の男性が投げ飛ばされ……。

　ふたりは建物に強く体をぶつけた。

　鈍い音、それから苦しそうな声。

　それは、あまりにも一瞬の出来事で頭が追いつかない。

　ふたりを投げ飛ばしたのは──碧。

　彼はいつの間にか背後にいた。

「なにお嬢に汚え手で触ってんじゃハゲ!　ぶっ殺すぞ」

　わたしに触れる坊主頭の男性を鋭い目つきで睨みつけ、低い声を出す彼。

　坊主頭の男性はそんな彼を見て怯み。

「ひぃいっ」

　わたしから手を離すとすぐに逃げようとした、が。

　碧はそれを逃がさず。首根っこを掴み、坊主頭の男性の頬に拳を入れた。

　1 発で終わる、かと思えば……彼はとまらない。

　2 発、3 発、と拳を入れて殴り続ける。

　ひどく冷たい目。

　返り血を浴びる碧は……知らない人のように見えた。

　5 歳の時から一緒にいたのに……。

　彼がここまで怒った姿を見たのははじめて。

　わたしは、小鳥遊碧のぜんぶを知らないんだ、と思い知らされる。

「碧っ、もういいよ……」

　震える声。

　必死に声を振り絞って、彼の学ランの裾をつかんだ。

　わたしの声が届いたのか、碧はピタリと動きを停止。

　こちらへと視線を向けた彼は……心配そうな表情。

　さっき見たようなひどく冷たい目ではなくて、ほっとひと安心。

　──したのもつかの間。

　さっき、碧に投げ飛ばされたメガネをかけた男性が、苦しそうに息をしながら自分のスーツのジャケットの内側に手を入れ。

　取り出した、ナイフ。

　こちらに向けられる直前で、碧がすぐに反応。

　メガネをかけた男性の手首を素早くつかむと、その手を力ずくで男性の首元に持っていく。

　碧が男性の手首をつかんでいるから、男性が自ら自分の首元にナイフを当てている状態に。

「ぶっ殺されたくなければ動くんじゃねぇぞ、クソメガネ」

　背筋が凍りそうなほど低い声。

　碧の声がこの場に静かに響けば、「……はい」と小さく返事が聞こえて、メガネをかけた男性は動かなくなった。

　メガネをかけた男性の隣で、苦しそうに息をしていた金

髪の男性はあまりの恐怖で気絶。

　それを確認した碧は男性の手からナイフを奪い、再びわたしに視線を向ける。

「お嬢、怪我はありませんか？」

「……だ、大丈夫」

「ひとりにして本当にすみませんでした。数秒ならお嬢をひとりにしても大丈夫だと思ってそばを離れた俺の判断ミスです」

「あ、碧は——」

　ぜんぶ言い切る前に、聞こえてきたスマホの着信音。

　碧は、「すみません」と頭を下げてからスマホをポケットの中から取り出して、操作。

　彼は電話をはじめるが、ちっとも会話が頭に入ってこなかった。

　碧は右手に奪ったナイフを持っているから。

　……あれで刺されたら死んじゃうかもしれない。

　もしさっき刺されていたら、と考えるとゾッとする。

　わたしはいろいろ知らなすぎた。

　碧はずっとそばにいたのに。

　わたしが狙われるかもしれないから、ボディーガードをしてずっと守っていてくれたことにも気づかないなんて。

　碧の電話はすぐに終わったが、なにも話さず。

　数十分後にきた翔琉さんの車にわたしは乗せられて、碧はこの場に残ったのだった。

　入学式はわたしは遅刻、碧は欠席。

　先生に怒られたあとにクラス表を確認すれば、わたしは1年1組、碧は1年2組とクラスが離れ……。

　友だちがひとりもできることなく、高校生の初日は終わった。

　なんという最悪のスタート。

　いやいや、まだ初日。諦めるのはまだ早いよね。

　なんて自分を励ましながら、迎えに来てくれた翔琉さんの車に乗って帰宅。

　碧に、助けに来てくれたお礼と迷惑をかけたことをちゃんと謝らなくちゃ。

「お嬢、碧ならまだ帰ってきてませんよ」

　帰宅して真っ先に碧の部屋へと行こうとすれば、それに気づいたかのように翔琉さんが声をかけてきた。

「あ……そう、なんだ」

　碧だけあの場に残ったから、不安になってくる。

　きっとわたしが知らないだけで、今までにも彼は危険な目にあっているのかもしれないけど……。

「やることが終わればすぐに帰ってくると思うので、お嬢は部屋でゆっくりしていてください」

　碧が帰ってきたらお茶と菓子でも持っていかせます、と付け足してにこりと笑う翔琉さん。

　やっぱり心配だけど、わたしにできることはなにもなく。大人しく自分の部屋へと向かった。

　碧はきっとすぐに帰ってくる。

　そう信じて待っていた、が……彼が帰ってきたのは23時を過ぎた頃。

　お父さんの会社の社員を３人引き連れて、彼は帰宅。

　玄関で待っていたわたしは、碧を見てすぐに立ち上がる。

　さっきまですごく眠くて睡魔と格闘中だったのに、一瞬で眠くなくなった。

「碧っ！」

「お嬢……待ってたんですか？」

「碧がなかなか帰ってこないから心配してたの！　怪我してない!?」

「……俺は大丈夫です」

　大丈夫だと答える彼だけど、わたしはぺたぺたと碧に触ってよく確認。

　せっかくの新しい制服には、血の乾いた跡。

　それは碧のものなのか、返り血なのか……。

「それは俺の血じゃないです。汚いんで触らないほうがいいですよ」

　パシッと碧に手をつかんでとめられて。

　彼は引き連れていた３人に「先に戻ってろ」と言ってから、この場に正座。

「今日は俺がいながらお嬢を危険な目にあわせてしまい、本当にすみませんでした」

　この場にふたりきりになるとわたしを見上げ、謝罪。

　……碧が謝ることじゃないし、もうすでに１回謝られたのに。

「碧は悪くないよ！　謝るのはわたしのほう！　具合悪く
なって気を使わせちゃったし……いつも、碧に守っても
らってたのにも気づかなかったし……」

「…………」

「碧は、わたしが会社の弱みだからいつもそばにいて守っ
てくれてたんだよね。わたし、いろいろ気づかなくて……
いつもごめんね」

　その場にしゃがんで、碧と目をまっすぐに合わせる。

「……お嬢は"弱み"なんかじゃありません」

「え？」

　聞こえてきた言葉に首をかしげたわたし。

「確かに、お嬢は鷹樹組組長のひ孫で社長の娘ということ
もあり、かつて鷹樹組と敵対していたやつらに狙われやす
いですが……決して、"弱み"なんかじゃありませんよ。
お嬢は俺たちの宝であり、女神です。俺たちはお嬢が大切
なんです。俺はお嬢がなによりも大切なので、守りたくて
自分の意思でそばにいるんですよ」

　だから謝らないでください、と付け足す彼。

　……碧は、無理してわたしのそばにいるわけじゃなかっ
たんだ。

　っていうか、なんだ。

　わたしが宝であり女神って。

　弱みじゃない、と言ってくれるのは嬉しいけど……そう
言われるのはなんだか恥ずかしい。

「あ、ありがとう？」

　なんて答えていいのかわからず、返事は疑問形。

「今後は今日みたいなことがないよう、俺は全力でお嬢を守ります。これから通学は電車ではなく、車にしましょう。あの満員電車には危険がたくさんありすぎます。お嬢が万が一ほかの野郎に触られたら、と考えるだけでも俺は怒り狂いそうですし、車のほうが安全でいいです。明日からの送迎は俺から誰かに頼んでおきますから──」

　長々と続く碧の話。

　いつまで玄関に正座でいる気なのか。

「碧！　もういいから早く上がってよ！」

「お嬢、俺の話をちゃんと聞いてください」

「もう聞いた！　だから立って！」

　強い力で引っ張っても立ち上がってくれず。

　彼は、真剣な表情で「お嬢」とわたしを呼んだ。

　パチリともう一度まっすぐに視線が合うと。

「俺のこと、怖くないですか？」

　そんなことを聞くのは……碧が怒った姿をわたしが見たから、だろうか。

　低い声に鋭い目つき、あの時の碧ははじめて見た姿だった。

　でも。

「怖くないよ」

　わたしは彼の瞳を逸らさずに答えた。

「目の前であぁいう暴力とかナイフを見たのは確かに怖かったけど……。碧のことを今も怖いとは思ってないよ。

碧はわたしを守ってくれたもん。いつも守ってくれて……
今日も助けてくれて本当の本当にありがとう！」

　にこりと笑えば、碧はどこかほっとした表情に。

「……俺、帰る前にずっと考えてたんです。あんなところ
を目の前で見せたから、お嬢に怖がられて嫌われたらどう
しようって。だから、帰ってきてお嬢が玄関で待っていて
くれて死ぬほど嬉しかった」

　弱々しく聞こえてくる声。

　……そんなに心配だったなんて。

「怖がらないし嫌わないよ！」

「俺、お嬢に嫌われたらもう生きていけません」

「そ、そんな大袈裟な……！」

「大袈裟じゃないです。お嬢に嫌われたら死ぬ自信しかあ
りません」

　どんな自信だ。

　わたしに嫌われただけで死ぬって！

　今日目の前で見てわかったけど、碧はかなり強い。そん
なことで死ぬわけないよ。

「もう、早く立って！　お風呂沸いてるから入ってきたら？
お腹すいてたら先にご飯でもいいし！　夕飯は翔琉さんが
作ってくれたカレーだよ！」

　碧の腕を全力で引っ張れば、やっと立ち上がって家に
入ってくれる。

　本当に、やっとだ。

「先に風呂入ってきますね。お嬢はもうすぐ寝る時間だと

思うので、部屋に戻って休んでください。お出迎え、本当
にありがとうございました」

　ぺこりと頭を下げる碧。

　わたしは、いつも０時には絶対に寝るようにしている。

　睡魔に負けて０時になる前に寝ることも少なくなくて、
早く寝るぶんはきちんと早起き。昔から、"早寝早起き朝
ごはん"をしっかり守っているのだった。

　碧ともう少し一緒にいたいところだけど……碧が帰って
きて安心したせいか、また睡魔がやってきて眠い。

「じゃあ、わたしはもう寝るね」

「はい。おやすみなさい、お嬢」

「おやすみ」

　そう返してわたしは自分の部屋へと向かう。

　けど、数歩足を進めたところでピタリと立ち止まってう
しろを振り向いた。

　彼はまだそこにいてこっちを見ていて、わたしは口を開
く。

「あのね、わたし……碧と５歳の時から一緒にいたから、
碧のことぜんぶ知った気になってたの。まだ知らないとこ
ろがあるなんて、本当にびっくりでね……思ったんだ。碧
のこと、知らないことがひとつもないくらいちゃんとぜん
ぶ知りたいなって」

「……俺のやばい一面も、ですか？」

「ちゃんと知っておきたい。碧は……大切な人だから」

　なんだかすごく恥ずかしい。

　今まで面と向かって"大切な人"って言ったことがなかったから。

　彼は数秒口をつぐんで。

　それから、口を開いた。

「いいですよ。でも、わざわざ自分からぜんぶを見せるものでもないし、俺はできることならあまり裏の顔を見せたくないので……お嬢が俺を観察して知ってください。ストーカーのようについてきて、時には触れて、俺の隅々まで観察していいですから」

　そう言うと口角を上げる碧。

　……えーと、それはつまり、今ここで碧の口からは教えてもらえないってことだよね？

　自分で観察して、自分の目で見ろ、と。

　碧のぜんぶが知れるなら、なんだっていい。

「その言葉、忘れないでね」

「忘れませんよ」

「じゃあ今度こそ、本当におやすみ」

「おやすみなさい、お嬢」

　碧の返事が返ってくれば、今度こそ自分の部屋へ。

　本人からストーカーの許可ももらったから、これから家では碧をじっと見よう、とわたしは心に決めたのだった。

雨と傘

「おかしい……おかしいよ、碧」

お昼休み、屋上にて。

わたしはお弁当を食べる手をとめて、頭を悩ませる。

屋上はわたしと碧のふたり。

ここは立ち入り禁止だったが、碧が細い棒で開錠した。

ほんの数秒で開けたからびっくり。

まさか、こんなことまでできるとは……。

ここにいることが見つかれば怒られること間違いなしだが、ふたりきりになれる場所は校内ではあまりないからここにいる。

「なんで、友だちがひとりもできないんだろう」

ぽつりとつぶやくように言った。

これが、わたしの今の1番の悩み。

高校に入学して、1週間が経過。

それなのに、わたしにはまだ友だちがひとりもできていない。

長いこと友だちがいなかったものだから、どうやって仲良くなるのかさっぱりわからなくて……とりあえずまわりを観察しよう、と思っていたら1週間がたっていた。

もう女子の仲がいいグループがいくつかできていて、心は焦るばかり。

どうしよう、やっぱり入学式から遅刻したからやばい人

だと思われてるのかな……。

だからだれからも話しかけてもらえないの？

いやいや、わたしよりもやばい人はいたよ。

わたしの隣の席の人、その人は入学式から今日までずっと欠席。

まだ一度も会ったことがない。

……って、勝手にやばい人だと決めつけるのはよくないよね。

もしかしたら体調不良で休んでるだけかもしれないもん。

それじゃあ、わたしがだれからも話しかけてもらえないのは……元ヤクザのひ孫ってバレたからとか？

家から遠い学校を選んだから、そうそうバレないと思っていたけど。もうすでにバレている、という可能性もある。

いや、でもまわりから怖がられているように見えないような……。

元ヤクザのひ孫ってわかったり、今も家がヤクザだと誤解されたら、怖がられるのが今までの通常の反応。

今は特に怖がられていないから、いろいろまだ誤解されてないと思いたい。

「別にいいじゃないですか、無理して新しい友だちなんてつくらなくて。人間関係なんてめんどくさいことだらけですよ」

考えていれば碧はそう返して、卵焼きを口へと運ぶ。

彼は友だちをつくることに全く興味がない。

　それは小学生の頃からで……わたしだけが毎度『友だちがほしい』と言っている。

　碧のことだから、たぶん高校でも友だちはつくらないんだろう。

　めんどくさいとか、そんな理由で。

「それでもわたしは友だちがほしいの！　友だちと一緒に楽しいことを共有して、一度しかないこの高校生活を楽しみたいの！」

「じゃあ俺と楽しみましょう。お嬢には俺がいますよ。というか、お嬢には俺だけがいればいいんです」

「…………」

　碧がいるのは嬉しい。

　けど！

　やっぱり、友だち……特に同性の友だちがほしい。

　わたしのまわりには男性ばかりで、お母さんが亡くなってから、家に女性はわたしだけ。

　だから友だちがいないわたしの話し相手は、常に家にいるお父さんの会社の社員。お父さんや碧、翔琉さん……と、見事に全員男性。

　同性の子と笑いあったり、ガールズトークしたりするのが、いつからかわたしの夢になっていったんだ。

　これは、どうしても諦めきれない夢。

　碧とでは、残念ながら叶わない夢。

「あとで頑張ってだれかに自分から話しかけてみる」

　心に決めて、わたしはお弁当を食べる手を進めた。

　５時間目の授業が始まった頃からぽつぽつと降り始めた雨。

　その雨はだんだん強くなって……下校の時間になるまでやむことはなかった。

「どうしよう！　あたし傘持ってきてなかったかも!?」

　わたしの前の席の鈴宮凛さんはゴソゴソと自分の鞄の中を漁る、が。

　数秒後には「やっぱりない……」と小さくつぶやいた。

　その声が聞こえてきてすぐに自分の鞄の中を見る。

　中には、ちゃんと入れておいた薄ピンクの折りたたみ傘。

　入学式にやばい人たちに誘拐されそうになって、結局通学は車になったから、わたしは傘はなくても大丈夫。

　まぁ、車は目立つから学校から少しだけ離れたところで待っていてもらっているけれど。今日は雨の予報だと碧に前もって伝えてあるから、彼も傘を持っているはず。

　わたしは碧の傘に入れてもらえばいいし……これは、チャンスだ。

　この傘を渡して、鈴宮さんと仲良くなるチャンス。

　そして、碧と同じ傘に入って彼との距離を縮めるチャンス。

　よし、頑張れわたし！

「あの！」

　とんとん、と鈴宮さんの肩を叩いて声をかける。

　すると、ショートカットの髪を揺らして振り向いて。大きな瞳と目が合った。

　わぁ……。

　思わず見とれてしまうほど美人な女の子。

　キレイな子だなとは思っていたけど、近くで見るともっとキレイ。

「あの、これ、よかったら……」

　差し出した折りたたみ傘。

「え!?　いいの!?　鷹樹さんは傘なくて大丈夫!?」

「だ、大丈夫。わたしは車だから……」

「ほんとに借りちゃうよ!?」

「どうぞ」

「ありがとう！」

　鈴宮さんが笑顔で受け取ってくれたすぐあとに。

　教室の前の扉のほうに見えた碧の姿。

　一緒に帰るから、教室まで迎えに来てくれたんだ。

「じ、じゃあ、わたしは帰るね」

「ほんとにありがとう、鷹樹さん！　傘は明日返すね！バイバイ！」

　笑顔で手を振ってくれて、わたしも同じように手を振ってから鞄を持ってすぐに教室を出た。

　心臓がドキドキと加速してる。

　す、すごく緊張した……。

　ちゃんとうまく話せてたかな？

　とにかく嬉しかった。

　鈴宮さんと少しだけだけど話せて、"鷹樹さん"って呼んでもらえて。

「ご機嫌ですね。なにかいいことでもありました？」

　思わずにこにこしていれば、碧はそんなわたしの顔を見て聞いてきた。

「前の席の子と少しだけ話せたの」

　傘を渡しただけだけど、これは大きなチャンス。

　傘を返してもらう時にもう一度話すことができるから、その時にもう少し仲良くなれたらいいなぁ。

　そして連絡先までゲットできたら……って、さすがにそれはまだ早いのかな？

「よかったですね、お嬢」

「うん！」

　大きく頷けば、“お嬢”と呼ばれたことに気づいた。

　この学校に入学する前日に、碧と決めたことがある。

　それは、他の生徒がいるところではわたしを“お嬢”と呼ばないこと。

　同級生を“お嬢”と呼ぶのは、さすがにまわりの人たちはわたしたちをおかしいと思うだろう。

　碧とわたしのふたりきりの時なら学校でも“お嬢”と呼んでいいんだけど……。

　今は学校内の、廊下。

　帰りのホームルームが終わったから、廊下に出ている人も少なくない。

　だ、だれかに聞かれた!?

　すぐにきょろきょろとまわりを確認。

　……幸い、だれかがこちらを見て気にしている様子もな

いから、大丈夫だと思いたい。

「呼び方、気をつけてよね」

　わたしは小さな声で碧に注意。

「俺、今言ってました？」

「言ってた！」

「気をつけます」

　まぁ、わざとじゃないならいいや。

　さすがに何回も間違えるのはまわりに気づかれそうでやばいけど。

「あ！　そういえばね」

　急に思い出したことがあって、話を変える。

「授業中思い出したんだけど、今日はマンガの発売日でね。帰る前に本屋さんに寄ってもらおうかなって思ってるんだけど、いい？」

　わたしは少女マンガが大好き。

　今日は、１番大好きなマンガの新刊の発売日だと６時間目の授業中に突然思い出して、これは今日買いに行かなくちゃって思ったんだ。

　前の巻はすごく気になるところで終わってしまったし、早く続きを読みたい。

「俺は別に何の予定もないので大丈夫ですよ」

　ちらりと碧を見れば、そう返してくれて。

「ありがとう！」

　お礼を言ってから、昇降口へ。

　聞こえてくる雨の音。

　思ったより強く降っていて、少しびっくり。

「あ、碧」

　靴を履き替えて、碧に声をかける。

　言うんだ、わたし。

　『碧の傘に入れて』って。

　普通に。

　普通に、普通に言わなくちゃ。

「なんですか？」

　ぱちりと目が合えばドキリとする。

「あのね、わたし、クラスの子に傘貸しちゃったから碧の傘に入れてほしいんだけど……」

　平静を装って言ったつもり。

　ドキドキしながら碧の答えを待てば。

「すみません、無理です」

　なんと、即答だった。

　無理、なんて。

　まさかの答え。断られるとは思わなくて、ショックが大きい。

　……碧、わたしと傘に入るのは嫌なんだ。

　そんなにすぐ答えるくらい。

「あ、そっか……ごめん」

　なんて返したらいいのかわからなくて、とりあえず謝った。

　恥ずかしい。

　碧なら入れてくれるよね、なんて考えてた自分が。

そりゃあ……相合傘なんて、好きな人とじゃないとしたくないよね。

碧も年頃の男の子だもん。嫌なことのひとつやふたつくらいあって当たり前だ。

「俺も傘貸したんで持ってないんです」

目を合わせられなくなって、下を向いていれば耳に届いた声。

……碧も、傘を貸した？

「傘忘れて困ってる人がいたんですよ。俺はお嬢の傘に入れてもらえばいいか、って思って貸したんですけど……同じこと考えてましたね」

その言葉を聞いて、ほっとひと安心。

同じ傘に入るのが嫌ではない、ということがわかったから。

なんだぁ、そういう意味だったのか。

碧も傘を貸したからなかったんだね。

「じゃあ走って行こう！」

「濡れたら風邪ひきますよ。車、もう少し近くに呼びましょう」

学ランのポケットからスマホを取り出す碧。

「目立つからだめ！」

わたしは慌てて彼をとめた。

学校の近くに黒塗りの車がくれば、目立つこと間違いなし。

運転しているのはスーツを着たあまり普通に見えない人

だから、余計に。

「風邪ひいても知りませんよ？」

「風邪ひかないもん！」

「……せめて、俺の学ランでも傘がわりにしてください」

　鞄を置いて、学ランを脱ぐ彼。

　脱いだものは頭にかぶせられて、「ありがとう」とお礼
を伝えた。

「行きましょうか、お嬢」

「うん――って！　呼び方！」

　また"お嬢"と呼ばれて、小さな声で注意。

　すぐにきょろきょろとまわりを確認したが、雨が強く
降っているせいかこちらを気にしている人はひとりもいな
い。

　また、ギリギリセーフ。

「すみません、おじょ……鷹樹さん」

　"お嬢"と再び言いかけて、言い直す。

　"茉白さん"とは呼んでくれない。

　苗字で呼ぶなんて他人みたいでいやだ。

　"茉白"って呼んでいいのに。敬語もいらないのに。

　また、そう言ってもきっと呼び捨てでは呼んでくれない
し、敬語も使うんだろうな……。

「碧、寒くない？」

　名前のことは考えるのをやめて、ふと気になったことを
聞いてみる。

「俺は大丈夫です。鷹樹さんは風邪ひきやすいんで使って

ください」

「碧だって風邪ひくじゃん」

「俺は強いんで風邪には負けません」

　そう言う彼だけど、毎年夏に必ず風邪をひく。

　しかも、わたしも一緒に。

　毎年なぜか同じタイミングで風邪をひいて、同じタイミングで風邪がなおるという不思議。

　きっと今年も同じ季節に碧と風邪をひくんだろうと予想。

「まぁいいや、本当に借りるね」

「はい。では、行きましょうか。転ばないでくださいね」

　わたしに手を差し出す彼。

　転ぶのを心配されているのか……。

「別に転ばないよ」

「鷹樹さんはドジなんですから、絶対転びます」

「な!?」

　ドジって……!

　転ばないし、ドジじゃないのに!

「もう行こう!」

　わたしは彼の手をつかまずに、雨の中へと飛び出した。

　足元に跳ねる雨。

　それでもびしょ濡れにならないように、全速力で走っていると……。

　急に、なにかに躓いて。

　体が前に倒れる。

「わっ」

　地面へと倒れる直前——。

　ぐいっと手を引っ張られ、なんとか転ばずにすんだ。

　わたしの手を引っ張ったのは、碧。

「大丈夫ですか？」

「あ、ありがとう」

「なにもないところで躓くなんてやっぱりドジですね、お
嬢は」

　彼は、ふっと笑う。

　……確かに、わたしが転びそうになったのはなにもない
ところ。

　本当に転びそうになっては、悔しいけどドジというのも
あまり否定できない。

「濡れるんで行きましょうか」

　今度はわたしの手をとって、走り出す碧。

　碧ひとりならもっと速くいけるはずだけど、しっかりわ
たしのペースに合わせてくれる。

　……わたしのことをドジって言ったりバカにしてくるけ
ど、やっぱり碧は優しい。

　その優しさに触れると、碧が好きって気持ちがどんどん
大きくなる。

　自然につないだ手に、伝わる高めの体温。

　わたしの体温は上昇して、心臓のドキドキが加速。

　今日もわたしばっかりドキドキしてる。

　碧は普通にわたしに触れてくるし、どうやったらもっと

距離が縮まるのか、意識してもらえるのか……ぜんぜんわからないや。

　そんなことを思いながら走って、黒塗りのいつもの車へと到着。

「お嬢、これ使ってください」

　車に乗って、借りた学ランをたたむと、碧から差し出されたハンカチ。

　わたしは、碧の学ランを頭にかぶせてもらったおかげでそんなに濡れてない。

　濡れているのは、彼のほう。

　黒髪が濡れてぽたぽたと垂れている雫。

　ワイシャツが貼り付いて、黒いTシャツが透けている。

「もう！　わたしの心配はいいよ！」

　わたしは差し出されたハンカチを碧から奪うと、そのハンカチを広げて。

　彼の顔を拭いて、次に濡れた頭をわしゃわしゃと拭いた。

「お嬢、俺は大丈夫なんで……」

「どう見たって碧のほうが濡れてるじゃん！」

「大丈夫ですよ」

「だめ！」

　碧がなにか言ってもわたしは彼を拭くのをやめず。

　彼のハンカチがびしょ濡れになったら、今度は自分のハンカチで碧を拭いた。

　それでも、小さなハンカチで拭くのは限界がある。

　制服は濡れたままだから、風邪をひいてしまわないか心

配だ。

　……やっぱり、学校のすぐ近くまで車で迎えに来てもら
えばよかった。

　碧がこんなに濡れてしまうんだったら、そのほうが絶対
よかったのに。

　わたしは家がヤクザだと誤解されるかもしれないって
思って……走る選択をしてしまった。

　今頃、後悔しても遅い。

「碧、寒くない？」

「ほんとに俺は大丈夫ですよ。拭いてくれてありがとうご
ざいます」

「帰ったらすぐにお風呂に入って体あたためてね」

「はい」

「絶対だよ？」

「わかりました。……あ、そういえばお嬢。本屋に用があ
るんでしたよね？」

　返事をしたあとに思い出す碧。

　本屋さんには急ぎの用があるというわけじゃない。別に
いつでも行けるし、今日じゃなくてもぜんぜん大丈夫。

　今は碧が風邪をひかないかが心配だ。

　一刻も早く体を温めさせないと。

「本屋さんはまた今度にする！」

「いいんですか？」

「いいの！　碧は自分の心配でもしてて！」

　わたしは車の後ろから、冬の時期に使っていたひざ掛け

をとって、それを碧にかけてあげた。

　昔から使っている、猫柄のひざ掛け。

　大きいサイズだから、ひざ掛けというより毛布のようなもの。

「お嬢、いいんですか？　俺が使うと濡れますよ？」

　それは承知でかけてあげたのに、そんなことまで心配する彼。

　まったく、碧は……。

「ちょうど洗濯しなくちゃって思ってたからいいの！」

「そうなんですか？　では、半分ずつ使いましょう」

　大人しくひとりで使ってくれず、彼はわたしにひざ掛けを半分かけてくれる。

　一瞬だけ触れた手が、さっきよりも冷たい。

　雨で濡れたせいで冷えてしまったのか。

　わたしはひざ掛けの中で手を滑らせるように動かして。

　ぎゅっと彼の手を握る。

　やっぱり、冷たい手。

「お嬢の手、温かいです」

　碧はぽつりとつぶやくように言って、わたしは「……うん」と小さくうなずく。

　それ以外はなにも言えず。

　碧も特になにかを言うこともなく、家に帰るまでずっと手をつないでいた。

「そういえばお嬢のクラスに、"サワタリ"って名前の男い

ますよね？」

　次の日の学校、下駄箱で靴を履き替えたあとに碧に小声
で聞かれた。

　"サワタリ"？

　わたしはクラスの人の名前をまだ全員覚えたわけじゃな
いからわからない。

「わからないや……」

「あとで座席表でも見てよく確認しておいてください。そ
の"サワタリ"がどいつなのか。そして、その男には絶対
近づかないでください」

　なにやら、真剣な表情の碧。

　絶対近づかないでください、って……なんで？

　碧がそこまで言うのなんて珍しい。

「その人が、どうかしたの？」

　気になって聞いてみれば、彼は。

「そいつは暴走族の総長をやってる危険人物です」

　そう答えて。

　予想外な答えにびっくり。

　この高校は少し厳しめの学校だから、暴走族の人がいる
とは思わなかった。

「そいつと関わればお嬢になにか危険があるかもしれない
ので、本当に気をつけてください。俺もよくお嬢のクラス
は見ておきます」

「わかった、気をつける……」

　そんな会話をしたあとに、わたしと碧は別々の教室へと

入った。

「鷹樹さん、おはよっ！　昨日はほんとーにありがとね！
すごく助かった！」

　自分の席へと行けば、さっそく前の席の鈴宮さんが声を
かけてくる。

「お、おはよう。役に立ってよかったよ」

「これ、傘とそのお礼！」

　緊張しながら返事をすれば、渡されたものは。

　わたしが貸した薄ピンクの折りたたみ傘と、小さな箱。

　その小さな箱には、"チョコレート12粒入り"と書かれ
ていた。

「い、いいのに！」

　ただ傘を1日貸しただけなのに、お礼なんて……。

　なんだか受け取るのが申しわけなくて返そうとすれば、

「鷹樹さん、甘いもの好き？」と聞かれる。

　甘いものが嫌いというわけじゃない。

　むしろ大好き。

　日々のおやつにはドーナツやチョコレート、アイスだっ
て食べているくらいだし。

「好きだけど……」

　小さく答える。

　そうすれば、

「じゃあもらってよ」

　にこりと笑う鈴宮さん。

　しつこく返すわけにもいかず……「ありがとう」とお礼

を言ってありがたく受け取った。

　……そうだ、会話！

　仲良くなるために、もう少し話したい！

　この時のために、昨日はいろいろな質問を考えておいた。

　鈴宮さんのことを知って、仲良くなりたいから。

　でも、その考えた質問は緊張のせいか頭が真っ白になってしまい、なにも思い出せない。

　えーと、えーと……！

　とりあえずなにか言わなきゃ！

「鈴宮さんっ、連絡先交換しない!?」

　口から出た言葉。

　言った後にすぐにやってくる後悔。

　さすがに、それはまだ早い。

　それくらいは自分でもわかる。

　傘を貸して、返してもらって、お互いのことはまだなにも知らない。

　少しでも仲良くなってから、連絡先とかは聞くべき。

　それはわかっていたつもりなのに、わたしはなんてことを。

　距離の詰め方を完璧に間違えた。

「あ、えと、急にごめ——」

「いいよー！」

　謝ろうとした時に、その声は元気な声にかき消された。

「鷹樹さん、メッセージアプリやってる？」

　にこにこ笑顔で聞いてくる鈴宮さん。

　わたしは耳を疑った。

　え？

　今、いいって言った？　よね？

　急なことなのに……。

「いいの!?」

　思わず大きな声が出る。

「いいよ！　あたしもぜひ交換したいな！　実は入学式の時から鷹樹さんのこと気になっててね！　ひと目見たときから可愛い子だなぁって思ってたんだぁ！」

　耳に届くのは嬉しい言葉。

　そんな……入学式の時は遅刻してやらかしたと思ってたのに。

　気になってもらえてたんだ。

　こんなに美人な子から“可愛い”って言ってもらえるのはたとえお世辞でも嬉しい。

「ありがとう！」

「早速、アカウント教えるね！」

　それからすぐに鈴宮さんは自分のスマホを操作して、表示してくれたID。

　確か、これを読み取ればいいんだよね？

　でも、読み取るのってどうやってやるんだっけ？

　とりあえずメッセージアプリを開くが、わからないことが多すぎる。

　わたしのメッセージアプリの友だちの人数は、現在碧と翔琉さんのふたり。

　お父さんはガラケーだからメッセージアプリをやっていないし、ほかの社員とは電話番号を交換しているだけでメッセージアプリのIDは交換していない。

　つまり、わたしがIDを交換したことがあるのは人生で2回だけ。

　その2回は数年前だから、交換のやり方はすっかり忘れてしまっていた。

　とりあえずいろんなところをタップしてみるが、IDを読み取るカメラは出てこなくて。

「ここを押すと出てくるよ」

　あたふたしていたら、わたしのスマホの画面を指さして教えてくれた鈴宮さん。

　言われたところをタップすればカメラが出てきて、無事に交換完了。

　画面には【鈴宮 凛】の名前と、可愛らしい三毛猫の写真のアイコンが表示。

「可愛い猫だね。鈴宮さんの家の猫？」

「そうだよ！　写真だとわかりにくいけど、ちょっとぽっちゃり猫なの！　鷹樹さんのアイコンは……ドーナツだ！」

　鈴宮さんは自分のスマホに表示された画面をよく見てから言った。

　そう、わたしのアイコンはドーナツ。

　それもただのドーナツじゃなくて、期間限定のピンクの桜ドーナツの写真。

　ついこの間まではおしるこの写真だったんだけど、春に
なったから写真を変えたんだ。

「桜ドーナツの写真だよ」

「さては鷹樹さんは甘党だな？」

「あ、甘党かどうかはわからないけど……。甘いものは毎
日食べるくらい好きだよ」

「毎日食べてたら甘党だよ！」

「そうなの？」

「そうだよ！　鷹樹さんっておもしろくて可愛いね！　あ、
もしよかったら〝茉白〟って呼んでもいい？」

　鈴宮さんはわたしをちらりと見る。

　な、名前で呼んでくれるの!?

　それは友だちになる第一歩だよね!?

「もちろん！」

　こくこくと大きくうなずく。

「やったぁ！　あたしのことも気軽に名前で呼んでいいか
らね！」

「わかった！　……凛ちゃん、って呼ぶね！」

　名前を口にすれば、嬉しすぎて口元が緩む。

　きっと気持ち悪いくらいにやけていたと思う。

「そうだ、クラスのグループがあるから茉白も招待する
ね！」

　凛ちゃんはそう言うとすぐにスマホを操作。

　数秒後、わたしのスマホに届いた通知。それはグループ
の招待状だった。

　クラスのグループ!?

　わ、わたしがそこに入ってもいいの!?

「えいっ!」

　画面を見て固まっていれば、わたしのスマホに表示されていた【参加する】と書かれたボタンをタップした凛ちゃん。

「わたしなんかが入ってもいいの!?」

　心配になって聞いてみると。

「茉白も同じクラスなんだから入っていいに決まってるよ!」

　凛ちゃんは当然のように答えてくれて。

　またまた顔がにやけてしまう。

　はじめてのグループ。

　わからないことだらけだけど、なにか挨拶を送ったほうがいいんだろうか……。

　わたしの登録しているアカウント名は【ましろ】。

　これじゃ、だれだかわからないかもしれない。

　やっぱり、挨拶はしたほうがいい気がしてきた。

【出席番号16番の、鷹樹茉白と申します。よろしくお願いいたします。】

　短い文章だけど、その文字を打って送信ボタンをタップ。

「茉白、みんな同い年なんだから敬語とか使わなくていいのに～!」

　今送ったメッセージをさっそく見たのか凛ちゃんは、あははと笑う。

「そ、そう？」

「茉白はおもしろいな～！」

　みんな見るだろうから礼儀正しいほうがいいのかと思って、敬語にしたんだけど……。

　まぁ、いいか。

　次からは敬語を使うのをやめよう。

　そんなことを思ったあとに。

「凛、鷹樹さん、おはよ！」

「わたしたちも一緒に話したい～！」

　ふたりの女の子がやってきた。

　それに続くように、

「えっ！　ずるいわたしも入れて！」

「わたしも！」

　近くにいた女の子たちが気づいて、さらに集まってくる。

　1週間、このクラスを観察してわかったことだけど……凛ちゃんは、クラスの中心的存在。

　いつも彼女のまわりには人がいて、その輪の中心で笑ってた。

　こうしてわたしと話してるだけでもほかの子が来るなんて、すごすぎる。

　凛ちゃんは人気者だ。

　わたし、邪魔になってるかも……。

　どいたほうがよさそうだね。

　こっそりいなくなろうとすれば、とんとんと肩を叩かれた。

「鷹樹さん、わたしともID交換しない!?」

「わたしも！　鷹樹さんと交換したい！」

　迫り来るふたりの女の子。

　まさかの言葉。

　こんなに嬉しいことが連続であっていいのだろうか。

「うん！　わたしでよければ！」

　大きく返事をして、その後はID交換会。

　自己紹介もして、チャイムが鳴るまでみんなの輪の中に
いた。

　気づけばメッセージアプリの友だちは一気に増えて、
15人。

　友だちができないかもと不安に思っていたけれど、なん
とかこのクラスでやっていけそうな気がする。

となりの席

「茉白！　よかったらお昼みんなで一緒に食べない？」

　4時間目の授業が終わって、お昼休みになれば前の席の凛ちゃんはくるりと後ろをむいた。

　い、一緒に!?

　まさか、誘ってもらえるなんて……！

　とっても嬉しい、けど。

　碧の顔が頭に浮かんで、すぐにうなずくことができなかった。

　わたしがいなかったら碧がひとりになってしまう。

　碧は別にそういうのは気にしなさそうだけど……。

　お弁当はひとりで食べるよりもほかの人と食べたほうが絶対に美味しいだろう。

　凛ちゃんは、人気者だからひとりになる心配はないし。

　……誘いは本当の本当に嬉しいけど、お昼はやっぱり碧と一緒に食べよう。

「誘ってくれて嬉しいんだけど……ごめんね。約束してる人がいて……」

　本当にごめん、と付け足して謝る。

　誘いを断ったから、嫌な気持ちにさせてしまったのではないかとヒヤヒヤしていたが、凛ちゃんは。

「もしかしての〜もしかして〜！　カレシとの約束？　茉白いつも隣のクラスのイケメンと一緒にいるよね？」

にやにやしながらわたしを見てくる。

"隣のクラスのイケメン" というのは絶対、碧のことだ。

わたしが一緒にいるのは彼だから。

っていうかなんだ……か、彼氏って！

「あ、碧は彼氏じゃないよっ!?」

「ふむふむ、アオイくんっていうのかぁ〜。名前で呼ぶほど仲良しなんだねぇ〜」

凛ちゃんはにやにやしたまま。

絶対まだ誤解してる。

「凛ちゃん！　あのね、本当にちがうの！　碧とは幼なじみなの！　５歳の頃から一緒にいる幼なじみ！」

「そうなの？　でも、どっちかが片想いしてるとかは？」

「っ!!」

そう聞かれて、咄嗟に『そんなのないよ』とは答えられなかった。

わたしは現在、碧に片想いしているから。

「おぉっ？　これはこれはもしかして？　茉白は……その幼なじみくんが好きなんだ？」

なにも言えないでいたら言い当てられて、熱くなっていく顔。

下を向けば凛ちゃんはわたしの顔を覗き込んできて、逃げられないと思ったわたしは、「わたしの片想いなの」と小さく声を出した。

その言葉を聞いた凛ちゃんは、「わぁ〜っ！」と大きな声を出してわたしの頬を両手で包む。

「茉白かわいいっ！　あたしは茉白を応援するし、なんでも相談に乗るからね！　頑張って！」

にこにこ笑顔の凛ちゃん。

わたしは「ありがとう」と返す。

応援してくれるし、相談にも乗ってくれるなんて……優しすぎる。

な、なにかあったら相談してみようかな？

「ほらほら、行ってきな！　とにかく押して押して押しまくるんだ！」

ぽんっと背中を押される。

押して押して押しまくれるかはわからないけど……。

「うん、行ってくる」

こくんとうなずいて、鞄を持ってすぐに教室を出た。

廊下にはまだ碧の姿はない。

いつも碧からわたしの教室に迎えに来てくれるから、今日はわたしから迎えに行こう。

迎えに行くといっても、すぐ隣の教室だけど。

ちらりと教室内を覗く。

ほかのクラスの教室を覗くのはちょっぴり緊張。

碧の席は……確か、窓際の１番後ろの席って言ってたような。

そこの席へと目を向けると。

目に入ったのは、碧と……メガネをかけたおさげの女の子。

女の子の手には、黒い折りたたみ傘。それを差し出して

いて、なにか話している様子。

その傘を見て、思い出したこと。

そういえば昨日、碧も傘を貸したと言っていたな、って。

女の子が持っている傘はきっと、碧の傘。

碧が傘を貸したのは……あの女の子だったんだ。

頬を赤く染めて、碧と話す女の子。

その姿を見て、胸がモヤモヤする。

碧とほかの女の子が話すのはいやだ。できることなら仲良くしないでほしい。

……そう思ってしまうわたしは心が狭い。

碧がだれかを好きになってしまうことを、わたしはずっと恐れている。

小学校、中学校と家がヤクザだと誤解されていたから、わたしと碧にはだれも近づいてこなかった。それはすごく悲しかったけど……わたしは心のどこかでは本当は少し嬉しいと思っていたんだ。

だれも近づいてこなければ、碧はほかの女の子と話すこともない。

わたしだけが碧をずっと独占できる。

でも、高校は……家が元ヤクザだとまだバレていないし、変な誤解もされてないから、碧に近づく人がいるかもしれない。

碧はとにかく顔がいいから、絶対モテるだろう。

彼がだれかを好きになってしまう可能性は、充分にあるというわけだ。

　そうならないために、凛ちゃんの言う通り押して押して押しまくるしかないのかも。

　碧は絶対、わたしのことを意識していない。

　手を握っても顔を赤くしたり慌てたりしている様子もなかったし、碧は普通にわたしに触れてくるし……。

　なんとかして意識させないとっ！

　まぁ、ずっとそう思ってはいるんだけど……次はなにをしたら意識してくれるの？

　押すって具体的になにをすればいいの!?

　やっぱり考えてもぜんぜんわからない。

　碧をじっと見て考えていれば、彼は傘を受け取って女の子との会話を終わらせたようだった。

　鞄を持って、こっちへ来るかと思ったら……まさかの、今度はちがう女の子ふたり組に話しかけられる。

　これは、やばい。

　碧が明らかに狙われてる。

　……どうしよう、どうしよう！

　心は焦るが、わたしは２組じゃないから教室に入ることもできず、ただ見ていることしかできない。

　ただその場にいれば……──急に、肩に手がまわってきて、引き寄せられた。

「あー、ごめん。気持ちは嬉しいんだけどさ……俺、この子が好きなんだよね」

　至近距離で声がしたその直後、ふにっと柔らかい感触が頬に触れる。

　わたしの肩に手をまわしているのは、ミルクティー色の髪の、整った顔立ちの男性。

　頬に触れたのは、その男性の唇で。

　目の前には、5人の女の子。

　履いているサンダルの色が違うから、先輩だ。

　その先輩5人は驚いた表情をしたが、すぐに冷たい視線をわたしに向ける。

　……な、なにが起きて？

　っていうか、だれ？

　これはいったいなんですか!?

　急にいろんなことが起きるから、状況を把握するのに頭が追いつかない。

「……行こ」

　茶髪の先輩がそう言うと、5人はすぐにこの場を去っていく。

　瞬きをして後ろ姿を見送れば、ミルクティー色の髪の男性はわたしを見て口を開いた。

「ごめんね、おチビちゃん。絡まれてめんどくさかったから、つい利用しちゃった」

　ぜんぜん、謝られている気がしない。

　だれが"おチビちゃん"だ。

　……謝るよりも離れるほうが先なんじゃ!?

　距離が近い！

「は、離してくださ──」

　すぐに離れようとした時に。

「なにしとんじゃクソ猿」

　すぐ近くから低い声が聞こえてきて、腕をつかまれ。

　強い力で引っ張られた。

　とある人物の背中へと誘導され、わたしは隠される。

　とある人物というのは、碧で。

　一瞬見えた彼の表情は、すごく怒っていた。

「もしかして、そのおチビちゃんのカレシ？　ごめんごめん。さっきの子たち追い払うのに、ちょっとそのおチビちゃん利用させてもらっただけだから怒らないで」

　ミルクティー色の髪の男性は、なだめるように「どうどう」と碧の肩を叩く。

　が、それは余計に碧を怒らせた。

　パシッと手を払うと、目の前の男性を鋭い目つきで睨みつける。

「クソみてぇなことにお嬢を利用しやがって……そんなに死にてぇのか」

　怒った碧を見るのは、これが２回目。

　殺気全開の彼は、わたしでも恐怖を感じるほど。

　たくさんの視線を感じて、わたしははっと我に返った。

　ここは学校……！

　教室の前……っ！

「あ、碧！　もういいよ！　わたしは気にしてないから行こう！」

　全力で彼の腕を引っ張る。

　そうすれば、碧は怒りをぐっと抑えてくれて。

　私と目を合わせると、「……行きましょう」と言ってくれた。

　そしてこれ以上目立たないうちに、この場から退散。

　碧の腕を引っ張って足早で歩く。

　もう、なんなんだあの人は……。

　髪を染めるのは校則で禁止されてるのにあんな派手髪だし、見ず知らずのわたしにいきなりあんなこと……。

　あの人のせいで、変に目立っちゃうし！

　最悪すぎる。

　せっかく、平穏な高校生活が送れると思ったところなのに。

　どうか、変な噂をされませんように……。

　ひたすら祈りながら、屋上へと到着。

「お嬢」

　パタン、と扉が閉まると碧に呼ばれて、なにかと思えば。

　彼はわたしの左の頬を自分の学ランの袖で拭いた。

　左頬は、さっきあの人にキスされたところ。

　今思えば、だれかからキスをされたのはさっきのがはじめて。

　口はもちろん、ほかのところにもされたことが人生で一度もなかったのに。

　はじめてが見ず知らずの人って……。

　頬だけどさ、頬でもやっぱりいやなものはいやだ。

　しばらくは思い出してしまいそう。

「……忘れなきゃ、今すぐ忘れなきゃ」

　頬にはまだわずかに感触が残っていて、ぶんぶん横に顔を振って忘れようと頑張る。

　それを聞いた碧は──急に、顔を近づけてきた。

　そして、左頬に触れたのは柔らかい感触。

　触れたのは一瞬だけで、すぐに離れ。

「上書きしたんで、これで俺のことだけ思い出してください」

　彼はそう言うと、もう一度わたしの左頬を学ランの袖で拭いた。

　へ……？

　今……え？

　頬に、き、キスされた……!?

　されたよね!?

「やっぱりお嬢のほっぺは餅みたいですね」

　よく左頬を拭かれたあとに、ぺたぺた頬を触られる。

　餅みたいとは失礼な、と言いたいところだけど今はそれどころじゃない。

　顔が熱くなっていって、心臓が壊れるんじゃないかと思うくらいドキドキと暴れ出す。

「その顔はだれにも見せちゃだめですよ」

　今度は両頬をムニっと引っ張られた。

　……完璧に遊ばれてる。

　もう、なんなんだ碧は！

「お嬢、さっきの男が猿渡健一郎です。お嬢と接触させたくなかったのですが……油断してすみませんでした」

　無言で碧を見ていれば、頬から手が離れて、急に謝られた。

　"サワタリ"、その名前を聞いてすぐに思い出す。

　暴走族の総長をやっている危険人物だから……絶対に近づかないでください、って碧が言っていたっけ。

　あの人が、その"サワタリ"なの!?

　その人はわたしのクラスの人なんだよね!?

　あんな派手な髪色の人、クラスにいたっけ!?

　ぜんぜん記憶にない。

「あいつ、うちのお嬢になんてことを……。お嬢の餅ほっぺは俺のなのに、平気でキスしやがって……。思い出すだけでも腹立たしい。今すぐこの世から消し去ってやりたい」

　ぽつりぽつりと低い声でつぶやく碧。

　気のせいか、また殺気が出ているような。

　"お嬢の餅ほっぺは俺の"ってなに……!?

　わたしのほっぺは、碧のでもないよ……!?

「とにかく、あいつには近づかないでください。話しかけられても絶対に無視してくださいね。俺もよく見ておきますが、ちがうクラスではずっと監視できないので……万が一、またなにかされたら授業中でもいいので俺に連絡してください。俺があいつを消しますから」

　碧はそう言うと拳を強く握る。

　消しますから、なんて恐ろしいことを……。

　全く冗談に聞こえない。

「気をつける!　だから、碧はできるだけ大人しくしてて!

目立つ行動は絶対にだめ！　どこから変な噂が広がるかわ
からないんだから」

　よーく言い聞かせるように言うわたし。

　これはとても大切なことだから覚えておいてほしい。

「……善処します」

「つかみかかったり、暴力は絶対だめだからね！」

「……はい」

　小さな返事。

　碧ならなにをするかわからないから、本当にわたしが気
をつけないと……。

「お弁当食べよう！　お腹すいちゃった！」

　気をつけなきゃいけないけど、今はお腹がすいたため話
を変える。

　すると、彼は自分の鞄の中からレジャーシートを取り出
して。

　それをふたりで広げて座った。

　最初は地べたに座っていたんだけど、碧はわたしを地べ
たに座らせたくないとか言い出して……レジャーシートを
持ってくるようになったんだ。

　地べたでもぜんぜん気にしないんだけどな……。

　まぁ、これもピクニックみたいでいいけどね。

「そういえばね！　わたし、前の席の鈴宮凛ちゃんと少し
仲良くなったの！　ID交換もしたから、友だちになれると
いいなぁ！」

　お弁当を準備しながら彼に話す。

　これは嬉しすぎることだから、早く碧に伝えたかったんだ。

　メッセージアプリのIDを交換したことを思い出せば、顔が再びにやけてしまう。

「お嬢はずっと友だちをほしがってましたもんね。友だちになれそうでよかったです」

　碧は優しく微笑んでくれる。

「うん！」

「あ、仲良くなったということは、お昼誘われませんでした？」

「誘われた、けど……断っちゃった」

「なにしてるんですか。俺のことは気にしないでそっちで食べてください」

　お嬢はバカですか、と付け足される。

「でも、そしたら碧がひとりになっちゃう……。お弁当はひとりで食べるよりもふたりで食べたほうが絶対美味しいよ。だからわたしは碧と食べることにしたの」

　これは自分で決めたことだ。後悔はない。

「ぼっちの俺を心配してくれたんですね、ありがとうございます。俺を選んでくれるのはすごく嬉しいですけど、いつでも親離れしてもいいですからね」

　碧はそう言うとお弁当を出して食べる準備。

　親離れ、って……。

　碧はわたしの親じゃないだろう。

　え？　まさか、親だと本当に思ってるとか……そんなバ

力なこと、ないよね？　ね？　ね!?

　ムカついたから、彼が食べようと箸でつまんだ卵焼きを、ぱくりと先にわたしが食べた。

「お嬢、そんなにお腹すいてるんですか？　購買でなんか買ってきます？」

　碧はこんなことじゃ怒らないというのはわかっている。

　自分の大好物の唐揚げですら、わたしに差し出そうとする人だから。

「碧のバカっ！」

　わたしは最後にひと言いって、自分のお弁当を食べ始めた。

　――キーンコーンカーンコーン。

「お嬢、なにかあればすぐ俺に連絡をしてください」

「うん。じゃあね、碧」

　お昼休み終了のチャイムが校内に鳴り響いて、わたしは1組に、碧は2組の教室へと戻る。

　少しだけ早く教室の前に来て、猿渡健一郎がいるかを確認したが、彼は不在で。

　安心して教室に入ることができた。

「茉白！　茉白の幼なじみくんと健一郎がケンカしたんだって!?　大丈夫だった!?」

　教室に入って自分の席へと行くと、凛ちゃんはすぐに聞いてくる。

　それを聞いて思い出すのは、数十分前のこと。

　猿渡健一郎からいきなり頬にキスをされて、碧が怒った、あの……。

　凛ちゃんが知ってるってことは、もしかして噂になってるとか!?

「大丈夫！　ぜんぜん大丈夫！　その、猿渡って人にいきなり絡まれただけで、ケンカっていうケンカはなかったよ！　うん！」

　必死に答えれば、凛ちゃんは。

「そっか。それならよかった！」

　深く聞いてくることはなく、思ったよりも軽い返事。

　とりあえず、深く聞かれなくてほっとひと安心。

　——した、すぐあとに。

「ギリギリセ——フ」

　大きな声が聞こえてきた。

　声のしたほう、教室の前の扉へと目を向ければ、そこにいたのはミルクティー色の髪の男性——猿渡健一郎がいた。

「セーフじゃねぇよ、健！」

「昼休みから登校してくるとかさすがだわ」

「健ちゃん！　おはよー！」

　クラスメイトたちが笑顔で猿渡健一郎に挨拶。

　その光景にびっくりした。

　だって、あの男をわたしは1回も教室内で見たことがないから……てっきり、友だちがひとりもいないものだと。

　友だちたくさんいる!?

　なんで!?

　なんで学校に来てないのに友だちがたくさんいるの!?

「気が向いたから学校来た〜」

　猿渡健一郎が笑いながら言うと、あはは!　とみんなが笑う。

　……ず、ずいぶんみんなと仲がいいようで。

　びっくりしすぎて思わずガン見。

「そーいえば、俺の席どこ?　つーか、ちゃんとある?」

　派手髪の彼がそう聞いて、わたしはきょろきょろと教室内を見渡した。

　あの男との席はできるだけ遠いほうがいい。

　あの男は危険人物。急に頬にキスしてくるから、ぜったい危険人物……。

　できることなら関わりたくない!

　どこだ!　どこ!?

　猿渡健一郎の座席は!

　必死に探せば、急に。

「健ちゃんの席はあそこだよ」

　ひとりの女の子が指をさした。

　指をさしたのは、なんと……わたしの右隣の席。

　え?

　隣の、席?

　……思えば、わたしの右隣の席の人は入学式からずっと欠席だった。

　欠席だった、けど。

　隣の席が猿渡健一郎だったの!?

　座席表をちゃんと確認しておくべきだった。

　確認しても、どうしようもないけど……！

「あれ？　あの子……」

　猿渡健一郎を見ていれば、バチッと合う視線。

　わたしはすぐに視線を逸らして、下を向く。

　……お願い、お願いします、神様。

　わたしは平穏な学校生活を送りたいです。

　どうか、どうか……変に絡まれませんようにっ！

　近づいてくる足音。

　わたしは心の中で強く祈った。

「ねぇねぇ、名前なんていうの？」

　わたしの席は、教室の真ん中の列の１番後ろ。

　その席のすぐ隣で立ち止まり、声が聞こえてくる。

　こ、これは……明らかにわたしに聞いてる、よね!?

　なんで聞くの!?　隣の席だから!?

　答えたくないけど、答えないと感じ悪いよね!?

　心臓がドクドクと音を立てて動く。

「……た、鷹樹、茉白、です」

　声のしたほうへと向こうとするが、緊張しすぎて目を合

わせることができず。

　少し視線を下に落として答えた。

「…………」

　なにを言われるのかと思えば、彼は無言。

　うーん、となにかを考えている様子。

今度はなに!?

　……なにか、嫌な予感しかしない。

「あぁ、思い出した」

　数秒後、やっと口を開いたかと思えばわたしを指さす。

　そして。

「ヤクザ──」

「薬剤師!!!!!」

　嫌な単語が聞こえてくるから、慌てて大きな声を出して、男の声をかき消した。

「お母さんが薬剤師なの！　さ、猿渡くん、確かお母さんと知り合いなんだよね！　わたし、お母さんから少し話を聞いてて！」

　大きな声で、必死になって言った。

　もちろんこれは家が元ヤクザであることをバラされたくないから言った嘘。

　暴走族の人が、昔存在していた鷹樹組を知っていたり、わたしが鷹樹組のひ孫であることを知っている……それは、数年前にもあったことだった。

　あれは、県外の夏祭りに碧と行った帰りのこと。

　いかにも暴走族に所属している特攻服を着た人に、『あれ、あの鷹樹組のひ孫じゃね!?』と大きな声で言われ、指をさされた。

　自分が住んでいる県内では、わたしの家が元ヤクザということは有名だったから、嫌な目で見られたりすることは多々あるけれど。

　県外でそんなことを言われたのは、その日がはじめて
だった。

　鷹樹組はもう存在しないのに、ひ孫であるわたしの顔も
知られるくらい、組は強い影響を与えていたんだろう。

　その後は県外へ行く時も充分に警戒をしていたが、わた
しが元ヤクザのひ孫だと県外でバレることもそうそうな
く。

　……完璧に油断した。

　暴走族の総長がいる、と碧から聞いた時点で、もしかし
たらその人はわたしが元ヤクザのひ孫であることを知って
いるかも……と警戒すべきだったのに。

　この男は、わたしがあの鷹樹組組長のひ孫だと絶対に気
づいた。

　……しかも、今言おうとしたよね!?

　教室内で!

　目の前の猿渡健一郎は、私の言葉を聞いて一瞬首を傾げ
たが、すぐに口角を上げる。

「そういえば、どっかで見たことある子だなぁ～って思っ
たら、まさかのね。茉白ちゃん、ヤクザ──」

「薬剤師の娘なの!!」

　嫌な言葉が聞こえてくれば、慌ててまた大きな声を出し
て声をかき消す。

　目を合わせて、"その言葉は言わないで"と必死に訴え
るが、面白がっているのかやめてくれない。

「茉白ちゃんはヤクザ──」

「薬剤師になりたいの!!　わたしも、お母さんと同じように!!」

「やっぱヤクザ──」

「薬剤師目指して頑張る!!」

「ヤ──」

「猿渡くんっ!!　ちょっと話いい!?」

　このままでは、わたしが元ヤクザのひ孫だと教室内で公言されてしまう。

　そう思ったわたしは、ガタッと席を立って猿渡健一郎の腕を強くつかんだ。

「いいよ、茉白ちゃん」

　なんだか楽しそうに彼は答えて、腕を強く引いて教室を出た。

「こっちこっち」

　階段を上ろうとしたところでそれはとめられ、猿渡健一郎がわたしより前へと出て、引っ張って歩く。

　階段をおりて、下へ。

　授業開始のチャイムを階段を下りながら聞いた。

　そして到着した場所は、保健室。

　先生も、生徒もいなかった。

「薬剤師になりたいんだ?」

　思い出したようにケラケラと笑う男。

「お、お願いっ!　あのことはみんなの前で言わないでほしいの……っ!」

　猿渡健一郎の腕を離して、まっすぐに見つめる。

　目の前の男は口角を上げたまま、「あのことって？」と
わざわざ聞いてきた。

　絶対、わかっているだろうに。

　この男はわたしの口から言わせようとしている。

　どんなにムカついても、ここでわたしが『わかってるく
せに！』とか言っちゃだめだ。

　わたしは、弱みを握られているんだから。

「……わ、わたしが元ヤクザのひ孫だって、言わないでほ
しい」

　小さな声で返した。

「昼休みに会って、なんか見たことある顔だと思ったんだ
よね。まさか同じ学校だったとは。あの伝説の鷹樹組組長
……そのひ孫の、鷹樹茉白ちゃん。それと、"族潰しの小
鳥遊"もいたね」

　男はにこりと笑う。

　やっぱり、ちゃんと知っている。

「あ、碧のこともご存知で……」

「もちろん。"族潰しの小鳥遊"は暴走族の間じゃかなり有
名だから」

　"族潰しの小鳥遊"？

　それを聞いて一瞬疑問に思ったが、ある言葉を思い出し
た。

『碧さん、うちの邪魔ばっかしてた暴走族をひとりで潰し
たんだってさ！』

　いつの日か、家の中で耳に挟んだ社員の人たちの会話。

　わたしはその会話を聞いたから、うちの会社がねたまれていることや、碧がいつの間にかお父さんの会社で仕事を手伝っていることを知ったんだっけ。

　……碧は、わたしが見ていないところでたくさん動いている。

「茉白ちゃんさぁ、小鳥遊碧くんと付き合ってんの？」

「へ？」

　まさかの質問。

　思わず間抜けな声が漏れた。

　あ、碧とわたしが……!?

「つ、付き合ってないよっ！」

「じゃあ茉白ちゃんの片想い？」

「っ！」

「当たりか」

　言い当てられ、なにも言えなくなる。

　こうなるのは本日２回目。

　……なんで、今日１日でふたりに碧への気持ちがバレてしまうのか。

　凛ちゃんも、この男も鋭すぎる……。

「お願いだから、絶対言わないで！」

　ガシッと腕を掴んで、強く言う。

「どっちを？　ヤクザのこと〜？　それとも茉白ちゃんが小鳥遊碧くんを好きってこと〜？」

　楽しむように聞かれる。

　……いや、絶対、楽しんでるな。

「ど、どっちも言わないで！」

「それで俺が素直に返事すると思ってんの？」

　にやりと笑う男。

　……確かに、素直に返事をしてくれるとは思えない。

　こんな頼み方をしているし。

「お、お願いしますっ！　言わないでくださいっ！」

　ぺこりと頭を下げたわたし。

　だけど、「態度の問題じゃないよ」と笑われた。

「人に頼みごとをする時は、なにか差し出さなくちゃ。俺はタダで黙っててあげるほどお人好しじゃないから」

　そんな声が上から降ってきて、顔を上げる。

　……お金か。

　この男は、お金を要求しているのか！

「あ、あなただって暴走族に入ってるんだよ!?　そのこと、みんなに言っちゃうよ!?」

　わたしが握られてた弱みは2つ。

　だけど、わたしだってちゃんとこの男の弱みを握っていることを思い出して、必死に声を出した。

　……でも、この男は特に焦る様子もなく。

「俺が暴走族の総長やってることなんて、ここら辺じゃ有名な話だよ。俺のチームはかなり強いし、目立つからね。今さら隠すのとかめんどくさくてオープンで生きてきたし、ここの学校のやつらは俺と同じ中学出身のやつが多いから、ほとんど知ってるんじゃない？」

　その言葉を聞いて、びっくり。

隠さないで生きてきた、なんて。

え?

ってことは、もしかして……クラスの人もそのことを知っていたってこと?

この男が暴走族の総長をやっているとわかったうえで、みんなあんなに仲良くしてたの!?

……すごい。

わたしは、元ヤクザのひ孫だと知られたら、すぐにまわりから人がいなくなったのに。

いったいどうやってみんなと仲良くなったんだ。

「だから俺には弱みなんてないんだよ。茉白ちゃん、どうする?」

ぐいっと顎を持ち上げられて、無理やり目を合わせられる。

……だめだ。

弱みを握られているのはわたしだけ。

これではどうしようもない。

「こ、これで……どうか、黙っていてもらえませんか」

わたしは自分のポケットの中へと手を入れて、小さながま口財布を取り出した。

そして、それを差し出す。

そのお財布の中には、ここ数ヶ月貯めていたお小遣いが入っている。

平穏な高校生活のため。

これくらいの犠牲は……仕方ないか。

「金はいらないよ」

　差し出したものは受け取られることなく。

　しゅるりとはずされたのは、セーラー服のスカーフ。

「代わりにその身体、もらうから」

　そう耳に届いたのと同時、わたしの手は強く引っ張られて。

　ベッドの上へと投げ飛ばされた。

「っ!!」

　床に落ちたお財布。

　わたしの上に覆いかぶさってくる男。

　セーラー服の下へと大きな手が滑り込んできた。

「え、ちょっ、待っ……!」

　あまりにも急な行動。

　頭が追いつかなくて、腕をつかむ手が遅れた。

　今、キャミソール越しだが、下着のホックに手をかけられている状態。

　一生懸命やめさせようとするが、ビクともしない。

「な、な、なななな、なにして……」

　びっくりしすぎて上手く話せない。

「なにって、言葉の通り身体もらおうとしただけだけど？ 茉白ちゃんは俺に黙っててほしいんでしょ？」

「な!?」

　黙っててほしい、けど……!

　黙っててもらうために、身体を差し出せと!?

　無理、それはぜったい無理っ!

「あの、わたし、貧相な体なので……」

「大丈夫だいじょーぶ。俺、茉白ちゃん好みだから」

「待って待って、やだ、やだってば……っ！」

　男の胸を全力で押した、時に。

　セーラー服の中へと侵入した手はピタリととまり、聞こえてきた声は……。

「じょうだ――ん」

　明るい声。

　はずされたスカーフを返された。

「へ？」

「ごめんごめん。茉白ちゃんが面白いから、つい遊びたくなっちゃった」

「な!?」

　今のが、遊び!?

　とりあえず、本気で襲われることはないからひと安心だけど……！

「茉白ちゃん、俺とトモダチになってよ」

　わたしの上に覆いかぶさったまま、至近距離でにこりと笑う男。

　と、友だち……？

　え？

「俺とトモダチになってくれたら、あのことふたつとも秘密にしてあげるよ」

　下着のホックに触れていた手は離れ、セーラー服の中から手を出すと、乱れを整えてくれる。

でも、わたしの上からは退いてくれない。

こ、今度はなんだ、急に……友だち、なんて。

なにか企んでいるとしか思えない。

「なにも企んでないよ。ただ茉白ちゃんと仲良くなりたいだけだって」

じっと目の前の男を見ていれば、わたしの考えていたことを悟ったのかそう言う。

……そんなことを言われても、どうしても怪しいと思ってしまう。

でもでも、友だちになるだけであのことをふたつとも秘密にしてもらえるんだったら……拒否できない。

「トモダチになろうよ」

笑顔で言われて、わたしは「……なる」とうなずいた。

「俺のことは"健ちゃん"って呼んでね、茉白ちゃん」

「え」

「トモダチなんだから、あだ名で呼ばないと」

あだ名で呼ぶのは確かに友だちっぽいけど……。

"健ちゃん"って呼ぶのは……。

「さ、猿渡くん……じゃだめなの？」

男性を"ちゃん"付けで呼ぶのはさすがにハードルが高いため、聞いてみる。

けれど、すぐに「だめだめ」と返された。

「け、け、け、健くん、は？」

"ちゃん"ではなく、"くん"。

碧やお父さんの会社の社員以外の男性を、名前で呼ぶこ

とはそうそうないから変に緊張。

「まぁ、それでもいいや。これからよろしく、茉白ちゃん」

　猿渡健一郎——健くんがそう言ったすぐあとのこと。

　——ガラッ！と大きな音を立てて保健室の扉が開いた。

　そして、見えたのは、碧の姿。

「てめぇ……お嬢になにしてくれてんじゃ」

　彼はこの現状……わたしの上に覆いかぶさっている健くんを見て、低い声を出した。

　殺気立った顔。

　こんなところを見ては、無理もない。

「思ったより来るの早かったね、小鳥遊碧くん。俺、電波遮断機持ってるから、茉白ちゃん見つけるのもっと時間かかるかと思ってた」

　健くんは碧を怖がることはなく。

　わたしの上から退いて、隣に座ると自分のポケットからなにかを取り出して、それを見せた。

　見せたものは、数本のアンテナがついた小さな黒い機械。

　……電波遮断機？

「ふざけたことしてんじゃねぇぞ……。ぶっ殺されてぇのか」

　鋭い目つきで健くんを睨み、こちらへと近づいてくる碧。

　このままでは碧が殴りかかる気がして、わたしはすぐに起き上がった。

「碧くんがいない間に、俺と茉白ちゃん、トモダチになったんだよ。ね、茉白ちゃん」

　こちらを見てにこりと笑う健くん。

「そう！　そうなの！　碧！」

　すぐに立ち上がって、碧のもとへと駆け寄る。

　わたしは、一生懸命笑って見せるが……。

「……なにか脅されてるんですか、お嬢。待っててください、今すぐにあの男を消しますから」

　碧は健くんへと近づく足をとめない。

　ベッドの上に座る健くんはヘラヘラと笑って、余裕そうな表情。

　少しくらい、危機感を持ってよ……。

　碧をとめてよ……！

「健くんとは本当に友だちなの！　わたしが元ヤクザのひ孫だってわかったうえで、健くんは友だちになってくれたの！」

　碧の背中にぎゅっと強く抱きつく。

　すると、やっとピタリと足をとめる彼。

　わたしはすぐに、健くんに"早くここから出て"と目で訴えた。

「じゃあ、俺は先に教室戻るから。またね、茉白ちゃん、碧くん」

　最後まで笑いながら健くんはそう言って、ヒラヒラと手を振ると保健室を出て行く。

　碧はその後ろ姿を追いかけていきそうでも、わたしは必死に彼を抑えていた。

　扉が閉まって、今度は碧と保健室にふたりきり。

「あ、あのね、碧」

　抱きしめていた腕を解いて、彼の前へとまわりこんで顔を見る。

　が、まだかなり怒っている様子で。

　……なにから言ったらいいのか。

　最初は謝るべき？

「お嬢、なんですか今のは」

　碧は先に口を開くと、わたしの両頬を引っ張った。

「あいつと本当はなにがあったんですか？　なにされたんですか？　俺には隠しごとしないでなんでも言ってください」

「…………」

「なんですか友だちって。なんですか、"健くん"って」

「……あおひ、心配しひゃいで」

　頬を引っ張られているせいで上手く話せない。

　心配しないで、と伝えたつもりなんだけど、伝わったかな……。

「心配します。心配しかないです。だから本当のことを言ってください。隠しごとはなしですよ、お嬢」

　まっすぐに見つめられる。

　……本当のこと。

　元ヤクザのひ孫だということと、わたしが碧を好きだってことがバレて……それを秘密にしてもらう条件が友だちになることだったの、って？

　言えるわけない。

　絶対言えない。

　この気持ちはまだ碧に伝えられそうにないし、なにより
健くんの命が危ないから……！

　もういろいろと危ないけど！

「ほんとーに、健くんとともひゃち！　心配しひゃいで！」

　まっすぐに見つめ返して答える。

「お嬢」

「あおひ、教室行こふ！」

「お嬢」

「あおひ！」

「…………」

　碧はため息をひとつ。

　それからわたしの頬を離してくれた。

「健くんとは本当の本当に友だちになったの！　なにもさ
れてないから大丈夫だよ！　碧はほんと――になにも心配
しないで！」

「……なにをそんなに隠すんですか。お嬢の嘘なんて俺に
はすぐわかります。何年一緒にいると思ってるんですか」

「う、嘘なんてついてないよ！　わたしは本当のことしか
言ってないもん！」

「…………」

「授業ついていけなくなっちゃうし、すぐに戻ろう！　わ
たしのために授業抜け出して来てくれたんだよね？　迷惑
かけてごめんね」

　それ以上聞かれないうちに碧の手を取って。

すぐに保健室を出て、別々の教室へと戻った。

先生には怒られて、課題のプリントを渡され……。

授業中には碧から心配する大量のメッセージが届き、帰りの車、そして家に帰っても碧に「本当のことを教えてください」と何度も聞かれた。

その度に「健くんとは友だちなの！」と強めに言ったわたし。

これからの学校生活も、すごく心配。

☆
☆
☆
☆

第2章

久しぶりのケンカ

「おはようございます、お嬢。今日はいつにも増してアホ
みたいな顔で、とっても可愛らしいですね」

　朝、居間へと来た碧は、わたしと目を合わせると優しく
微笑んだ。

　"アホ"と強調して言うものだから、悪意しか感じない。
「お、おはよ……」

　挨拶を返すと、彼はすぐにわたしから目を逸らして目の
前に座る。

　それから、一度も目を合わさず用意されていた朝食を食
べた。

　……今日もとっても機嫌が悪い。

　わたしが、彼を怒らせたから。

　碧を怒らせた原因、それは健くんとのこと。

　「本当のことを教えてください」と碧に迫られて、わた
しは「本当のことしか言ってない！」と返す。

　そんな同じことを休日の２日間も何十回と繰り返し……
本当のことをいつまでも言わないわたしに碧は怒ってし
まった。

　隠しごとをしているわたしがいけないというのはわかっ
ているけど……どうしても、碧への気持ちはまだ秘密にし
ておきたい。

　本当のことなんて言えないよ。

　わたしも黙々と朝食を食べて、学校へと行く準備をした。

「碧、ぜっったいに健くんとケンカしないでね。約束だよ」

「…………」

　学校へと向かう車の中で、心配で碧に言った。

　だけど彼は……無言。

「約束だよ!?」

　今度は強く言ってみれば、隣に座る碧はぷいっとそっぽを向いた。

「あのクソ猿となにがあったのか、本当のことを教えてくれるまで約束できません」

「本当のことならもう何度も何度も言ったよ！」

「知ってますか？　お嬢は嘘をつく時俺から目を逸らすんです。お嬢はバカなんで上手く嘘がつけないんですよ。とってもバカなんでね」

　わたし……嘘つく時、碧から目を逸らしてるの!?

　そんなこと自分ではさっぱりわからない。

　っていうか、今、"バカ"って２回言われたような!?

　２回も言うんてこれにも悪意しか感じない。

「もういい！　碧が健くんとケンカしない、って約束してくれるまで、碧のこと無視するから！　バカっ！」

　碧の態度、いつも以上にわたしをバカにしてくること、その２点がムカついてそう言った。

　そのすぐあとに、停まる車。

　いつもおりているところ、学校周辺に到着。

　わたしは碧よりも先に車を下りて、早足で歩いた。

「お嬢」

　後ろから声が聞こえても、無視。

　早足で歩いて、少しずつ小走りになって……最終的には走って碧との距離をとる。

　けれど、碧は運動神経抜群で足が速く。

　すぐにわたしに追いついて、隣を走る。

「お嬢、ドジなんで転びますよ。すぐとまってください」

　わたしは全力で走っているのに、余裕そうな表情の彼。

　また“ドジ”なんて言うし、余計ムカつく。

　それでも意地になってとまらずに足を動かして、学校へ。

　到着した頃には息が乱れて、体はヘトヘト。

　朝から無駄な体力を使ってしまった。

「まーしろっ！　おはよ！」

　昇降口で靴を履き替えていれば、今登校して来たばかりの凛ちゃんが声をかけてきた。

「お、おはよ、凛ちゃん」

　息を整えながら挨拶を返す。

「茉白走ってきたの？」

「うん、ちょっといろいろあって……」

「あ！　幼なじみくんと一緒に登校して来たんだ？」

　靴を履き替えている碧を見ると、にやにやする凛ちゃん。

　こくりとうなずけば、碧はこちらの視線に気づいて。

　近くまで来ると、優しく微笑んだ。

「鷹樹さんのお友だちですよね？　幼なじみで隣のクラス

の小鳥遊碧です。鷹樹さんと仲良くしてくださり、本当に
ありがとうございます」
「これはこれは、ご丁寧に……。あたしは、茉白と仲良く
させてもらってる、前の席の鈴宮凛です！」
　ぺこりと頭を下げる碧に、凛ちゃんも自己紹介をして頭
を下げた。
「鷹樹さんは少々人見知りでとってもバカなので、どうか
これからも仲良くしてあげてください。よろしくお願いし
ます」
「よろしくお願いされます？」
　頭を下げ合って、ふふっと笑う凛ちゃん。
「凛ちゃん……っ！　碧なんてほっといて行こう！」
　わたしは凛ちゃんの腕を引っ張る。
　一瞬、碧と目が合ったがわたしはべーっと舌を出して
そっぽを向いた。
　今さらっと言われた、"とってもバカなので"も聞き逃
さなかったんだからね。
「ちょっと待ってね、靴履き替えるから」
　凛ちゃんは靴を履き替えて。
　腕を引っ張って行こうとした時に。
「おっはよー。茉白ちゃん、碧くん、それから凛ちゃんも」
　聞こえてきた元気な声。
　声のしたほうへと目を向ければ、そこにいたのはミルク
ティー色の髪の──健くん。
　なんというタイミング。

「茉白ちゃん、今日も可愛いね」

　わたしへと伸びてくる手。

　瞬時に、パシッとその手をつかむ碧。

「なに汚ぇ手で触ろうとしとんじゃ、クソ猿」

　碧は舌打ちまでして朝から殺気全開。

「いいじゃん。茉白ちゃんと俺はトモダチなんだから～。スキンシップだよ、スキンシップ」

「よくねぇよ。おいクソ猿、この前おまえが鷹樹さんに言ったことぜんぶ言えやゴラ」

「えー？　トモダチになった理由？　ただトモダチになりたいからなっただけだよ？」

　ピリピリする碧、それを見て今日も怖がることのない健くん。

　碧が健くんを殴ってしまうのではないかとヒヤヒヤ。

「健くん！　行こう！」

　わたしは健くんの腕も引っ張る。

「どったの、茉白ちゃん。そんなに俺と話したいの？」

「いいから早く履き替えて！」

　急かせば、すぐに履き替えてくれる。

「鷹樹さん、今すぐそいつの汚い手を離してください」

　碧に注意されるけど、それを無視して。

　なにか起きる前に凛ちゃんと健くんの腕を引っ張って、わたしは教室へと向かった。

「茉白いいの？　小鳥遊くんは」

　階段を上っている途中で凛ちゃんに聞かれるけど、わた

しは一切後ろを振り返らずに「いいの！」と答える。

「っていうか小鳥遊くん、茉白の保護者……というか、害虫を追い払う番犬みたいだった！ 大切にされてるんだね、茉白は！」

　凛ちゃんはふふっと笑うと、反対側にいる健くんは「凛ちゃーん、その"害虫"っていうのは俺のこと？」と聞く。

「もちろん！」

「害虫かー。そしたら俺は蚊がいいなぁ。おもしろそうなやつの血だけを吸って生きていけたら最高じゃん？ それに、殺されるかもしれないっていうスリルを味わいながら血を吸うとか超楽しそう」

「健一郎って相変わらず一般人には理解できない思考回路してるね」

「そう？」

「昔からそうだよ」

　仲良く話しているふたり。

　……昔からってことは、凛ちゃんと健くんは前から知り合いだったってこと？

「ふたりは昔からの友だちなの？」

　気になったことを聞いてみれば。

「健一郎とは腐れ縁でね。幼稚園からずっと一緒なの。まさか高校も一緒とか本当にびっくり！」

　答えてくれたのは凛ちゃん。

　そうだったんだ。

　だから仲良しなんだね。

「凛ちゃんが俺のストーカーしてついて来たんだー」

「あたしは家から近いこの学校をずっと狙ってたんですーだっ！　ストーカーはそっちだ！」

「俺も家から近い学校を狙ってたんだよ」

「まぁ、家から学校近いっていうのは便利だよね。っていうか、健一郎がこの学校受かったのは奇跡すぎる！　絶対落ちると思ってたのに！」

「べんきょーしたんだよ、べんきょー」

「そんな勉強してる姿とか想像つかないわー」

「凛ちゃんは失礼だねぇ。茉白ちゃん茉白ちゃん、凛ちゃんはほっといて俺とだけとっても仲良くしようね」

　急に健くんの人差し指が頬にぷにっと触れる。

「なに言ってんの！　先に茉白と友だちになったのはあたしなんだから！　あたしの茉白だよ！」

　凛ちゃんはわたしの腕を強く引っ張って、健くんから遠ざける。

　"友だち"。

　わたしと凛ちゃんが、友だち……！

　なにをすれば友だちになれるのか、友だちの定義すらわからないから、まだだと思っていたけど……！

　もう、友だちに認定してもらえてた!?

「凛ちゃん……！　わたし、凛ちゃんの"友だち"でいいの!?　"友だち"になってくれるの!?」

　じっと凛ちゃんを見つめる。

「もちろん！　茉白とあたしはもう友だちだよ！」

　にこりと笑う彼女。

　嬉しい……。嬉しすぎるよ……。

「やっぱり茉白は可愛いな〜！」

　思わずにやけていれば、3階に到着した頃にさらに引き寄せられて。

　凛ちゃんにぎゅっと強く抱きつかれた。

　……いい匂いがする。

「俺も入っていい？」

「男子禁制！　ここはあたしと茉白だけの世界なの！」

　凛ちゃんは健くんをしっしっと追い払う。

　わたしは嬉しくて、そのまま動かないでいた。

　凛ちゃんと、もっともっと仲良くなれるといいなぁ。

　4時間目、体育の授業。

　体育だから髪が邪魔にならないように、お団子ヘアにしていた……んだけど。

　体育館へと到着して、体育館シューズへと履き替えていた時に。

　急に、まとめていたお団子をぐいっと引っ張られた。

「頭にうんこついてますよ」

　なにかと思えば、上から降ってきた声。

　それは碧の声だった。

　ひと言だけ言って、ふっと笑って去っていく。

　……なんなんだ。

　失礼すぎやしないか……っ！

　以前も、碧を怒らせたことが何回かある。

　夜中にこっそり家を抜け出してコンビニに行って怒られたり、泳げないのにビート板もなにも持たずに深いプールに飛び込んで溺れて怒られたり……熱が出たのに学校にこっそり行って怒られたり。

　怒っている時の碧はちっとも優しくなかった。

　100パーセント意地悪な碧。

　……もう、碧なんて知らない！

「碧のバカっ」

　本当は碧に直接、大きな声で言ってやりたいがその気持ちはおさえて小さくつぶやいた。

「おぉ？　イチャイチャですか？　茉白さん」

　凛ちゃんは今のわたしと碧のやり取りを見て、そんなことを言ってくる。

　い、イチャイチャ……なんて。

　そんなことしてないのに！

「イチャイチャなんてしてないもんっ」

　ぷくっと頬をふくらませて、凛ちゃんの手を引っ張り体育館の中へ。

　すぐに整列して、チャイムが鳴るとはじまる授業。

　体育は毎回２クラス合同で行われているから、隣のクラスの２組と一緒。

　だから、体育の時間は碧と一緒というわけだ。

　授業は男女で分かれているけれど……。同じ時間に同じところにはいる。

　今日の授業は男子はバレーボール、女子はバスケ。

　体育館をネットカーテンで半分に仕切って、男女で半分ずつ使う。

　女子のバスケは、1クラスを2チームに分けて、合計4チームで試合。

　わたしと凛ちゃんは一緒のチームで、1番最初に試合をした……が、運動音痴なわたしは、みんなの足を引っ張ってばかりでだめだめで。

　チームのみんなはわたしが失敗するたびに「どんまい鷹樹さん!」と笑顔で言ってくれるけど、申し訳なさでいっぱいだった。

　試合が終われば、次は休憩。

　体育館半分では、2チームずつしか試合はできない。だから試合をしない2チームは休憩をしながら応援したり。

　中には男子のバレーボールの試合を応援している人もいて、声援が飛び交っていた。

「ねぇ見た!?　今のすごくない!?」

「見た見た!　小鳥遊くんすごすぎ!」

「小鳥遊くんがんばれーっ!」

　耳に届く女の子たちの声。

　男子のほうでは、どうやら碧が活躍しているようだ。

　碧は、昔からスポーツはなんでもできちゃう超人。

　少しくらいわたしにその運動神経を分けてくれてもいいと思うんだけどな……。

「茉白も小鳥遊くん応援しなくていいの?」

　ステージに座っていれば、隣に腰をおろす凛ちゃん。
「えっ」
「小鳥遊くんも、茉白に応援してもらったほうがやる気でるんじゃない？」
「そ、そんなことないと思うけど……」
「そんなことあるよ！」
　……本当に、碧にわたしの応援なんて必要ないと思う。
　碧は今、わたしに怒っているんだから。腹を立てている人からの応援なんていらないだろう。
　まぁ……それに、彼は運動神経抜群だからわたしなんかの応援がなくても大丈夫。
　そう思った時に、ちょうど碧がサーブをする番がまわってきた。
　たくさんの声援の中、彼はボールを上にあげて。
　高くジャンプをしてそのボールを強く叩くと、相手側のコートへとすごい速さで飛んでいった。
　大きな音を立てて、だれも取れずに落ちたボール。
　……す、すごい。すごすぎる。
　まるで殺人サーブだ。
「小鳥遊くんかっこいい!!」
「バレー部なみに上手!!」
「これは惚れるって!!」
　今のを見た女の子たちの興奮する声が耳に届いて、思わずそっちに目を向けたわたし。
　こ、これはもっとたくさんライバルができてしまうので

は……!?

　碧を好きな女の子がさらに増えれば、彼に接近する女の子がたくさん出てくるわけで！

　碧がだれかを好きになってしまうこともあるかも……なんて、また嫌なことを考えてしまう。

　焦る心。

「ね、ねぇ、凛ちゃん」

　わたしは凛ちゃんをちらりと見た。

「なぁに？」

「押して押して押しまくるって……具体的にはなにをすればいいんだろう？」

　考えてもわからなかったことを聞いてみる。

　聞いた瞬間、にやけ出す凛ちゃん。

　小さな声で「小鳥遊くんの相談ね？」と聞かれて、こくりとうなずいた。

　そうすれば凛ちゃんは。

「押して押して押しまくるって、とにかく積極的になることじゃないかな。例えば……相手のすごいところを褒めたり！　手作りのお菓子とかあげて、女子力をアピールして見せたり！　ボディタッチしたりとか、時には押し倒したりとか！」

　と、答えてくれた。

　すごい、たくさん。

　凛ちゃんはすごいな……。

　わたしは考えてもさっぱりわからなかったのに。

「茉白って、小鳥遊くんと家近かったりするの？」

「う、うん」

　本当は一緒に住んでいるけど、秘密にしておく。

　家が元ヤクザだといつバレてしまうかわからないから。

「家によく行ったりはするの？」

「うん」

「そっかそっか！　じゃあ押し倒してみるのが１番いいんじゃない？　これが１番ドキッとすること間違いなしだと思う！」

「え!?」

　思わず大きな声が出た。

　お、お、押し倒す……なんて。

　そ、そんなこと……。

　で、でも、押し倒したら……碧は、少しくらいわたしのことを意識してくれたりするのかな？

　脳内でいろいろと考えるが、想像するだけでもやばい。

　ドキドキして心臓が壊れそう。

「なに話してるのー？　俺も仲間にいれてー」

　ひとりで想像してドキドキしていると、聞こえてきた声。

　ぱっと前を見れば、目の前にいたのは健くん。

　男子と女子、ネットカーテンで仕切ってそれぞれわかれているのに……なにこっち側に入ってきているんだ。

　それも堂々と。

　先生はいるけど、優しい先生だから「早く戻りなさいね」と言うだけ。

特に怒ったりはしない。

「健一郎、実は女だったの？」

凛ちゃんがふざけて聞くと、「女のコの健子ちゃんでーす」とピースサインをする健くん。

「凛！」

聞こえてきた大きな声。

凛ちゃんを呼んだのは、コートに立つ2組の女の子。

なにがあったのか、試合はいつの間にか中断している様子。

「なーに？」

手を振って、ステージの上から返事。

2組の子とも知り合いみたいだ。

凛ちゃんは明るくて可愛いから、クラスでも人気者。

だから、他のクラスにもたくさん友だちがいるんだろうな。

「ちょっと試合出られたりしない？ うちらのチーム、ひとり体調悪くなっちゃって足りないの」

次にそんな声が聞こえてくる。

うちらのチーム、ということはつまり2組のチーム。

同じクラスの子を誘わないのかな、と思ったが……現在試合に出ていないほとんどの女の子は男子のバレーを応援するのに夢中になっていた。

ちがうクラスだけど誘いやすかったのが凛ちゃん、ってわけだ。

「茉白、ちょっと行ってくるね」

　半袖をさらにまくると、気合いを入れる彼女。

「うん！　頑張ってね！」

　立ち上がって、コートへと行く彼女を見送る。

　同じチームで凛ちゃんを見ていてわかったことは、彼女が運動神経がいいということ。

　すぐに状況判断ができて、みんなにパスをまわして、ゴールも決められて。わたしのフォローまでもしてくれて、本当にすごかった。

　そんな彼女はどこのチームでも活躍することまちがいなしだろう。

「よっと」

　健くんはステージの上に乗って、さっきまで凛ちゃんがいたところに座る。

　そういえば、少し忘れかけていたけど……健くんはなにか企んでいるかもしれないんだよね。

　友だちになろう、なんて急に言うんだもん。なにかあるにちがいない。

　少し横にずれて距離をとれば、その距離をつめてくる健くん。

　ピタリと肩が密着して、わたしは慌てて後ろに下がった。

「な、なに？」

「茉白ちゃんが急に思い出したように逃げるから。朝は普通に話してたのにな～」

「……健くんって、本当はなに企んでるの？　急に友だちになろうなんて言うの、やっぱり変だよ」

　思ったことを聞いてみる。

「ほんと、なにも企んでないって。昨日も言ったじゃん。
俺はただ茉白ちゃんと仲良くなりたいだけだってば」

　あはは、と笑って答える彼。

　……だから、それが信じられないんだってば。

　じっと健くんを見つめれば、彼は再び口を開いた。

「茉白ちゃんの家がどうのっていうのもやっぱり興味ある
けどさ～。今は鷹樹茉白っていうひとりの女のコがすごく
気になるんだよね。可愛いし、世間知らずでおもしろそう
だし！　一緒にいたら楽しいだろうな～って思ったから、
友だちになりたかったの」

　……なんか、からかわれてる？

　世間知らずそう、って失礼じゃ？

　そう思ったけれど、今度は真剣な表情で話すから……嘘
をついているとは思えなかった。

　今言ったことは、本当なのかな。

　……こんなわたしでも、一緒にいたら楽しそう、って思っ
てもらえたことは素直にうれしい。

　猿渡健一郎という男は、そこまで危険人物じゃないのか
も……。

「そういえば、髪お団子にしてるのも可愛いね」

　手が伸びてきて、わたしのお団子ヘアに触れる。

　お団子ヘア、褒められた。

　碧には『頭にうんこついてますよ』なんて言われたのに。

「女のコってすごいね。こんなきれいに結べるなんてさ」

「そ、そうかな……。わたし、あんまりほかの髪型とかできないけど……」

「茉白ちゃん、茉白ちゃん。ポニーテールってできる？」

「ポニーテール？　できる、けど……？」

　だからなんだろう、と不思議に思いつつ健くんを見れば。

　彼はにこりと笑って。

「今度、ポニーテールにしてきてよ」

　そんなことを言い出した。

「いい、けど……？」

　別に、それくらいならいいんだけれど。結ぶのなんて数分で終わるから。

　でも、なんでポニーテール？

「やったー！　俺、女のコの髪型の中で１番ポニーテールが好きだから嬉しいよ。茉白ちゃんありがと、愛してるー」

　喜ぶ健くん。

　そして、急に顔を近づけてきて――頬に触れた、柔らかい感触。

　……頬に、キスをされた。

　しかも、今回が２回目。

「っ!?」

　急な出来事にびっくり。

　熱くなっていく顔。

　ドキドキと心臓が大きく鳴って、頬をおさえた、その直後。

　――バンッ!!

とボールがぶつかる大きな音が体育館に響いた。

その音がしたほう——男子のコートへと目を向けると、鼻をおさえる碧の姿。

彼のその手のすき間から、ぽたぽたとこぼれ落ちる赤い血。

鼻血!? な、なにが起きて!?

「小鳥遊くん!?」

「大丈夫!?」

「今、ガチで顔にボールくらったよね!?」

「ティッシュ、だれかティッシュを小鳥遊くんに!!」

ざわつく女の子たち。

どうやら、顔にボールがぶつかって……こうなったようだ。

ティッシュ……!

ティッシュなら、確かここに……!

わたしはステージの上からおりて、ズボンのポケットの中からポケットティッシュを取り出して。

それを碧に届けに行こうとした、時——。

「あ、あのっ! よかったら、これどうぞ……っ!」

碧のもとへと駆け寄って、ポケットティッシュを差し出した、メガネをかけたおさげの女の子。

わたしはピタリと足をとめた。

「どうも」

碧はそれを受け取って、ティッシュで鼻をおさえる。

「小鳥遊、大丈夫か!?」

　男性の先生もすぐに碧のもとへと駆け寄るが、彼は。
「すみません。思いっきりよそ見してました。保健室行っ
てきてもいいですか?」
　淡々と先生に告げる。
「じゃあだれか付き添いを──」
「ひとりで大丈夫です」
「でもひとりじゃ──」
「本当に大丈夫です。ひとりで行ってきます」
　すたすたと歩いていく彼。
　……ひとりで行かせるなんて、すごく心配だ。
「小鳥遊はあぁ言うが……付き添いで行ってもらっても
いいか?」
　先生がそう言ったのは、ティッシュを渡した女の子。
「は、はいっ!」
　その子はすぐに返事をして、走って碧の後を追った。
　……碧がよそ見なんて珍しい。
　鼻の骨、折れてたりとかしないかな……大丈夫かな。
　不安は募るばかり。
「心配なら茉白ちゃんも行っておいでよ」
　健くんもステージの上からおりて、とんっとわたしの背
中を押す。
　行っていいのだろうか。
　授業中だし、わたしは付き添いを頼まれていないのに。
「せんせー、茉白ちゃんが頭痛いそうですー」
　行きたいけど『行ってくる』とはなかなか言えず。

　ただこの場にいれば、わたしの肩に手を添えて健くんは大きな声を出した。

　あ、頭が痛い!?

　わたしが!?

　『頭なんて痛くないよ』、と言いそうになったが、その言葉は飲み込んだ。

　そう言ってくれたのは、わたしが保健室に行けるようにしてくれているからだとわかったから。

　確かに、仮病を使えば保健室に行って碧の様子を知ることができる。

　わたしはすぐに具合が悪いフリをした。

「茉白ちゃん茉白ちゃん、おさえてるとこ頭じゃなくてお腹だよ」

　小さな声で、くすりと笑った健くん。

　わたしがとっさにおさえたところはお腹。

　そうだ、健くんは『頭痛いそうですー』って言ったんだった。

　お腹ではなく、慌てて頭をおさえた。

「大丈夫?　保健室行ける?」

　先生は幸い見ていなかったみたいで怪しむことなく、優しく声をかけてくれる。

「はいっ、大丈夫です!　保健室行ってきます!」

　わたしはそれだけ返して、すぐに早足で歩いた。

　走り出して行きたい気持ちを必死でおさえる。

　具合が悪いってことになっているんだから、走っちゃだ

めだ……走っちゃだめ。

　だけど、体育館から出て、みんなから見えなくなったら
すぐに走り出した。

　体育館シューズからサンダルに履き替えずに。

　碧、大丈夫かな……。

　頭の中は碧のことでいっぱい。

　たたたっ、と全速力で走ればすぐに見えたふたり。

　碧と、メガネをかけたおさげの女の子。

「た、小鳥遊くん、ティッシュならまだありますからね」

「すみません、リコさん」

　耳に届いたふたりの会話。

　声をかけようとしたが……わたしは、それを聞いて声が
出なくなった。

　足をとめて、そっと近くのトイレに入って隠れる。

　"リコさん"

　碧は、確かにそう言った。

　名前、呼び……？　碧、その子と仲良いの……？

　そんなことを思ったあと、わたしはすぐに思い出した。

　わたしは見た。

　あのおさげの子が碧と教室内で話しているところを。

　あの子は、碧から傘を借りた子。

　傘を返しているところを見たから、絶対そう。

　それで、仲良くなったとか……？

　仲良くなったから、"リコさん"って名前で呼んだの？

　……わたしのことは、名前で呼んでくれないくせに。

　心の中がモヤモヤして、穏やかではいられなくなって。

結局は声をかけず、体育館へと戻った。

　夕食の時間。

　ちらりと前に座る碧を見れば、目が合って。

　彼は優しく微笑んだかと思えば。

「お嬢、人参大好きでしたよね。俺のぜんぶあげます」

　碧は自分の器から人参をスプーンですくって、それをわ

たしの器へと入れた。

　それもひとつじゃなくて、みっつも。

　今日の夕飯は、野菜たっぷりのポトフ。

　わたしの器にあった人参は、ひとつだけだったのに……

合計でよっつになってしまった。

　昔から、人参は好きになれない食べ物。

　カレーに入っている人参は食べやすいけど、それ以外は

どうしても苦手で。

　ずっと一緒にいる碧も、それはもちろん知っていること

だろうに……なんて嫌がらせをしてくれたんだっ！

「碧、行儀が悪い！」

　翔琉さんに怒られる碧。

「お嬢が俺の人参をほしそうに見てたから、つい」

　彼は全く反省せず、それだけ言うと黙々とご飯を食べた。

　別にそういう目で見てたわけじゃないのに……！

　ただ、ボールでぶつけた鼻は大丈夫なのかなって思った

だけで……。

「お嬢、人参は俺がもらいますよ。でもひとつは自分で食べてください」

　自分の器を出してくれる、優しい翔琉さん。

　でも、わたしは。

「だ、大丈夫、自分で食べるから」

　そう返して、頑張って人参を食べた。

　碧は、わたしが健くんとの間にあった本当のことを言わないからまだ怒っている。

　だからこうしてわたしに意地悪をして、彼はわたしから謝らせて、健くんに言われたことをぜんぶ聞こうとしているんだ。

　こんなことされても、絶対に負けないんだから……！

　そう思っても、まだまだ彼の嫌がらせは続く。

　ある日、おやつに大好きないちご大福を食べようとした時のこと。

「お嬢、確かいちご嫌いでしたよね。俺が食べてあげます」

　ひと口で自分のぶんのいちご大福を食べた碧は、わたしのいちご大福へと手を伸ばし……。

　大福にはさまっていた大きないちごをひょいっととると、それを自分の口へと運んだ。

「な、な、なんてことするの!?」

　あまりの怒りに立ち上がると、彼は口角を上げて。

「あれ？　お嬢、俺を無視するんじゃなかったんですか？」

　なんて言ってくる。

『もういい！　碧が健くんとケンカしない、って約束して

くれるまで、碧のこと無視するから！　バカっ！』

　今朝、確かにそう言った。

　まだ、碧は約束してくれてないから無視は続行しなくちゃいけない……。

　絶対、絶対、負けないんだからっ!!

　──こうして、まだまだわたしと碧の戦いが続いたのだった。

　碧を無視して、彼からの意地悪に耐えて、まさかの1週間が経過。

　学校から帰ってきて、現在、わたしは翔琉さんと台所でクッキー作りをしているところ。

『中間テストが近づいてきているから、しっかり勉強をするように』

　担任の先生は帰りのホームルームでそう言っていた、けれど。

　翔琉さんがおやつにクッキーを作ると言っていたから、わたしは「お手伝いしたい！」と手をあげた。

　お手伝いをしたいと思ったのは、料理スキルがほしいと思ったから。

　凛ちゃんが以前言っていた、押して押して押しまくる方法の中に、"手作りのお菓子とかあげて、女子力をアピールして見せたり！"というのがあった。

　碧とは……一応ケンカ中、だけど。

　いつかなにかの役に立つだろうから、料理スキルがほし

い。

「お嬢、その瓶は塩です。砂糖は大きいほうの瓶ですよ」

「あ、そうだったんだ。危ない危ない」

「ちゃんと瓶にシールが貼ってあるので、それを確認してから入れてくださいね——って！　お嬢、ストップです！　大さじっていうのはそんなスプーン大盛りはいれないんです！　こういうのはすり切りで入れるんですよ、こうやって」

「そ、そうだったんだ……。すごいこと知ってるね、翔琉さん」

　知らないことばかりで、とめられて。

　そんなわたしを見た碧は「アホですね、お嬢は」なんて笑ってくる。

　碧は、わたしに意地悪をするためかわざわざ台所に椅子を持ってきて見学しているところ。

　全く集中できない。

　無視している最中だから『あっち行ってて』とも言えないし……このままでいるしかない。

　我慢だ、我慢。

「お嬢、卵割ってもらってもいいですか？」

「うん！」

　冷蔵庫を開けて、卵をひとつ取って。

　ボールに卵を割る、が……小さな殻がいくつか入ってしまった。

　卵ひとつもきれいに割れないなんて……。

　やっぱり恥ずかしいくらいに、自分に全く料理スキルがない。

　いつも翔琉さんがご飯やおやつを作ってくれて、頼りっぱなしになっているから。

「料理なんて慣れです。何回もやれば上手くなりますよ」

　翔琉さんはわたしを励ましながらその後も優しく丁寧に指導してくれて、クッキーの完成。

　完成した頃に、いつの間にか碧は台所からいなくなっていた。

「お嬢、これを碧に渡してやってくれませんか？」

　できたクッキーを何枚か小袋に入れてラッピングすると、翔琉さんはそれをわたしに手渡す。

「えっ」

「なにがあったのかは知りませんが、碧ともう仲直りしてあげてほしいです。碧はあんな意地悪をしますが……お嬢に長いこと無視されて結構へこんでるんですよ」

　その言葉を聞いて、びっくり。

　碧がへこんでる、なんて。

「う、嘘……だよね？」

「本当ですよ。お嬢がいないところでは、碧はこの世の終わりみたいな顔してます」

「そ、そう、なの？」

「写真があれば見せたいくらいです。お嬢は……まだ、碧と仲直りしたくないですか？」

「……したいとは、思ってる」

　本当は……このケンカ、わたしが悪いということはわかっているんだ。

　碧はわたしのことを心配してくれているから、『本当のことを教えてください』と何度も言っているし、暴走族に所属している健くんから遠ざけようとしてくれている。

　それはわかっていたのに……。

　碧はいつもわたしのことを考えてくれていたのに……わたしは碧に隠したいことがあるからと、変に意地を張ってしまった。

「そう思ってくれているなら、やっぱりクッキーを渡してあげてほしいです。これできっと仲直りできますよ」

　にこりと笑う翔琉さん。

　わたしはこくんとうなずいて、台所を出る。

　同じ家にいれば、探さずともわりとすぐに会うもので。

　碧とバッタリ会った。

「お嬢、クッキーは無事に焦げましたか？　——って、ちゃんとできたんですね」

　わたしが手に持っているクッキーを見て、そう言った彼。

　まるで焦げるのを期待してたというような言い方。ムカつくけど、我慢だ。

「もしかして……だれかに渡すんですか？」

　口を開こうとすれば、先にまた碧が口を開く。

　ラッピングしてあることにも気づいたようだ。

　ドキッと心臓が鳴って、少し緊張。

　……気づかれたほうが渡しやすいのかもしれない。

「……うん」

　こくんとうなずけば。

　なぜか、持っていたクッキーをひょいっと取られた。

「だめです」

　彼はそれだけ言うと、すたすたと歩いていく。……クッキーを持って。

　だめです、って!?

　碧に渡すクッキーだけど、どこに持ってくの!?

　また意地悪!?

「碧……っ!!」

　わたしは碧のあとを追う。

　どうせなら、自分から渡したい。

　ちゃんと、仲直りしたい。

「お嬢が作ったクッキーなんて、だれかが食べたらお腹壊しますよ」

「な!?」

　また、なんて失礼なことを!

　翔琉さんの指導のもと作ったからそんなことないのに!

　……まぁ、まだ味見してなかったから絶対とはいえないけど。

「これは俺が責任をもって片付けておきます」

「返して……っ!」

　片付ける、とは捨てるという意味かと思ってすぐにクッキーの小袋へと手を伸ばす。

　が、碧はわたしが取れない位置まで高く上げると、ラッ

ピングしていたリボンを解いて。

　小袋の中からクッキーを1枚取り出すと、それを自分の口へと運んだ。

　もぐもぐと口を動かす彼。

　……本当に食べた。

　ちゃんと渡したかったのに……。

「なんでそんなに意地悪ばっかりするの!?　碧のバカ!! 大っ嫌い!!」

　こんなことを言いたかったわけじゃない。

　でも、ついムカついて……そんな言葉が口から出てしまった。

　この場から逃げようとすれば、パシッとつかまれる手首。

　彼はすぐ近くの部屋──碧の部屋の襖を開けると、わたしの手を強く引いて部屋の中へといれる。

　抵抗しようとしたところで襖は閉められ、わたしは肩を強くおされ……後ろへと体が倒れたけど、柔らかいところに倒れたから痛みはなかった。

　倒れたのは、ベッドの上。

　次に瞬きしたころには、彼との距離は数センチ。

　わたしの上に、彼は覆いかぶさっていたのだった。

　……な、何が起きて?

　急なことに頭が追いつかない。

「意地悪ばっかりするのはどっちですか」

　近くでする彼の声。

　まっすぐに目を見つめられて、逸らすことができない。

「俺に隠し事して、無視して、近づくなって言った男にわ
ざわざ近づいて……仲良いところを見せつけているのはだ
れですか。意地悪ばっかりするのはお嬢のほうじゃないで
すか」

　そう言った彼の表情は、怒っているように見えるけど。

　……どこか、悲しそうにも見える。

　わたしは、碧を傷つけていたのだろうか。

「……ごめんなさい」

「許しませんよ」

　謝れば、すぐに返される。

　やっぱり、すごく怒らせているんだ……。

「碧……ごめんなさい」

　必死に謝って、まっすぐに見つめれば。

　碧は、「嘘です」と少し笑った。

「俺もお嬢に意地悪したので、許しますよ。それと……お
嬢に無視をされ続けるくらいなら、もう隠し事のことは聞
かないし、1万歩くらい譲ってあのクソ猿とケンカしない
と約束もします。どんなに消したいと思っても、殴りたい
と思っても、我慢しますよ。だから、お嬢もひとつ約束し
てください。あのクソ猿になにか嫌なことをされたら必ず
俺に相談する、って」

　こつんとおでことおでこがくっついて、さらに碧との距
離が近づく。

「ごめんね……ありがとう。約束する」

　返事をすれば、「約束です」と彼は微笑んだ。

　これで仲直り……できたんだよね？

　少しずつ心に安心感が広がっていく。

「お嬢。あのクソ猿は……本当の本当に大丈夫なんですか？
なにも企んでないと言えますか？」

「きっと大丈夫、いい人そうだよ。健くんはね、ただわた
しのことを気になってくれて、友だちになりたいだけなん
だって」

「……気になって、ですか」

「わたしと友だちになりたい、って思ってくれたのは嬉し
かったの！　それより、碧！　ぶつけた鼻は……大丈夫？」

　聞くのはすごく今さら。

　翔琉さんに代わりに聞いてもらって、大丈夫だというこ
とは知っているけれど。

　まだ心配は消えず、直接聞いてみた。

「大丈夫です。骨は折れてませんよ」

　声が耳に届くとくっついていたおでこが離れ、今度は碧
の鼻とわたしの鼻がくっついた。

　今さらながら、碧と至近距離にいることにドキドキ。

　よく考えれば、わたしは今……碧に押し倒されている、
わけで。

　それを意識すればさらにドキドキと心臓が暴れだした。

　っていうか、いつどいてくれるの……？

　もう約束もしたし、わたしの上からどいてくれてもいい
と思うんだけど……？

　このままじゃ、わたしの心音が碧に聞こえちゃうよ……！

「あ、碧、あの、わたし、そろそろ自分の部屋に戻る……」

　少し強く碧の胸を押す。

　すると、彼は。

「お嬢、俺は1個だけどうしても許せないことがあります」

　じっとわたしを見つめてくる。

　1個だけ、どうしても許せないこと……？

「え？」

　それはなんだろうと考えようとした、その時。

　碧は……わたしの頬を、ぱくっと優しく食んだ。

　な、な、な、なに!?

　急に食べられた!?

　優しく食まれたから痛みはなく。

　またわたしを見つめる彼。

「この餅ほっぺは俺のです。なにほかの男に2回もキスされてるんですか」

　……な、なんか前も "お嬢の餅ほっぺは俺の" って言ってたような？

　わたしのほっぺはいつから碧のものになったのか。

　っていうか、2回もってことは……体育の時間にまた健くんにキスされたとこ、碧は見てたの!?

　碧、あの時バレーやってたよね!?

　そう思った数秒後、はっと思い出したこと。

　健くんにキスをされた直後、碧は顔にボールをぶつけて『思いっきりよそ見してました』と言っていたような……。

　そのよそ見って、もしかして!?

　わたしと健くんを見てたから、前見てなくてボールが顔に当たったの!?

「だいたいお嬢は隙がありすぎるんです。簡単に押し倒されて、頬にキスされて。こんなんじゃすぐ男に食べられちゃいますよ」

　そう言った彼。

「食べる……?」

　ひとつ、よく意味がわからなくて首を傾げたわたし。

　食べるって……食人?

　そんな怖いことを考えれば、急に碧の大きな手がわたしのセーラー服の中へと侵入。

　その手は上へと滑って、ギリギリのところでピタリととまる。

　びっくりして、その手をとめることさえできなかった。

「こういうことです」

　そんなことをされて、意味を理解。

「あんまり隙があると俺がお嬢を食いますよ」

　まっすぐに見つめられ、一瞬声が出なかった。

　目の前の彼は、本気の目をしている。

　……この言葉は冗談なんかじゃない。

　心臓が、壊れそうだ。

　ドキドキ鳴りすぎて、爆発しそう。

「もっと男に警戒してくださいね」

　そんな声が耳に届けば、碧はすぐにわたしから体を離して、腕を引っ張り起き上がらせてくれた。

「そういえば……クッキー食べてすみませんでした。これ、だれかにあげるやつだったんですよね?」

　彼は手に持っていたクッキーの小袋を見て、急に正座。

　ついさっきまでは本気の目をしていたのに、今は申しわけなさそうな表情に。

「……それ、碧にあげるやつだったんだよ」

「俺に、ですか?」

「うん」

　うなずけば、ぱぁぁっと瞳を輝かせる彼。

　なんか……嬉しそう?

　コロコロ変わる表情は、なんだかすごく可愛い。

「ありがとうございます。残りは一生大切に飾ります」

　嬉しそうにクッキーを見て、小袋のリボンを結ぶ。

「飾るの?……あ、もしかして美味しくなかった?　わたしまだ味見してなくて……お腹壊しそうなら返却可能、です」

　ふと『お嬢が作ったクッキーなんてだれかが食べたらお腹壊しますよ』なんてさっき言われた言葉を思い出す。

　わたしは、ここにクッキーを置いてくださいという意味で両手を前に出した。

「すみません、さっき言った言葉はただの意地悪です。このクッキーは、本当はすごく美味しかったです。それはもう、今まで食べたなによりも、最高に美味しかったですよ。これはお嬢が俺にくれた、はじめての手作りなので……飾っておきたいと思っただけです」

　クッキーは返却されることはなく。嬉しい言葉が聞こえてくる。

　美味しかったなら、よかった。

　わたしひとりでは作れないから、美味しくできたのは翔琉さんの指導のおかげ。

「美味しいなら、飾らないでちゃんと食べてね」

「……1枚だけ、飾るのはだめですか？」

　飾るなんてことをしたら、カビが生えそうだから言ったんだけど……碧はお願いするようにこっちを見てくる。

　本気で飾りたいのだろうか。

　まぁ、そんな顔をしてもだめなものはだめなんだけど。

「だめ。ちゃんと食べてね」

「……お嬢がそう言うなら、飾りたい気持ちをおさえます。大切に食べますね」

　少し寂しそうに返事をした彼。

　今すぐは無理だと思うけど……ひとりでお菓子を作れるようになりたい、と強く思った。

　そして、今度はひとりで作ったものを碧にあげて、喜んでもらえたらいいなぁ。

　先は長いだろうけど、少しずつ頑張ろう。

　そう思って、自分の部屋へと戻った。

気づいてしまったこと

「ね、ねぇ、碧」

「なんですか？」

「テストの成績表……もらった？」

「はい。それはもう素晴らしい結果でしたよ」

「ちょっと見せて？」

「いいですよ」

　先週終わった中間テスト。

　わたしのクラスは、朝のホームルームで中間テストの成績表を渡されて。

　お昼休み屋上でお弁当を食べている最中、碧のテストの成績表が気になって、聞いてみた。

　碧は鞄の中から1枚の紙を取り出すと、それをわたしに手渡してくれる。

　嫌な予感しかしなかった。

　だって、わたしは彼が勉強している姿を一度も見ていないんだから。

　テスト前に『ちゃんと勉強してる？』なんて聞いたら、『あとでやります』と必ず返ってきて……。

　絶対あとでやらないだろうと思い一緒に勉強をしようとすれば、碧は急用ができて出かけていく。

　その急用というのは、お父さんの会社の手伝い。

　碧は優秀でお父さんに頼られているらしく、最近多忙

だった。

　真夜中や空が明るくなった頃に帰ってきて、平日はあまり眠ることなく彼はわたしと一緒に登校する。

　睡眠時間もろくにないのに『勉強しよう！』とは強く言えず、テストを迎えてしまったのだった。

　そして、嫌な予感は当たる。

　各教科の点数は、０。

　合計点数も、０。

　クラス順位も、総合順位も、最下位。

　どこが、"素晴らしい結果"だ。ぜんぜん素晴らしくない。

「素晴らしい結果じゃないじゃんっ！」

「０がたくさんでとても素晴らしい結果です。うちの担任も『こんな点数を見たのははじめてだ』と言っていましたよ」

　……碧のクラスの担任の先生は、びっくりしたんじゃないかな。

　この最低な点数を見て。

　っていうか、碧はわかってるのかな。

　さすがに１回目のテストでどうこうなることじゃないけど、この先こんな点数を取り続けていたら……留年するかもしれない、のに。

「碧！　追試いつ!?」

　赤点を取れば、追試があるはず。

　テストの成績表を渡された時に、先生が教室の後ろの黒板に追試の日程表を貼っていたから。

　わたしは赤点を取っていないから、そんなの関係ないと思って見ていなかったけど……。

「確か来週の月曜からだった気がします」

　碧は特に気にする様子もなく答えた。

　……来週だったら、まだ時間はある。

「食べたら勉強しよう！　教えてあげるから！」

　わたしはテスト範囲のところはしっかり勉強して、全教科平均点以上をとっているからそれなりには教えられる。

　だからそう言ったんだけど、碧は。

「お嬢に手取り足取り勉強を教えてもらうのはすごく嬉しいです、けど……残念ながら、このあと委員会の仕事がありまして」

　まさかの、用事。

　……わたし、手取り足取り教えるなんて言ってないんだけど？

　まぁ、そこは突っ込まないでおこう。

　そういえば、碧ってなんの委員会に入っているんだろう。

「碧ってなに委員なの？」

　運動神経抜群だから体育委員かと一瞬思ったけど……体育委員はやることが多そうでめんどくさい、とか碧は言いそうだし。

　なんだろう、と思っていたら「図書委員です」と返した彼。

　碧が、図書委員？

　彼が最後に本を読んでいる姿を見たのは、確か５歳の時。

それも、あの時読んでいたのは絵本。

　……もうずっと本を読んでいない、あの碧が？

「似合わないね」

　思わず笑ってしまう。

「俺もそう思います。お嬢はなに委員なんですか？」

「わたしは凛ちゃんと一緒に保健委員にしたの。碧は、なんで図書委員選んだの？」

「楽そうな委員会に入りたかったんで選びました。楽じゃなかったみたいですけど……」

「選び方は碧らしいね」

「仕事サボってやろうとも思ったんですが、図書委員はクラスでふたりだけ。各クラスごとに１週間交代で仕事が回ってくるので、俺がサボったら仕事をひとりでしなきゃいけなくなっちゃうんです。俺はそこまでひどい人間じゃないので、食べ終わったら図書室行ってきますね」

「うん」

「あ、お嬢」

　お弁当を食べ進めようとしたところで声をかけられて、手をとめる。

「俺がいなくて寂しいですよね。寂しすぎて泣きそうだったら、図書室に来てください」

　にこりと笑う碧。

　寂しすぎて泣きそうって……いったいわたしを何歳だと思ってるんだ。

　もう立派な15歳の高校１年生なのに。

「行かないもん」

　わたしはそう答えた、けれど──結局はお弁当を食べ終えてから碧と図書室に向かったのだった。

　一緒に行くのは、寂しいからとかじゃない。

　ぜんぜん、寂しいからとかじゃなくて……。

　碧がいなかったら、話し相手がいなくて暇になってしまうから。

　た、たまには図書室に行って、本でも読もうかなって思っただけ。本当にそれだけ。

「お嬢、ほんと可愛いですね」

　図書室に向かいながら、碧はそんなことを言ってくる。

　な、な、なんだ、急に……。

　可愛いって……！

「……帰ったら勉強しようね」

　なんて返したらいいのかわからず、小さな声を出した。

「お嬢。俺はさっきも言った通り、お嬢に勉強を教えてもらうのはすごく嬉しいです。でも……大っ嫌いな勉強を頑張って、追試を乗り越えるためにはなにかご褒美がないとやっていけません」

　じっと隣から感じる視線。

　これは……確実に、ご褒美を要求されている。

　まぁ、それで勉強を頑張ってくれるのであれば、いいか。わたしにできる範囲のことなら、要求を呑もう。

「……なにがほしいの？」

　ちらりと目を合わせると。

「俺が全教科、追試で１発合格したら……好きなところに
キスさせてください」

　耳に届いた言葉。

　す、好きなところに、キス！？

　好きなところって、どこ！？

　ほっぺ！？

　でも、ほっぺならもうキスされたことあるし、この間な
んて甘噛みされたっけ……。

　ま、まさか！

　口じゃないよね！？

　そもそも、そんなものがご褒美になるのか……。

　いろいろ聞きたいことはあったけど、「いいですか？」
とまっすぐ見てくるから。

「あ、碧がそのご褒美でいいんだったら……いいよ」

　そう返してしまったわたし。

　心臓がドキドキして、碧の目を見て言えなかった。

　……なんでそれを要求してくるのか、碧がなにを考えて
るのかさっぱりわからない。

　下を向いて、すたすたと少し早歩き。

　碧より数歩前を歩いていたところで、視界に入ったのは
色違いのサンダル。

　慌てて立ち止まった。

　あ、危ない危ない……前を見ないとだれかにぶつかっ
ちゃうところだよ。

「──ねぇ、少しいいかな？」

　避けて通ろうとすれば、上から降ってくる声。

　わたしはその声に顔を上げた。

　目の前にいたのは、茶髪の髪を巻いた女の子。

　サンダルの色が違うから、先輩だ。

　にこりと笑う先輩だけど、どこか感じる恐怖。

　なんて返せば……。

　先輩と接点なんてないのに、わたしになんの用があるんだろう……。

「あ、えと……」

　なんて返そうか迷っていた時。

「俺の鷹樹さんになにか用ですか?」

　碧がわたしの肩を抱き寄せ、密着する体。

「ちょっと、その子に聞きたいことがあってね。借りてもいいかな?」

　目の前の先輩が笑いながら答えると、碧もにこりと笑って。

「すみません。鷹樹さんはこれから俺と用事がありまして」

　そんな嘘をさらっとついた。

　用事は特にないし、嘘だけど……そう言ってくれるのは正直助かる。

「そうなんだ?　じゃあ、またあとで——」

「ちなみに、あのクソ猿……猿渡くんと鷹樹さんはあなたの考えているような関係ではないですよ。鷹樹さんは、俺のですから」

　先輩の言葉を遮った碧。

　"俺の"と強調して、わたしをさらに引き寄せる。

　な、なに、"俺の"って!?

　しかもなんで急に……健くんが出てくるの!?

　それを聞いた先輩は、ほかになにも言わず。この場を去っていく。

「あの人、よくないニオイがします。一応用心してください」

　遠ざかる後ろ姿を見送ったあとに、碧はつぶやくように言った。

　よくないニオイ?

　そんなことに気づくなんて……なんか、犬みたい?

「あの猿はお嬢をめんどうなことに巻き込んで……。あの猿の口から早く誤解を解いてもらいましょう」

　彼は、ため息をひとつ。

　さっきから疑問に思っていたけれど。

　なんで健くんが出てくるんだろう。

「碧、どうして健くんが話に出てくるの……?」

　気になったことを聞いてみる。

　そうすると、碧は……少し驚いた表情をして、後にため息をもうひとつ。

「……お嬢は3歩歩けばすぐに忘れるニワトリだったんですね」

　ニワトリなんて、失礼な……っ!

「あのクソ猿がお嬢にふざけたことをしてきた日、いたじゃないですか。お嬢の目の前に、今の女性が」

　彼は説明してくれて。

　わたしは……そこでやっと、わかった。

　いた。確かにいたよ、あの先輩。

　健くんに廊下で頬にキスをされて、それを見ていたのが
5人の先輩で。今の先輩はそのうちのひとりだった。

　思い出すのは、あの時のあの冷たい視線。思い出すと恐
ろしい。

　わたしはあの時健くんに利用されただけなんだけど、
きっと……というか絶対、今の先輩はわたしと健くんの仲
を誤解していたんだ。

　健くん、コミュニケーション能力が高くて人気者だから
すごくモテるだろう。

　きっとさっきの先輩も、健くんのことを……。

「思い出しただけでもムカつきますね……。お嬢、ほっぺ
にキスさせてください。俺の餅ほっぺに」

　急に近づいてくる、整った顔。

　わたしは慌てて両手で盾をつくってガード。

　こ、こんな廊下でキスする気なのか、碧は……！

　幸い今は教室棟にいないから目立つことはないけど、学
校内だからだれに見られてもおかしくないのに……！

「この手、邪魔です」

「こ、こんなところでなにしようとしてるの……！　離れ
て……っ！」

　手で碧を押し返すけど、彼は強引に近づいてくる。

「図書室！　図書室に早く行かないと……っ！」

　必死に言えば、ピタリととまる彼。

　……やめてくれる気になった?

　そっと手をどけようとすると、急に引っ張られた右手。

　彼は、その手を自分の口元へと持っていき──手の甲に、キスをひとつ。

「今はここで我慢します」

　ぽつりとつぶやくように言うと、なにごともなかったかのように「行きましょう」と手を引いて歩く碧。

　な、な、なにを!?

　手にキスされた……!?

　どこにキスをされても、ドキドキすることには変わりない。

　ま、まわりにだれもいないよね!?　今の見られてないよね!?

　きょろきょろとまわりをよく確認。

　左右、前方、よく見るがだれもいなくて。

　うしろを振り向けば……いた。

　バチッと目が合った女の子。

　おさげ、それからメガネが特徴のその女の子は……碧のクラスの子。

　彼女は物陰からひょこっと顔を出していて、目が合った瞬間ビクッとした。

　み、見られてた!?

　いつから!?　いつから見てたの!?

　キスのとこ!?

　それとも、それよりも前!?

　それよりも前だったら……碧がわたしのことを"お嬢"と呼んでいたのを聞いたかもしれない。

　どうしよう……っ！

　碧に相談……。

　彼にもこのことを言おう、と思ったけれど。

　……わたしは、声が出なかった。

"リコさん"

　碧があの子のことを名前で呼んでいたのを思い出したから。

　……言いたくない。

　碧にあの子のことを考えてほしくない。

　これ以上仲良くなってほしくない。

　だから、わたしは黙っていた。

「リコさん、俺も手伝います」

「え!?　こ、こっちは大丈夫ですよ……！」

「手伝いますよ。今だれも本借りに来る人いないので。もしだれか来たら、すぐあっちに戻ります」

「あ……じゃ、じゃあ、お願いします」

「はい」

　図書室にて。

　聞こえてくるふたりの声。

　ふたりの声、というのは碧と……メガネをかけたおさげの女の子。

　なんと、おさげの女の子は、碧と一緒の図書委員だった。

クラスでふたりしかいないという、図書委員。

　ついさっきまでカウンターで碧が本の貸出手続きをしていて、おさげの女の子が返却された本をひとりで棚に戻していた、のに。

　図書室に碧とおさげの女の子、わたしの3人だけになると碧は立ち上がって、おさげの女の子のほうの仕事を手伝いに行った。

　わたしは座って、図書室にあった歴史のマンガ本を読んでいようと思っていたけど……ぜんぜん集中できない。

　碧がまたあの子を名前で呼ぶから、心が穏やかではなくなって、ふたりの会話にばかり耳を傾けてしまう。

「リコさん、この間の体育の時はありがとうございました。ちゃんとお礼をしていなくてすみません」

「あ、いえ！　お気になさらず！　困った時はお互い様ですよ！　わたしも、小鳥遊くんに以前傘をお借りしましし！　そ、それより、小鳥遊くんはもう大丈夫ですか？鼻の骨、実は折れてたりとか……」

「ぜんぜん大丈夫です。鼻は曲がってないし、もう痛くないので」

「そうなんですね！　それはよかったです！」

　なんだか、仲良さそうに話しているふたり。

　おさげの女の子は、特にさっきのこと……碧がわたしのことを"お嬢"と呼んでいたことや、手にキスをしていたことを気にしていなさそう。

　さっきのは実は聞こえていなかったし見ていなかった、

のだろうか。

　そこまで大きい声というわけでもなかったし、聞こえな
かったという可能性もある。

　それに、メガネをかけていてもちゃんと見えなかったと
いう可能性ももちろんあるわけで。

　このことに関しては、とにかく気にしないようにしよう。

　変に行動すれば、逆に怪しまれちゃうもんね。

「——好きなんですか？」

　ふと女の子のそんな声が聞こえてきて、ぱっと顔を上げ
る。

　え？　す、好き？

　……好き!?

　なにが!?

　もしかして、わたしが考え事してるうちに……告白して
た!?

　碧のこと好きなの!?

　まあ、碧はかっこいいから好きになるのも無理もないけ
ど……っ！

　ドクドクと心臓が嫌な音を立てる。

　碧はなんて言うのか。

　なんて答えてしまうのか……。

　立ち上がりそうな気持ちをおさえていれば。

「正直に言うと、読書はあまり好きってわけじゃないです」

　次に耳に届いた碧の声。

　え？

156

　ど、読書……？

「小鳥遊くん、やっぱり体動かすほうが好きなんですか？」

「運動は好きですね」

「やっぱりそうなんですね。この間の体育ですごい活躍してましたもん！」

「でも俺は、体動かすこと以外はだめだめですよ」

「だれにでも得意不得意はあります！　得意なことがあることは、とっても素敵なことだと思いますよ！」

　会話の続きを聞いて、ほっとひと安心。

　……びっくりした。

　読書が好きか、聞いてたのか。

　告白かと思っちゃったよ……。

　ふたり、なんか仲良さそうだし。

　碧は女の子のこと名前で呼んでるし。

　……ふたりには仲良くしてほしくないのに、どんどん仲良くなっていってしまう。

　ふたりの距離が近づけば、碧はその子のことを好きになってしまう可能性もあるわけで……というか、名前で呼んでいる時点でもう怪しいわけで。

　仲良く話す姿をずっと見ていることはできなくて、わたしは椅子から立ち上がった。

　ガタッと音がたてば振り向くふたり。

「碧……この本借りたい……」

　碧と目が合えば、そっと声を出した。

　声を出したすぐあとに思ったのは、ふたりの会話を邪魔

して迷惑じゃなかったかという少しの不安。

　でもでも、ふたりにはやっぱり仲良くなってほしくないし……。

「今貸し出しの手続きしますね。あっちのカウンターまで持ってきてもらってもいいですか？」

　不安になっていれば、碧は快く返事をしてくれた。

「うん」

　こくんとうなずいて、碧と一緒にカウンターへ。

「おじょ……鷹樹さん、出席番号なん番でしたっけ？」

　"お嬢"と言いかけて、言い直した彼。

　……危ない危ない。

　ここで言われたらぜったい怪しまれる。

「16番だよ」

「俺と一緒ですね」

　そう返すと分厚いファイルを取り出して、あるページを開くとたくさんあるバーコードのなかのひとつをピッと読み取る。

　それから「本貸してください」と言われて、わたしは持っていた本を手渡した。

「日本の歴史に興味なんてあったんですか？」

　渡した本を見て、ふっと笑われる。

　……本当は歴史にはそんなに興味はない。

　わたしは小説よりもマンガのほうが大好きで、この本は図書室にある唯一のマンガ本だから、読みやすいかなと思って選んだだけ。

「興味あるもん。マンガだから読みやすいよ」

「そうですか」

　嘘をつけば、また笑われる。

　なんだかバカにされているみたい。

　ピッと本の裏にあったバーコードも読みとってくれて、「貸出期間は２週間です」と本を渡してくれた。

「ありがとう」

「では、俺は戻りますのでいい子に読書していてくださいね」

　それだけ言うと彼はすぐに立ち上がる。

　行っちゃう……っ！

「鷹樹さん？」

　気づけば手が動いて、碧の学ランの袖をつかんでいた。

　行かないでほしかったから、つい。

　またあの子と仲良く話してほしくなかったから……。

「やっぱり寂しいんですか？」

　目の前の彼は口角を上げる。

　どうやら、寂しくてひきとめたと思われているようだ。

「さ、寂しくなんか……っ」

「寂しがり屋なのは知ってますよ。そんなに寂しいなら、寂しがり屋の鷹樹さんも図書委員の仕事一緒にやります？」

　“寂しがり屋”と“寂しい”を少し強調して言われる。

　バカにされているみたいだけど「……やる」とうなずいた。

　仕事を一緒にやれば、ふたりがこれ以上仲良くなるのを阻止することができる。

「ほんとにやるんですか？」

　わたしの返事を聞いた碧は確認のために聞いてくる。自分から誘ったくせに。

「やる！　お手伝いする！」

　大きな声で返事をすれば、彼は微笑んで「ありがとうございます」と返した。

　それから碧とふたりで、おさげの女の子のところへと移動。

　「リコさん」と彼が声をかければ、振り向いた彼女。

「こちらは１組で俺の幼なじみの鷹樹茉白さんです。彼女はとても寂しがり屋で、どうしてもひとりでいるのが寂しくて嫌！って言うので、お手伝いとして一緒に仕事をしてもいいですか？」

　碧はわたしを紹介。

　……どうしてもひとりでいるのが寂しくて嫌、とは言っていないけど。

「わざわざいいんですか!?　とても助かります！　ありがとうございます！」

　ぱぁっと笑顔で歓迎してくれる女の子。

　なんだか、笑顔がすごく可愛い。

「た、鷹樹茉白です。邪魔にならないようにお手伝い頑張ります」

　わたしはぺこりと頭を下げた。

　そうすると、目の前の女の子も。

「里古香織です！　よろしくお願いします！」

　自己紹介をして、ぺこりと頭を下げる。

　……りこ、かおり、さん？

　"りこ"って苗字!?

　耳に届いた声に、びっくり。

　て、てっきり名前かと……！

　じゃあ、碧はこの子のことを名前で呼んでたわけじゃなかったんだ……っ！

　心には安心感が広がっていく。

「こちらこそよろしくお願いします」

　心に少し余裕がでたわたしは笑顔で返して。

　碧に仕事を教えてもらい、お手伝い開始。

　数冊本を手に取り、本の背に貼られたラベルを見て、同じ番号が書かれた本がある棚へと戻していく。

　それにしても、"里古"って珍しい苗字だなぁ。名前みたいな可愛い苗字。

　里古さんは、笑顔が可愛くて性格も穏やかそうで、とってもいい人そう。

　わたしも仲良くなれたらいいな。

　そんなことを思いながら作業を続けていれば。

　ふと目に入った、碧と里古さん。

　ふたりは短い会話をすると、碧はすぐに作業に戻って。

　里古さんは、碧が去ったあとでもその背中を見つめていた。

　キラキラとした瞳、少し赤く染まった頬。

　その姿を見て、心臓が嫌な音を立てた。

　わたしは、すぐに里古さんから目を逸らして、作業をしているフリ。

　……絶対とは言えない。

　絶対とは言えないけど……。

　里古さんは、碧のことが好きかもしれない。

　今の表情を見て、そう思わずにはいられない。

　そのあとは、作業にぜんぜん集中できなかった。

小鳥遊碧の観察

　昔は、碧のほうがわたしよりも頭がよかった。

　子どもながらにいろんな言葉の意味を知っていたから。

　あの頃は、こうしてわたしが彼に勉強を教えることになるとは夢にも思っていなかったな。

「ここまちがってるよ。これはこうするってさっきも言った」

「……あぁ。そうでしたね、すっかり忘れてました」

「ちゃんと覚えておいてね」

「お嬢がもっと俺に手取り足取り教えてくれたら、深く記憶に残るかと思います」

「へ、変なこと言ってないで早く次の問題やるよ！」

　家に帰って、すぐに碧の追試のための勉強会。

　だけど、１時間とたたないうちに。

　――コンコン、と襖がノックされ。

「お忙しいところすみません。碧さん、少しお時間いいですか？」

　部屋の外から聞こえてくる、お父さんの会社の社員の人の声。

「お嬢、少し行ってきます」

　その声が聞こえてくると碧はわたしにひと言いって、部屋を出ていく。

　閉められた襖。

　足音が遠のくと、わたしはそっと襖を開けて部屋を出て。こっそりついて行く。

　わたしがまだ知らない碧を知ろうと、彼を観察し始めて約1ヶ月。

　残念ながら、新しい収穫はまだひとつもない。

　まず、碧はびっくりするほどわたしの前で仕事の話をしないんだ。

　それは、わざとなのか無意識にそうしているのか。

　碧は会社の手伝いをしているといっても、ほかの社員を引き連れているところを目にするから、きっと会社の中でそれなりのいい地位についていると思うんだけど……。

　わたしの前ではだれかになにも指示したりしないし、社員にこうして碧が呼ばれたら、わたしに聞こえないように部屋を離れて話しに行く。

　だから、まだ知らない碧を知るためには積極的に動くしかない。

　わたしがいなければ、まだ知らない碧の姿が出るわけで。

　こうしてついて行けば、ほんの少しだけでも仕事の話をしている真面目な碧の姿が見られるだろう。

『ストーカーのようについてきて、時には触れて、俺の隅々まで観察していいですから』

　以前、碧本人がそう言っていたんだし、ストーカーしてもいいよね。

「──がありまして」

　話し声が耳に届いて、ピタリと足をとめた。

　碧の声もするけれど、ふたりがなにを言っているのかは
ここからじゃよく聞き取れない。

　一歩、もう一歩、もう少し……。

　会話を聞こうとさらに近づく。

「お嬢、近いです」

　くるりと振り向いて碧は注意。

　気づけば碧の真うしろにいたわたし。

　……会話を聞こうと必死になりすぎていたみたい。

「わ、わたしのことはお気になさらず！　話を続けてくだ
さい！」

　こうなったら仕方ない。

　堂々としていよう。

　わたしがそう言えば、碧は社員に「すぐ準備して行く。
玄関で待ってろ」と伝えて。

「わかりました。失礼します」

　と頭を下げて、社員は去っていく。

　どうやら会話は終了したようだ。

「すみません、急用ができたので行ってきます。今日も勉
強を教えてくださり、ありがとうございました」

　彼はぺこりと頭を下げる。

　碧に勉強を教え始めて、今日で５日目。

　なんとなく、予想はついていた。

　昨日も、一昨日も、その前も、こうして碧は社員に呼ば
れては急用ができたと外へ行ってしまう。

　もしかしたら今日も……ってなんとなく思っていたん

だ。

「お仕事？」

「はい」

「気をつけてね」

「ありがとうございます。行ってきます」

　そんな会話をしたあと、碧はすぐに行ってしまう。

　忙しい彼にそんな言葉しか言えない。

　うちをねたんでいる人たちからの襲撃が心配でも、わたしもついて行きたいと思っても、それは迷惑をかけるだけだから。

　わたしは碧の部屋に行って勉強道具を片付けて、自分の部屋のベッドへと寝転んだ。

　……今度は１日、じっくり碧の観察ができるといいな。

　６月６日、日曜日。

　今日は晴れの予報だから、絶好の観察日和。

　朝４時に起きたわたしは、顔を洗って髪を整えて。

　自由帳とシャーペンを持って、足音を立てないようにこっそり彼の部屋へと向かった。

　本日の観察対象は、小鳥遊碧。

　今日は１日碧にくっついて、徹底的に観察しようと思う。

　彼が起きる時間から、寝る時間まで。

　丸１日見ていれば、わたしがまだ知らない碧の姿が見られるかも。

　ドキドキしながらそっと碧の部屋の襖を開けて、ゆっく

り部屋の中へ。

　相変わらず、ものがあまりない彼の部屋。

　部屋にある家具はベッド、タンス、小さなテーブルのみ。

　その小さなテーブルの上には、歴史の教科書とわたしが貸した授業ノートが開かれたまま置いてあった。

　ちゃんと勉強していたみたいだ。

　部屋の電気はついていなくて、照らすのはカーテンの隙間から差し込む少しの光のみ。

　ゆっくり襖を閉めて、わたしは窓のすぐそばに腰をおろした。

　ここなら光があたるから描ける。

　自由帳を開いて、カチカチとシャーペンの芯を出し。碧をじっと見つめた。

　まだ、ベッドの上で寝ている彼。

　少しも動かないから大丈夫、まだ起きてない。

　今のうちに描いちゃおう。

　碧は反対側を向いているから顔は見えないけど、わたしはその後ろ姿をスケッチ。

　本当は碧の1日を写真を撮って記録したいところだけど、写真を撮るとシャッター音が鳴ってしまうからやめた。

　シャッター音が鳴ったら碧が起きてしまうかもしれないし、彼は気にしてしまうだろう。

　わたしはあくまでも素の碧が見たい。

　だから、絵を描いて記録することに決めたのだった。

　この自由帳は、昔買ってもらったもの。

　昔は絵を描くことが大好きだったから、お父さんが山の
ように自由帳を買ってくれて。まだ使ってない自由帳が1
冊残っていたから、今日はそれを使っている。

　わたしってやっぱり画力ないなぁ……。

　絵を描くことは昔から好きなんだけど……。

　どうしても、上手に描けない。

　それでもシャーペンをとめることなく絵を描いて、5分
くらいで完成。

　あとは碧が起きるまで待ってよう。

　その時間をしっかり記録しないとだからね。

　でも今日は休日だから……碧は起きる時間が遅いかもし
れない。

　平日の碧は6時起き（たまに寝坊する）だけど、休日の
碧はお昼過ぎまで寝ていることもある。

　もちろん、用事があれば早く起きている日もあるけど。

　今日の碧はいったい何時に起きるのか。

　お昼過ぎまで寝ているという可能性も、もちろんあるわ
けで。

　さすがに6時間以上もここでじっとしているのは、わた
しが寝そう。

　いったん部屋に戻ったほうがいいのかもしれない、けど。
碧の休日の1日をしっかり記録しておきたいし……。

　うーんと数秒考えて、立ち上がる。

　とりあえず、寝ないようにスマホでも持ってこよう。縁
側に座って、日向ぼっこしながら読書するのもいいかも。

　襖を少し開けといて、隙間から碧をたまに見ながら読書したりすればいいもんね。

　いったん部屋を出ようと襖に手をかけるが、ピタリと動きをとめた。

　碧の横を通り過ぎた時に、思ってしまったんだ。

　彼は寝ているから今なら触りほうだいなのでは？　と。

　べ、別に、なにかいやらしいことを考えているわけじゃない。

　すごく久しぶりに碧の頭を撫でたり、整った顔のパーツに触れてみたいだけであって。

　本当にそのほかにはなにも思っていない。

　……なにも。

　っていうか、わたしはちゃんと碧から触れる許可も得ているじゃないか。

　だったら……少しくらい触ってもいいんじゃない!?

　1歩ずつ彼へと近づいて、ベッドの脇にしゃがみこんだ。

　顔はまだ見えないけど、心臓がドキドキと加速。

　黒髪へと手を伸ばして触れてみれば、さらさらで柔らかい。

　そして、いい匂い。

　起こさないように、起こさないように……。

　なんて思いながらゆっくり頭を撫でて。その手を滑らせて、頬へと触れる。

　頬も柔らかくて、もちもち。

『お嬢のほっぺは餅みたいですね』

　なんて碧は言うけど、碧だって餅みたいなほっぺじゃん。

　寝ているのをいいことに、頬をムニムニと触って、軽く引っ張って遊ぶ。

　こんなことをできる日はそうそうないから、手がとまらない。

　頬を存分に触ったあとは、今のうちに寝顔をちゃんと見ておきたくて立ち上がる。

　上から見えるのは、横顔。

　目をつむっている彼の横顔は可愛くて、かっこいい。

　スッキリしたフェイスライン。

　横顔も完璧とかすごいなぁ。

　……寝顔、もうちょっとだけ近くで見たい。

　……正面からも見てみたい、かも。

　そう思ってしまったわたしは自由帳とシャーペンを彼の枕元に置いて、彼の顔を覗き込む。

　けれど、彼はわたしに背を向けて寝ているためやっぱりよく見えない。

　こうなったら……。

　寝顔をもっと近くで見ることをどうしても諦めきれなかったわたしは、そっとベッドに乗る。

　ギシッとベッドが軋む音がして、起きてしまうのではないかとヒヤヒヤ。

　でも、まだ大丈夫そう。

　そっと、そーっと顔を近づけて。

　やっと正面から見えた、碧の寝顔。

　……可愛い。

　こんなに近くで見れるなんてレアだ。

　写真におさめておきたいなぁ。

　シャッター音が聞こえたら碧はすぐに起きちゃうんだろうけど……。

　よく目に焼き付けておこう。

　近い距離でじっと見つめていれば……急に、開いた彼の瞼。

　至近距離で目が合って、心臓が大きく飛び跳ねた。

「……お嬢、俺への好奇心が強いのはいいですが、男のベッドに軽率に乗るのはあまり感心しませんよ」

　耳に届く声。

　お、起きてた!?

　びっくりして、びっくりしすぎて、後ろへと下がればベッドから滑り落ちそうになる。

「わっ」

　後ろに重心がいって体が倒れそうになる、その直前――。

　碧は素早く起き上がり、わたしの腰へと手をまわすと自分のほうへと引き寄せた。

　次に瞬きした時には、彼と密着していた体。

　ゼロ距離だから、ダイレクトに鼻腔に届く碧のいい匂い。

　心臓がさらにドキドキと加速して、壊れてしまいそう。

「お嬢、大丈夫ですか？」

「う、うん……あ、あ、ありがと」

　ドキドキしすぎて上手く返事ができない。

　碧はすぐにわたしを離すと、枕元に置いておいた自由帳に気づいて、それに手を伸ばす。

　表紙をめくって1ページ目、わたしがさっき書いた碧の後ろ姿の絵。

「なにか描いてるなと思ったら……絵日記、ですか？」

「うん。碧の観察しようと思って……」

　って、絵を描いている時から碧は起きてたってこと？

　ずっと寝てるのかと思ってたのに……。

「相変わらず下手な絵ですね。高校生にもなって絵日記を描こうと思うその幼稚な発想、俺は好きですよ」

　自由帳を見て、ふっと笑われる。

　絵が下手なことは事実だけど、発想が幼稚なんて失礼な！

「碧、いつから起きてたの？」

　自由帳を奪い返して、気になったことを聞いてみる。

「部屋に近づいてくる足音が聞こえてきたので、それで起きました」

　さらっと答える彼。

　それって……つまり、わたしがこの部屋に来る前から起きてたってことだよね？

　足音を立てないようにこっそり来たつもりだったのに。

「そ、そんなんで起きるものなの!?」

　だれかが部屋に来て起きるんじゃなくて、近づいてくる足音だけで起きるなんて……超人じゃんか！

「訓練したので」

　微笑んで返される。

　訓練って、いったいどんな訓練!?

「お嬢、お年寄りみたいに早起きですね」

　枕元に置いてあった自分のスマホを見て、彼は現在の時刻を確認。

　またなんて失礼なことを……！

　まだわたしは15歳なのに……！

「久しぶりにデートでもします？」

　文句を言ってやろうと思ったが、次に耳に届いた声。

「するっ!!」

　わたしは大きな声で返す。

　でも、そのすぐあとに思い出したことが。

「あ、でも……碧、勉強しなくていいの？」

　彼の追試は明日から始まる。

　ちゃんと教えたつもりだけど……完璧というわけじゃないし、前日も勉強したほうがいいのかも。

「帰ったらちゃんと勉強するので大丈夫ですよ。ご褒美が欲しいので油断はしません」

「……ほんと？」

「本当です。だからデートしましょう。でもどこの店もこんな早い時間からやってないので、10時に出発でどうでしょうか？」

「うん！」

　帰ったら勉強をする、という言葉を信じて、大きくうなずいたわたし。

「では、俺はもう少し寝てますね」

　碧は微笑むと、すぐにベッドに寝転ぶ。

　彼は普段こんな時間に起きないから眠いのだろう。

　起こしちゃって悪いことしたな……。

「お嬢、早くベッドからおりないと襲いますよ」

　いつまでも彼のベッドの上にいると、ぎゅっと手首をつかまれる。

　お、襲う!?

「あんまり隙があるとお嬢を食います、ってこの間言ったの忘れたんですか?」

　その言葉で、碧にここで押し倒された時のことを思い出した。

　確かに、言われた、けども……。

「今……とっても隙がありますね、お嬢」

　上がる口角。

　わたしは、身の危険を感知。

「部屋戻る!」

　すぐにベッドをおり、逃げるように部屋へと戻った。

　もう、朝から心臓に悪い……。

　でも、デートはすごく楽しみ。

　碧に好意を持つ女の子は、わたしだけじゃない。

　1週間、碧の図書委員の仕事を手伝って、しっかりと観察していたけど……やっぱり、里古さんも碧を好きな可能性が高いし。

　そのほかにも、碧はモテるから恋のライバルはたくさん

いる。

　まだデートの時間まで数時間あるから、じっくり服を選んで、気合い入れてメイクをしよう。

　少しでも碧をドキドキさせられるように、このデートで頑張らないと！

　午前10時、碧がバイクに乗れることを知った。

　4月25日の碧の誕生日、わたしのお父さんが若い頃に乗っていたバイクを譲り受けたんだとか。

　譲り受けたわりにはとてもきれいな黒のバイク。

　ちゃんと手入れしているんだろう。

　わたしは聞いたことを自由帳にメモして、ものすっごく下手ではあるけれどバイクの絵もしっかりと描いた。

　碧も起きたことだし、絵で記録するんじゃなくてもう写真でもいいかと思ったんだけど……やっぱり自分の目で見たものを感じたままに描いておくのもいいと思って、今日1日は絵を描くことを決めた。

　描き終われば、次に持ち物検査。

　なにか変なものを持っていないかチェックして、わたしは自由帳にしっかりと碧の持ち物をメモ。

　それから、自由帳とシャーペンをショルダーバッグの中へとしまった。

「お嬢、最初はどこに行きます？　この間本屋行きたいって言ってましたよね？　本屋にします？」

「本屋さんの前に、服見たい！　夏服がほしいの！」

「じゃあ先に服屋に行きましょうか」

　ヘルメットを頭にかぶせられて、ひょいっと抱きかかえられて。

　わたしは、バイクのうしろへと乗せてもらう。

　いつも出かける時は歩きか車のどっちか。

　人生ではじめてのバイクに、なんだかドキドキする。

　碧もヘルメットをして前に乗ると、エンジンをかけた。

「しっかりつかまっててくださいね」

　……バイクって、ちゃんとつかまってないと振り落とされそう。

　碧の背中にこれでもかというくらい、力強く抱きついてつかまる。

　こうしてみてよくわかったのは、碧は筋肉がすごいということ。

　体をよく鍛えてるんだろう。

　おちつけ、おちつけ。

　碧と密着している今、ドキドキしないというのは無理な話で。

　暴れ出す心臓を落ち着けるように、何度も自分に言い聞かせた。

　だけど、出発前に。

「お嬢、そんなにくっついてくれるのはうれしいですけど、それはちょっと苦しいです」

　……と、言われてしまい。

　慌てて力を緩めた。

「ご、ごめん」

「いえ、大丈夫です。では今度こそ行きますよ。怖かった
ら言ってください」

「うん」

　それからすぐに走り出すバイク。

　あまり強く抱きしめすぎないようにつかまって、30分
ほどで街に到着。

　バイクをおりて、向かったのはわたしのお気に入りの服
屋さん。

　数年前、たまたま入ったこのお店。ここはわたしのド
ストライクの服ばかり置いてあって、通うようになったんだ。

「碧、試着したら見てくれる？」

「もちろんです」

「じゃあ試着室行ってくるね」

　わたしは夏服を数着手に取り、さっそく試着室へ。

　手に取ったのは、いつも着ないような服ばかり。

　袖に赤いリボンがついた黒いワンピースと、オフショル
のトップス、それから丈が短めのスカート。

　わたしがいつも着ている服は、明るい色でシンプルなも
のばかり。

　今日だって白いワンピースに、黒いベルトというシンプ
ルコーデ。

　黒いワンピースや露出の多いオフショルを着るのははじ
めてだから、なんだかドキドキ。

　新しいタイプの服を着ようと思ったのは、いつもと少し
ちがうわたしを見て、碧にドキドキしてほしいから。
　一生懸命メイクもしたし、髪も巻いたのに碧は特に意識
してくれなかったし……試着すればなにか言ってくれるか
な。
　そんなことを思いながらオフショルのトップスと短い丈
のスカートに着替えて、試着室のカーテンを開けた。
「ど、どう、かな」
　試着室から出たわたしを見て、彼は少し驚いたような表
情。
　数秒後には微笑んで。
「お嬢は銀河一可愛いです。とっても似合ってますよ」
　その言葉は試着をするたびに毎回言ってくれるから、適
当に言っているようにしか思えない。
　オフショルはじめて着たんだけど、気づいてる!?
「ほんとに似合ってる？」
　一歩前に出て碧との距離を詰める。
　じっと見つめると、口を開いた彼。
「本当に似合ってますよ。でも……スカートの丈、短すぎ
ません？　肩も出すぎです」
　露出している肩に触れる長い指。
　膝よりかなり上の丈のフレアスカート。
　スカートは確かに短いと思うけど、これくらいの短さの
人は普通に見かける。
　オフショルも、夏になれば着てる人はたくさんいるんだ

けど。

「これくらい普通だよ」

「普通じゃないです。スカート短すぎてパンツ見えますよ」

「見せパン履けばいいだけだもん」

「見せパンでも世の男どもに見せるなんてだめです。大切なお嬢のパンツを守るためなら、うちの社員を総動員してでも世の汚い男どもから守りますよ」

　……パンツを守るため、とかなんかよくわからないことを言い出した。

　買わせたくないってことだよね？

　そういうことは、つまり似合わないってことで。

　そんな遠まわしに言わなくてもいいのに。

　まぁでも、碧は優しいから言えないんだろうな。

「似合わないなら素直に言っていいよ」

　試着室のカーテンを閉めようとすれば、パシッとつかまれた手首。

「本当の本当に似合ってますよ。お嬢は銀河一可愛いですから」

「……本音は？」

「お嬢の肌を俺以外の男にあまり見せたくない、というのが本音です」

　まっすぐにわたしの目を見る碧に、心臓がドキッとする。

「じゃ、じゃあ……これ買うのやめる。あともう１着試着するね」

「次はなんです？」

「黒のワンピース」

「黒、ですか。確かに小悪魔みたいでいいかもしれないですけど……お嬢に黒はあまり似合わないと思いますよ」

　黒と言った瞬間、微妙な反応をされ、そんなことを言われた。

　碧が言うなら、そうなんだろう。

　じゃあ黒はやめようかな。

「お嬢にはもっとほかのものが似合いますよ。あっちにあったワンピースとか……あ、持ってきてもいいですか？　お嬢に着てみてほしいです」

　男性をレディースの服屋さんに連れてくるのはいつも退屈しないかと不安だったんだけど、意外と真剣に見ていてくれたようだ。

　わたしに似合うかも、と思ってくれたなんて嬉しすぎる。

「うん！」

　大きく返事をすれば、早足でこの場を離れて。

　すぐに持ってきてくれた。

　グレーのチェックのワンピース。

　白い襟に、リボンまでついていて、すごく可愛らしい。

　さっそく持ってきてくれたワンピースを着てみれば、サイズもいい感じで。

　鏡に映った自分を見て、似合ってると自分でも思った。

　サイズもデザインもいいものを選んで持ってくるなんて、碧はすごい。

「これ絶対買うね！」

　カーテンを開けて、着用したワンピースを碧に見せた。

「こっちのほうがお嬢に似合います」

　にこりと微笑んでくれる。

「ありがとう碧！　すぐに脱いで買ってくる！」

「俺が買いますよ」

「えっ、いいよ!?　自分で買えるもん！」

　お金だってちゃんと持ってきているし、今日は特別な日でもないのに買ってもらうのは申しわけなさすぎる。

「誕生日プレゼントってことで、俺がプレゼントしたいんです」

　わたしの誕生日は7月30日だから、まだ先。

　碧もそれは知っているだろうに……どうしたんだ。

「わたしの誕生日、まだ先だよ？」

「今年はもしかしたらですが……お嬢の誕生日を当日にお祝いできないかもしれないんです」

「……お仕事？」

「今年は7月29日に会社のパーティーが入りまして……。俺も参加して1日あっちに泊まるので、帰りは30日になります。でも、その日は何時に帰って来られるかわからなくて……すみません」

「それだったら仕方ないね……」

　毎年、7月下旬から8月上旬に行われるお父さんの会社のパーティー。

　そこには、お父さんが仲良くしているほかの会社の社長や、昔の知り合いが来る。

　わたしは小さい頃、お母さんが生きていた時に一度だけ
行ったことがあるんだけど、あまり記憶にない。

　とにかく人が多くてすごかったのだけはなんとなくだけ
ど覚えている。

　碧は、行かなくちゃいけないんだ。

　毎年一緒に誕生日を過ごしてくれたから、少し寂しいけ
ど……。

「だからどうか、一緒に過ごせないかもしれない代わりに、
俺に1番最初にお嬢の誕生日をお祝いさせてください」

　じっとわたしを見つめてくる碧に、断ることはできず。

　わたしはこくんとうなずいて、着替えた。

　試着室から出ると、彼はワンピースをレジへと持って
いってお会計。

「早いですが、お誕生日おめでとうございます。これから
も元気にすくすく育ってくださいね」

　お店を出ると、すぐに渡してくれる紙袋。

　元気にすくすくって……なんか、子どもに言うみたいだ
けど、嬉しい。

　碧が1番にお祝いしてくれたから。

「ありがとう！」

「あ、今渡したら邪魔になっちゃいますよね。俺が持って
ますよ」

　受け取ったばかりの紙袋を奪われそうになるが、わたし
はそれを渡さない。

「ううん、自分で持ってる！」

「持てます？」

「これくらい持てるよ！　次、本屋さん行こう！」

　碧の手を引っ張って、次の目的地へ。

　歩いて５分もしないところにある本屋さんへと入って、真っ先に向かったのは少女マンガのコーナー。

「あった！」

　大好きな少女マンガの新刊を見つけて、手に取る。

「お嬢、少女マンガ好きですね」

「碧も読む？　キュンキュンして、こんな恋したいな～ってなるよ！」

　マンガをすすめるのは、作戦のうち。

　まず、碧は恋に興味があるかすらわからないから、少しでも碧に少女マンガに興味を持ってもらって、恋をしたいと強く思わせることが作戦。

　彼に恋をしたいと強く思わせることは、ほかの子を好きになってしまうという危険性が高くなってしまうけど……わたしは碧と一緒に暮らしているぶん、ほかの子よりも少し有利。

　少女マンガに興味を持ってくれたら、碧と語り合って、一緒にいる時間をさらに増やして、もっと距離を縮めたいところ。

　一緒に少女マンガを読もう、碧！

　じっと彼を見るが……。

「いえ、俺は大丈夫です。お嬢の顔を見ているだけで充分おもしろいので。それより、お嬢は恋したいんですか？」

　即答だった。

　しかも、予想外な質問まで。

「も、もちろんしたいよ？」

　本当は現在進行形で恋をしている、けど。

　そこはなんとなくまだ秘密にして、わたしは本棚のマンガに目を向けて、見ているフリ。

「お嬢はバカなうえにちょろいんで、恋はまだ早いですよ」

　……さっきから、すごくバカにされているような。

　わたしの顔を見てるだけで充分おもしろい、とかバカとか、ちょろいとか。失礼すぎる。

「バカじゃないし、ちょろくないもん。わたしはもう15歳だよ。あと少しで結婚だってできる歳なんだからね」

　さすがにそんなに早く結婚はしたいと思わないし、相手もいないけど。

　バカにされたことがムカついて言い返せば、碧はわたしの腕をつかんだ。

「だめです。そんなに早くお嫁に行かせませんよ」

　彼を見れば、なぜか真剣な表情をしていて、心臓がドキッとする。

「高校卒業したら……お嫁に行っていいの？」

「だめです」

「じゃあ、いつだったらいいの？」

「お嬢は俺とずっと一緒にいるんです。なのでお嫁になんて行きません」

　それは……どういう気持ちで言っているんだろうか。

　ずっと一緒、って？

　なんで、碧はわたしをお嫁に行かせたくないの？

　……保護者目線で心配してるの？

　ただの幼なじみとしての心配？

　それとも……？

　ドキドキしていれば、彼は続けて口を開く。

「お嬢は昔からちょろすぎるんです。そんなちょろすぎる
お嬢はすぐ変な男に引っかかって、終わる未来しか見えま
せん。だから恋なんてしたらだめですよ」

　わかりました？　と返事を求められる。

　また、ちょろいって言われた。

　いったいわたしのどこがどうちょろいっていうんだ。

「……ちょろくないもん」

「ちょろいですよ」

「……どこがちょろいの」

　気になって聞いてみると、急にわたしの手に大きな手が
重なって。

　長い指がわたしの指と指の間に絡まって、ぎゅっと強く
握られた。

「!?」

　な、な、な、なに!?

　これは……恋人がする、手のつなぎ方じゃ!?

　今まで手をつなぐことはあっても、こんなつなぎ方はだ
れともしたことがなかったから、人生ではじめて。

　指の長さ、太さ……熱さ、全部伝わってきてさらに心臓

が加速。

顔が熱くなっていく。

「ほら、やっぱりちょろいです」

そんなわたしの顔を見て、碧は笑う。

「これくらいで赤くなるなんて、お嬢は超がつくほどのちょろちょろです。こんなんじゃ、すぐ変な男に落とされて遊ばれますよ」

……な!?

わ、わたしは碧だから意識しちゃうだけなのに……っ!

「碧のバカっ！ お会計してくる！」

手を振り払って、マンガを持って走ってレジへ。

手をつないでもわたしだけ意識していることが悔しくて、振り返って、碧に向けてべーっと舌を出した。

果たして、わたしは碧を意識させられる日が来るのだろうか……。

小鳥遊碧は、こう見えて意外と大食いだ。

老舗の洋食店にて、彼はハンバーグにステーキ、ピザ2枚、ミートドリア、カレーを頼んで、次々に食べていく。

わたしは、ここに来たらいつも頼むパンケーキ。

このパンケーキは大きくて、生クリームとシロップがたっぷりついていて、ボリュームがあってとっても美味しい。

碧はたくさん食べているけど、わたしはこれで満足。

「お嬢、絶対足りないですよね？ こっちも食べていいで

すよ」

　マルゲリータのピザを食べるようにと進めてくるけど、わたしはわざと無視。

　さっきバカにしてきたこと、怒ってるんだからね！

「さっきはからかってすみませんでした。お詫びにお嬢が大好きないちご大福買ってあげるので許してください」

　本当はもう少しだけ無視しようかとも思ったけど、"いちご大福"と聞こえてきて無視したままではいられない。

「前に碧がわたしのいちご大福のいちご食べたから、2個買って……」

　ちらりと碧をみれば、彼は「わかりました」と返してくれる。

　やったぁ！　いちご大福、2個！

「やっぱりちょろいですね」

　ふっ、と彼は笑う。

　なんて言ったのか、その言葉はよく聞き取れなくてわからなかった。

　あまり気にせずにパンケーキをひと口サイズに切って、生クリームをたっぷりつけて口の中へ。

　甘さが口の中へと広がって、とっても幸せ。

　こんなに美味しいパンケーキが700円もしないで食べられるって本当にすごい。

　毎日でも食べたいくらいだよ。

　もぐもぐと口を動かしていれば、急にこっちに伸びてきた彼の手。

　なにかと思えば、彼はわたしの口元を指で拭った。

　彼の指には、生クリーム。

　どうやら、わたしの口元には生クリームがついていたようだ。

　……恥ずかしい。

　取ってくれるのはありがたいけど、言ってくれたらいいのに。

「これで──」

　紙ナプキンを１枚とって、『これで拭いて』と差し出そうとした時に──。

　彼は生クリームがついた指をペロっと舐めた。

「お嬢は俺なしじゃ生きていけないダメ人間ですね」

　な、舐めた！？

　わ、わたしの口についてた……生クリームなのに！

　っていうかなにさ、ダメ人間って！

　失礼すぎじゃ！？

「……バカ」

　ひと言だけ返して、黙々とパンケーキを口に運ぶ。

　碧はただ微笑んで、彼も食べる手をすすめた。

　──他愛のない話をしながら食べて、先に食べ終わったわたしは碧が今日頼んだものを全てメモして、彼が食べている姿をスケッチ。

「お嬢、その自由帳俺にくれませんか？」

　描いている途中で、そんな声が聞こえてきて手を止める。

「え？　あげないよ？　碧の観察記録だもん」

「そこをなんとか、もらえませんか？」

　なんだ、急に。

　自分の観察記録が欲しくなったの？

　っていうか……。

「碧、わたしの絵、下手って言ってたよね？　それが欲しいの？」

　わたしは忘れないんだから。

『相変わらず下手な絵ですね。高校生にもなって絵日記を描こうと思うその幼稚な発想、俺は好きですよ』

　って自由帳に描いた絵を見て言われたのを！

「お嬢の絵は下手ですけど、俺は好きですよ。下手でも一生懸命に俺を描いてくれてるなんて、それはもう喉から手が出るほど欲しいです。だからどうか俺にください。一生大切にします」

　彼は飲み物を喉へと流し込んで、じっと見てくる。

　下手って２回も言われた。

　バカにしてるのかよくわからない。

「あ、あげないもんね」

　これはせっかく書いた記録。

　ちゃんと残しておかないと。

「……いちご大福３個追加でどうでしょうか」

「いいでしょう！」

　そんな声が聞こえてきて、一瞬で気持ちが揺らぎうなずいた。

　だって、いちご大福3個も追加なんて頷かずにはいられない。

「ありがとうございます」

　碧はにこりと笑う。

「でも渡すのは今日1日観察して、それをぜんぶ描いてからね」

「わかりました」

　それから渡す前に、自由帳を全ページ写真におさめておこう。

　せっかくの記録だから、せめて写真として残さないとね。

「お嬢、アイスでも食べます？」

「食べたい！」

「じゃあ行きましょう」

　お店を出て、向かったのはアイスクリーム屋さん。

　碧はわたしの手をとると、足早で歩いた。

　そんなに早くアイスを食べたいんだろうか。

　お店からアイスクリーム屋さんまではそんなに距離はなく。

　5分もたたずに到着。

　店内に入り、わたしはチョコミントアイス、碧はバニラアイスを注文。

　わたしはチョコミントが大好きだ。

　だから、アイスクリーム屋さんでは絶対にチョコミントアイスを注文しているんだ……けど！

　今日はほかのアイスにすればよかったと後悔。

　このデートで少しでも碧をドキドキさせたいから、「あーん」をして食べさせたかった。

　でも……残念ながら、彼はチョコミントが嫌い。

　チョコミントが嫌いな人に食べさせようとするなんて、ただの嫌がらせ。

　ご飯の時にやっておけばよかったな……。

　さっきは、口元についたクリームを碧に食べられて、ドキドキしすぎてそんな余裕はなかったけど。

　もっともっと、積極的に行動するべきだった。

　そんな後悔をしても遅く、注文していたアイスを受け取って外へと出た。

「そこの公園で食べましょうか」

「うん！」

「お嬢、アイス落とさないように気をつけてくださいね」

「大丈夫だよ、たぶん！」

　短い会話をしたあと、碧はまたわたしの手をとると早足で歩く。

　早く行かないとアイス溶けちゃうもんね。

　それにしても……普通に手をつなぐなんて。碧はなんで普通にできるんだろうか。

　わたしはさっきから心臓がドキドキうるさいのに……。

　晴れているから外には人が多く、気をつけながら歩いて近くの公園へ。

　自然が多い公園。

　木がたくさんあるから日陰もあって、過ごしやすい。

　広い公園だから、家族連れやカップルが目に入って。

　……わたしたちも周りから見れば、カップルに見えるのかな、なんて思ったり。

「お嬢、どうぞ」

　日陰にあったベンチで立ちどまると、碧はベンチの座るところを手ではらい。

　自分のハンカチを敷いて、わたしに座るようにと促す。

　……どこのえらい人だ。

「そんなことしなくても普通に座れるもん」

　わたしは碧のハンカチをどけて、普通に座ろうとした、が。

　「待ってください」と、なぜかとめられた。

「お嬢、せっかくのきれいなワンピースが汚れるのでこちらにどうぞ」

　碧は先にベンチへと座ると、自分の膝を叩く。

　まさか……。

　そこに……膝に、座れってこと!?

　なんなんだ碧は!　いつもはこんなことしないのに!

「ふ、普通に座れるってばっ!」

　わたしは碧の隣に座って、ぱくりとアイスをひと口。

「たまにはお嬢を膝の上に乗せて、きゃっきゃうふふしたかったんですよ」

　碧は口角を上げながらそんなことを言って、口へとアイスを運ぶ。

　な、なに!?

　きゃっきゃうふふって!?

「こっちのアイスも美味しいですよ」

　ふた口目、アイスを口へと運ぼうとした時に。

　彼のスプーンが近づいてきて、わたしの口の中へ。

　チョコミントではなく、碧のバニラアイスが口の中へと広がった。

　……そっちのアイスも美味しい。

　けど、これって……間接キス。

　碧ともう10年も一緒にいるから、間接キスなんてこれがはじめてってわけじゃないけどさ……。

　急に、びっくりするじゃんか。

　しかもわたしがやりたかった、食べさせるのを普通にやったよ!?

　碧はにこりと笑って余裕そうな顔。

　絶対ドキドキしてない。

　わ、わたしだって！

　チョコミントアイスじゃなければ碧に食べさせてたのに！

「美味しいですか？」

　そう聞かれて、わたしはこくりとうなずいてチョコミントアイスを次々に口へと運ぶ。

　……だめだ。

　また、碧のペースに乗せられる。

　なんでこんなに普通にできるんだろう。

　本当になにをすればドキドキしてくれるの？

　……せっかくのデートなんだ。

　もっと……もっとなにか、積極的にならないと！

「……碧」

　わたしは隣に座る彼をちらりと見る。

「なんですか？」

　碧は目を合わせてくれて、大きく息を吸った。

「……きゃっきゃうふふ、する」

「…………」

　なぜか、彼はなにも言わず瞬きを繰り返す。

　碧から言ったことなのに。

「するの！」

　わたしは立ち上がって、彼の膝の上へと座った。

　ドキドキさせたくて、積極的に頑張ったんだけど……恥ずかしすぎて心臓が今にでも破裂しそう。

　外だし、だれかに見られるって可能性も充分にあるわけで。

　っていうか、膝に座ったのはいいけど、きゃっきゃうふふって具体的にはなにするの!?

　いろいろと頭をフル回転させていれば。

「珍しいですね。お嬢が熱でもないのに俺の膝の上に座るなんて……。そんなにお嬢もきゃっきゃうふふしたかったんですか？」

　彼の右腕がわたしの腹部あたりにまわってきて、うしろから聞こえてきた声。

　顔が熱くなって、心臓がさらに加速するから、落ちつけるためにアイスを口へと運んでうなずいた。

「素直ですね。自分から膝の上に乗ってきたのに顔を赤くするところも、ぜんぶとっても可愛いですよ」

　その言葉に、どんどん上がる体温。

　口の中へとアイスを入れればすぐに溶けてなくなってしまう。

　もう……限界だ。

　心音が聞こえちゃう、心臓が壊れちゃう、顔が熱い！

「あ、碧──」

『もうおりるね』と伝えようとした時だ──。

「やっぱ、茉白ちゃんと碧くんだった」

　こちらに近づいてきた人物。

　ミルクティー色の髪の──健くん。

　なんだか、健くんをすごく久しぶりに見た気がする。

　……いや、気のせいじゃないや。

　そういえば健くんは、中間テストの前から学校を欠席していたんだっけ。

　何週間も休んで、どうしたんだろう。

　風邪……ひいてるようには見えないし、ひょっとしてサボり？

　って！

　思いっきり碧の膝の上に座ってるところ見られた！

　わたしはすぐに碧の膝の上からおりて、背筋を伸ばす。

「なんの用じゃ、クソ猿」

　健くんが来て、いかにも不機嫌そうにする碧。

「倉庫がこの近くでさ、さっき顔出してきたとこなんだ。ここの公園は日陰があって気持ちいいからよく昼寝しに来るんだよね。そんで、なんか堂々とイチャイチャしてるカップルいるな〜って思ったら、茉白ちゃんと碧くんでびっくりした！　もしかして、デート中？」

　不機嫌そうにする碧が見えないのか、気にしていないのか……。

　健くんはわたしと碧の顔を交互に見る。

　倉庫……って？

　っていうか、で、デート……。

　デート、なんだけど……！

　人に言われるのはなんだかすごく恥ずかしい。

「デート中だからさっさと猿山に帰れ、クソ猿」

　碧はさらっと答えると、しっしっと健くんを追い払う。

　でも、健くんはにやにやするだけでいなくならない。

「あ〜、茉白ちゃんのチョコミントアイスだ。ひと口ちょーだい」

　持っているアイスに気づいて、健くんはお願いするようにじっと見つめてくる。

　そんなに食べたいのかな……。

　チョコミントアイス、美味しいもんね。

　スプーンでひと口分アイスをすくって、健くんに渡そうとすれば、口を開く。

　食べさせろってこと、かな。

そのスプーンを健くんの口へと運ぼうとすれば——。

腕を急につかまれ、引っ張られて。

ぱくり、とそのアイスを食べた碧。

……な!?

た、食べた!?

碧、チョコミント嫌いだよね!?

「碧くんが横取りしたー」

いけないんだー、と碧を指さす健くん。

碧はアイスをもぐもぐと食べて、わたしの手を離すと健くんを睨んだ。

「お嬢のアイスはおまえなんかに渡さねぇよ」

「碧くん、碧くん、それってひょっとして～独占欲？」

からかうように健くんが言った、すぐあと。

急に、立ち上がった碧。

乱闘が起きるかも……！

なんて不安に思ったが……碧は、うしろを振り向き。

なんだか、すごく殺気立っていた。

健くんも同時に、碧が見ているほうと同じところを見ていて……。

なにかあったのかと思い、わたしもうしろを振り向くけれど……特になにもないように見える。

「……碧？ 健くん？」

声をかければ、はっと我に返ったように少し落ちつきを取り戻す碧。

残りの自分のアイスをぜんぶ口の中へと入れると、「お

嬢、少し走れますか？」と聞いてきた。

「え？」

「さっき追跡者を撒いたはずなんですけど、見つかったみたいなんです」

　追跡者!?

　い、いつから!?

　『さっき追跡者を撒いたはず』という言葉ですぐに思い出したのは、碧がわたしの手を引いて早足で歩いていたこと。

　あれは……追跡者に気づいていたからだったんだ。

　わたしも残りのアイスを大きくひと口で食べて。

「クソ猿は早く猿山に帰れよ」

　碧は最後に小さな声でひと言健くんに言うと、わたしの手をとって走り出した。

　追跡者なんて、お父さんの会社をねたんでいる人の確率が高い。

　このままあそこにいれば、健くんを危険に巻き込んでしまうかもしれないわけで。

　わたしは最後になにも言わないでおいたのに……。

「巻き込んでんの俺だわ。ごめーんね」

　なんと、健くんも走ってきて、わたしたちの隣に並んだ。

「は？」

　よく意味がわからない言葉に低い声を出す碧。

　わたしもよく意味が理解できない。

「最近、俺が茉白ちゃんばっかり構うから、まわりが茉白

ちゃんは俺のオンナだって思っちゃったみたいでね。今、族のやつらが騒いでる状況なんだよ。"咲黒"の総長のオンナは鷹樹茉白だって」

そう言った健くん。

"咲黒"というのはきっと……話の内容的に、健くんが所属する暴走族の名前。

健くんは、暴走族の総長をやっているらしいから。

わ、わたしが健くんの……か、彼女だと思われてるの!?

暴走族も確かにいろいろ争いごとがありそう。

そして、その弱みになるのはやっぱり彼女で……。

わたしが狙われている、と!?

「なにしてんじゃクソ猿……まじでぶっ殺されてぇのか」

走りながら、碧は低い声を出す。

「俺、誤解とこうとここ数日頑張ったんだって！　でも一度族の間に広がった噂はそう簡単に消せなくてさー。噂は広がるばかりってわけ」

茉白ちゃんごめんね、と付け足してわたしを見る健くん。

その誤解をとこうとしていたから、学校に来ていなかったんだ……。

碧は舌打ちをすると、わたしの手を強く握り。

公園を出ると、路地裏へと入る。

細い道を曲がって、曲がって。

わたしの息があがり、体力の限界がきた時には立ちどまってくれた。

全く息を乱していない碧と健くん。

　息を乱すのはわたしだけ。

　ふたりとも……体力をちょっとくらいわけてくれてもいいと思うんだけど。

　そんなことを思いながらひたすら大きく息を吸って、吐いてを繰り返していれば。

　……空気がピリつくのがわかる。

　碧はわたしの手を離すと、健くんの胸ぐらをつかみあげた。

「元はと言えば、おまえがお嬢をくだらないことに利用して、変にちょっかい出してくるからこんなことになったんじゃねぇか。お嬢を巻き込んで……死ぬ準備、できてんのか」

　怒りを含んだ低い声がこの場に響いた。

　今にでも殴るんじゃないかと思うほど……碧は殺気立っている。

　"くだらないことに利用して"というのは、はじめて健くんに会った時のことだろう。

　健くんが先輩たち5人に絡まれてめんどくさかったからという理由で、頬にキスをされたあのこと。

　確かに、いろいろと巻き込まれているけど……。

　なにも、こんなことしなくても……っ！

「碧、だめ……っ！」

　息を整えて、碧の袖をつかんだ。

「とめないでください。今までこいつがどんなに腹が立つことをしても、お嬢との約束があったので耐えてきました。

……が、もう限界です。こいつがお嬢にとって有害でしか
ないのなら、消すしかないですよ」

　わたしに一切目を向けることなく、"消す"とか怖いこ
とを言い出す。

　ほ、本当に健くんの命が危ないのでは!?

「巻き込んだことに関してはほんとごめんって」

　誠意の感じられない謝り方。

　碧は鋭い目つきで健くんを睨みつけるが、健くんは全く
怯むことなく返した。

「死にたくなかったら、今すぐなんとかしろ。族の間のクソ
みてぇな噂をぜんぶ消して、学校のやつらの誤解もとけ。
おまえがお嬢をくだらないことに利用したせいで、この間
お嬢が3年に呼び出されそうになったんじゃハゲ」

　さらに怒りをあらわにする碧。

「だから今すぐどうにかすることができないんだって。そ
れに、俺はまた茉白ちゃんと関わるつもりだから意味ない
よ」

　健くんはなぜか、にこりと笑う。

「なに言ってんじゃクソ猿、今ここで消すぞ」

「俺、本気で茉白ちゃん気に入っちゃった。だから碧くん、
俺に茉白ちゃんちょうだいよ」

　わたしも耳を疑ってしまうような言葉。

　急に、健くんはとんでもないことを言い出した。にこり
と笑いながら。

　き、気に入った、ってなに!?

「あぁ？　なに舐め腐ったこと言ってんじゃ猿」

「茉白ちゃんは元ヤクザの家と暴走族、どっちにいても危ないんだからさ。俺が茉白ちゃんを責任もって一生守るよ。だからその護衛役、俺と交代して？」

　その言葉で、碧の限界は頂点に達した。

　拳を振り上げて。

「碧……っ!!」

　殴る、かと思って大きな声を出せば――……健くんに拳が当たる直前でピタリととまった碧。

「あーあ。碧くんが大きい声出すから気づかれちゃったじゃん」

　健くんの声と同時に、足音が聞こえてきて振り向いてみれば……。

　そこにいたは、ガラの悪そうな男性6人。

「ちょこまかと逃げやがって」

　6人組がにやりと笑うと、さらに聞こえてきた足音。

　今度は前方を見れば、さらに4人の男性がいた。

「あいつらにも連絡しろ！　一斉にかかるぞ！」

　ひとりの男性がそう言えば、ほかの人がスマホを操作して電話をかける。

　……"あいつら"というのはあの男性たちの仲間だろう。ここは、あまり広くもなくひとけがない道。

　前方にも、後方にも男性がいて……逃げる場所も隠れる場所もない。

　……囲まれてる。

　ど、どうしよう!?

「お嬢、すみません。また怖いところをお見せすることになるので目を瞑っていてください。すぐ終わらせますので」

　碧は健くんを離すとわたしのところまで来て、ぽんっと頭の上に大きな手をおいた。

　碧はなにやら余裕そう。

　確かに、彼は強い。

　入学式の日、ひとりで3人を相手にしたのをこの目で見たから。

　でも、こんなに多い人数に囲まれた状況では……わたしの心配は消えない。

「あのオンナが鷹樹茉白だ!」

「オンナを狙え! "咲黒"のオンナさえ手に入れば終わりだ!」

　わたしを指さしてきたリーゼントの男性と、くせ毛の男性。

　その声を聞いた碧は、ぱっとそのふたりを見るとすごい速さで走っていき。

　リーゼントの男性に、まさかの――……飛び蹴り。

　鈍い音が聞こえるのと同時に、地面へと倒れる。

　碧はすぐに体勢を整えると、くせ毛の男性の脇腹に拳を入れて。

　……くせ毛の男性も、地面へと倒れる。

　あまりにも、一瞬の出来事。

　急なことで男性ふたりは防御に遅れ、なにもできずに終

わった。

　まわりにいるたくさんの男性も、ただ唖然としている。

「おまえらみたいなクソが、なにお嬢の名前口にしてん
じゃ!!　ぶっ殺すぞカス!!　だいたいお嬢があのクソ猿の
オンナになるわけねぇだろボケェ!!」

　地面に倒れたふたりの男性を睨みつけ、青筋をたてて大
きな声を出した碧。

　その声にビクッと肩を上げて碧に対して恐怖する数名。

　それから。

「あいつは、"族潰しの小鳥遊"じゃ……!?」

　だれかがそう言えば、わたしたちを囲んでいた全員が怯
むのがわかった。

　じりじりと後ろへと下がっていくが、まだ諦めたわけで
はなさそう。

「さすが碧くん。超有名人だね」

　それを見て笑い出す健くん。

　そのすぐあと。

　複数の足音が近づいてきて……まさかの、敵の増援到着。

　これで、20人ほどに囲まれる状況に変わってしまった。

　じりじりと後ろへ下がっていた男性たちは、少し余裕そ
うな表情に変わるのがわかる。

「全員ぶっ殺してやるから、まとめてかかってこいやゴ
ルァ!!」

　碧は一切怯むことなく大きな声を出せば、一斉に彼に向
かっていく男性たち。

碧……っ‼

碧が怪我をしてしまうんじゃないかと心配で、心の中で彼を呼んだけれど。

……全く心配はいらなかったみたいで、向かってきた男性の拳をひらりひらりと避けて、自分の拳を入れる。

一撃必殺。

ひとりにつき一発の攻撃で相手を倒し、素早く次の敵の相手。

「碧くんバケモノ並に強いなぁ」

そんなことをつぶやきながらも、健くんも向かってきた男性たちの相手。

健くんも拳を振り上げて自分の拳を入れると、次々に倒していく。

前方は、碧。

後方は、健くん。

わたしのほうへと向かってきそうな人はすぐに気づいて片づけてくれる。

……ふたりとも、ものすごく強い。

わたしの耳に届くのは、鈍い音。

それから、苦しそうな声。

碧には目を瞑っていてと言われたけど、やっぱり心配は完全には消えず、ずっと目を開けていた。

──『すぐ終わらせますから』と碧が言った通り。

ふたりが、わたしたちを囲んでいた男性たちを片付けるのはあっという間。

　碧も、健くんも、無傷だった。

「車をこっちに呼んだので、お嬢は安全のためそっちで帰ってください」

　電話が終わると、碧はわたしに言った。

「わ、わたしは大丈夫だよ？　碧と帰る……」

「俺はいろいろと片づけがあるので、一緒に帰れないんです」

　碧の視線が、苦しそうに息をしながら地面に倒れこむ男性たちと、健くんに向けられる。

　その "片づけ" に、確実に健くんも含まれている……ような。

「碧、あのね、健くんは──」

「お嬢にとってクソ猿は有害です。なのになんでそんなに庇うんですか。あいつのせいで自分が危険な目にあったばかりなのに」

　碧の瞳がわたしを捉える。

　碧がわたしを心配してくれている、というのはわかる、けど。

　なんでも暴力で解決しようとすることはやっぱりよくない。

　有害だから消す、という考えは間違っている。

　危険に巻き込まれたけど、健くんはわたしのクラスメイトで、友だちなんだ。

　元ヤクザのひ孫だとわかっていて怖がらずに近づいてき

て……興味本位だと思うけど、わたしと一緒にいたら楽し
そう、って思ってくれた、友だち。

　怖がらずに普通に接してくれるのはすごく嬉しかった。

　今まで、わたしが元ヤクザのひ孫だと知って怖がる人が
多かったから……。

　友だちになってくれた人を、消すなんて絶対だめだ。

「友だちだからだめなの!!」

　大きな声で返す。

「お嬢とクソ猿は友だちじゃないです」

「友だちなの!!」

　もう一度強く言えば、碧は少し口をつぐんで。

「……わかりましたよ。言い合いをしてる時間もそんなに
ないので見逃してやります、今日は」

　渋々返事をした。

　それを見て笑っている健くん。

「お嬢、あっちに車が来てくれる予定なので行きましょう」

　碧はわたしの手をとると、健くんを睨みつけて「クソ猿
はここで見張りでもしてろ。そいつらひとりも逃がすなよ」
と低い声を出す。

「りょーかーい。じゃあね、茉白ちゃん。また学校で」

　健くんはやっぱり碧に怯むことなく、ひらひらと手を
振ってくる。

　わたしも手を振り返そうとすれば、碧が早足で歩き出し
て。

　足を動かし、路地裏を出た。

　本当は今日１日、碧にくっついて徹底的に観察をしたかったけど……仕方ない。

　また今度、碧を観察しよう。

　そんなことを思いながら歩いていると。

「あれれ？　碧じゃん」

　そんな声が聞こえてきたかと思ったら、こちらに駆け寄ってきた、パーカージャケットのフードをかぶった若い女性。

　碧はピタリと足をとめた。

　きらりと輝いて見える、長い金髪。

　棒付きのキャンディを手に持っているその女性は、目が大きくて、顔のパーツが整っていて……すごくきれい。

　そんな女性が、碧と知り合い？

　年上……に見えるけど。

「ここで会うとか珍しいね。仕事……じゃなさそうか。今日はお休み？」

　女性はにこりと笑う。

　"仕事"って……碧がお父さんの会社を手伝ってる、そのこと？

　そういうことを知ってるってことは、仕事の関係者？

「そうです。急いでるのでもう行きますね」

　碧はそう返すと再びわたしの手をひいて歩き出そうとした、が。

　女性は碧にぎゅっと抱きついた。

　好きな人がだれかと密着する瞬間。

　あまりにも急なことで、頭の中が真っ白になる。

「……おい」

　碧は女性をすぐに突き放す。

　遅れたようにやってくるのは、胸の痛み。

　ズキズキと痛み出して、下を向いた。

「ここで会った記念だよ。じゃあねー」

　女性は碧にそれだけ言うと、くるりと背を向けてすぐに行ってしまう。

「……見苦しいところをお見せしてすみません、お嬢。行きましょうか」

　またふたりになると、碧はなにごともなかったかのように歩き出して。

　停まっていた社員の車にわたしを乗せると、彼はすぐに行ってしまった。

　今日は、碧のことをたくさん知った日。

　今まで隠されていたところを知って、たくさんのことをこの目で見た。

　小鳥遊碧の知らないところは、まだ多い。

☆
☆
☆
☆

第3章

気になる

　なん十回と思い出す。

　碧が、女性に抱きつかれていたところを……。

　あの女性は、だれなのか。

　わたしの目の前で堂々と抱きついたから、碧の彼女……だったりするのか。

　わからないことだらけ。

　碧に聞きたい、けど、聞けない。

　もし、彼女だと言われたら……わたしはしばらく立ち直れそうにない。

　もしかしたらその場で泣いてしまうかもしれない。

　碧は自ら教えてくれないし、聞く勇気がない。

「茉白？　ずいぶん早起きだね」

　あまり眠れなくて、朝４時前に起きてしまったわたし。

　なにをするわけでもなく、ぼうっとして縁側に座っていれば、声をかけてきたのは和服姿のお父さん。

　お父さんは仕事が忙しく、話したのは久しぶりかもしれない。

「なんか早く起きちゃった……」

「隣いいかい？」

「うん」

　お父さんは隣に腰をおろして、わたしの顔を見た。

「浮かない顔して、どうしたんだ？」

「えっ」

「なにかあったのか？」

「いや、な、なにも……」

　気づかれてびっくり。

　『なにもないよ』と返したかったが、わたしは言葉を切った。

　お父さんは仕事場での碧のこともよく知っているから、あの女性がだれかも知ってるかも、と思ったから。

　あの女性がなにか仕事と関係しているのなら、社長であるお父さんは知ってる可能性が高いだろう。

「なんでも相談にのるから、言ってごらん？」

　言葉を切ったわたしを見てきて。

　わたしは大きく息を吸った。

「あ、あのね、お父さん……」

　声を出したはいいが、なんて言えばいいのやら。

　こんなに気にしているなんて、わたしが碧を好きって気持ちがバレちゃうかもだし……。

　なにより、やっぱり聞くのは少し怖い。

　『あの人は碧の彼女だよ』と言われたら泣く自信しかない。

　でも……気になるものは気になる。

　碧本人に聞くのは怖すぎるから、お父さんにちょっと聞いてみよう。

「碧って、彼女いると思う……？」

　下を向いて、小さな声でつぶやくように言った。

　ついこの言葉を選んでしまったけど、すぐに後悔。

　この言葉もだめだった。

　わたしが碧を好きだから気にしてる、って言ってるようなものでは!?

　もっとほかの言葉があったはずなのに。

「わ、わたしは幼なじみとして碧のぜんぶを知っておきたいの……!　ほ、ほら、碧って仕事場での姿をわたしにあまり見せようとしないし、自分のことは自分で言わないで秘密にすることが多いから……気になって!　幼なじみとして!　ただ気になっただけだよ!」

　"幼なじみとして"を強く強調。

　どうか、怪しまれませんように……と強く願って、緊張しながらお父さんの次の言葉を待てば。

「碧に彼女なんていないと思うけどなぁ」

　確かに、耳に届いた声。

「ほんと!?」

　ぱっと顔を上げて、お父さんを見る。

「あいつは明るいうちは茉白と一緒にいるし、それ以外で外出するのはうちの仕事でのことだけだろう。ほかの社員たちからもそんな噂話聞いたこともないし、実際に女の影を見たこともないような」

　その言葉に、安心感が広がっていく。

　お父さんは仕事場でのことを1番よくわかっているから、そう言うんだったら、碧に彼女がいないという可能性がものすごく高いということ。

　まだ完全には安心できないけれど、とりあえずよかった。

　まだ、少しでも望みはある。

　じゃあ……碧とあの女性はいったいどんな関係なんだろう。

　彼女じゃなかったら……なんで抱きついたの？

　付き合ってなくてもハグするものなの!?

　新たな疑問が生まれる。

「もちろん絶対とは言えないけどね。学校での碧は知らないし、社員たちの知らないところでもしかして……なんてこともあるかもしれない。茉白が気になるなら、本人に聞くのが1番だと思うよ」

　お父さんは付け足して、わたしは「……うん」とうなずく。

　やっぱり、本人に聞くのが1番。

　それはわかってるけど……勇気が出ない。

「茉白、よかったら今度開くパーティーに一緒に行くかい？」

「え？」

「碧はなぜか、茉白の前では仕事をする姿をあまり見せないからね。社員たちと話す様子や関わりが知りたいなら、自分の目で見においで。そこでなら碧をよりたくさん知れるはずだよ」

「わ、わたしも行ってもいいの……？」

　……てっきり、わたしは仕事に関係ないから行ったらだめなものかと。

「いるのは大人ばかりだけど、よかったらおいで」

「行く！」

　わたしはすぐに答えた。

　パーティー……もう二度と行けないと思っていたけど、行けるんだ！

　そこでなら絶対たくさん碧が見られる！

「そういえば話は変わるんだが……。高校は楽しいかい？」

「楽しいよ！　あのね、友だちができたの！　前の席の凛ちゃんと、隣の席の健くん！　ほかの子ともメッセージアプリのID交換までしたんだぁ！」

　パーティーに行けることが嬉しくて、思わず大きな声が出てしまい慌てて自分の口を手でおさえた。

　いけないいけない。

　こんな早い時間じゃみんなまだ寝てるよね。

「そうかそうか。それはよかったね。それで……好きな男のひとりやふたりくらいできたかい？」

　お父さんはにこりと微笑む。

「え!?　な!?　お、お父さん!?」

　いきなりなんてことを聞くんだ。

　す、好きな男、なんて！

　わたしはこれでも年頃の娘だよ!?

「茉白はもう15歳だからね。いろいろあるだろう。お父さんだって若い頃は恋のひとつやふたつ、したものだよ」

　茉白はどうなんだい？　と付け足してまた普通に聞かれる。

"好きな男"

　その言葉で真っ先に思い浮かぶのは碧の顔で。

　熱くなっていく顔。

　うぅ……。

　こうなったら、もういいや……！

「す、好きな人ならもういるもんっ!!」

　声を出すのと同時、勢いよく立ち上がる。

　相手がだれだかバレなければ、もういいや……と少しヤケになって言ってしまった。

　お父さんしか聞いてないだろうと思ったんだけど。

　ほかの人に、聞かれているなんて。

　ぱさっとなにかが落ちる音が聞こえてきて、音のしたほうへと目を向ければ——そこにいた、碧。

　落ちたのは、ひざ掛け。

　碧は少し離れたところでピタリと足をとめて、わたしを見て驚いた表情。

　あ、碧!?

　起きてたの!?

　っていうか、今の、聞いて……!?

　碧は数秒間その場に動きを停止して。

「お嬢!!　今の、本当ですか!?」

　わたしのもとまで走ってきて、ガシッと両肩をつかんだ。

　これは、絶対に今の話を聞いていた。

　……ど、どうしよう！

「えと……」

「好きな男ってだれですか、俺の知ってるやつですか!?」

「あの……」

「いつからですか!?　いつから好きなんですか!?　そいつはちゃんとした男ですか!?　お嬢はちょろいんで騙（だま）されてるとかじゃないですか!?」

　ずいっと顔が近づいてきて、質問攻め。

　……顔が近い、近すぎる。

　……好きな人とか、碧本人にまだ言えるわけないじゃんか！

　お父さんの前だし！

「じ、時間もまだ早いし、もう少し寝てくる……っ!!」

　質問攻めに耐えられなくなって、どんっと強く碧の胸を押して。

　手が離れると、わたしは自分の部屋まで全力疾走。

　部屋に戻るとすぐに布団の中へと入って隠れた。

　好きな人がいるって、碧に知られちゃった……。

　なんかすごく気にしてるみたいだから、無関心よりはある意味よかったのかもしれないけど……！

　あとでいろいろ聞かれそうだよ……。

　いろいろ聞かれたら、碧のことが好きだってバレちゃうかもしれない……。

　碧をもう少し意識させてからじゃないと、告白してもフラれるに決まってる。

　碧に彼女がいないかもちゃんと確かめたいし、まだ好きな人がだれかはバレるわけにはいかない。

　……なんとか隠さなくちゃ。

「お嬢!!　さっきの好きな人とはだれなんですか!?」

　朝食を食べに居間へと行けば、予想通り碧に好きな人の
ことを問い詰められる。

「秘密!!」

　すかさず、わたしはそう返す。

　でも、そう簡単に碧が聞くのをやめるわけもなく……。

　何度も何度も聞かれた。

　登校する車に乗っている時も、お昼休みも。

　聞かれるたびに同じ言葉を返して、なんとか逃げたけれ
ど……。

　体力をかなり消耗。

　お願いだからもう聞かないで、と願うばかり。

　碧とはクラスが別なのは、唯一の救い。

　授業中だけはいろいろと聞かれないですむ。

　だけど真剣に授業を受けようとすればするほど、頭の中
に碧とあの女性が浮かんで。

　結局はどこにいてもなにをしていても、集中することが
できなかった。

　そんなだから、6時間目の調理実習で作ったカップケー
キも、わたしたちの班だけ見事に失敗。

　わたしが砂糖と塩をまちがえたうえに、オーブンで焼く
時間もまちがえて。

　カップケーキはまっ黒焦げになって、少しだけ食べてみ

てもやっぱり美味しくなかった。

　凛ちゃんや調理実習の班のみんなはとっても優しくて、笑って許してくれたけど……すごく申しわけない。

　……ちゃんとしよう。

　ちゃんとしないと、まわりにもっと迷惑がかかってしまう。

　自分の頬を叩いて、気持ちの入れ替え。

　そうして教室へと戻ろうとした時だ。

　──どんっ！と人にぶつかったのは。

　ぶつかって、持っていたペンケースとまっ黒焦げのカップケーキが床へと落ちる。

「おっと、ごめんごめん」

　前から聞こえてきた声。

　この声は、健くん。

　彼が今日学校にいるところを今はじめて見たから……もしかして、登校してきたばっかり？

「ううん、わたしこそごめんね!?　ちゃんと前見てなかったみたい……！」

　慌てて謝って、落ちたものを拾おうとすれば、彼はわたしより先にしゃがみこんで拾ってくれる。

「おぉ、なんかすごいの作ったね？」

　袋に入った、まっ黒焦げのカップケーキ。

　捨てるのはもったいなくて、持ってきたんだけど……。

　見られるのは、少し恥ずかしい。

「あはは……。ちょっとわたしのせいで失敗しちゃって。

もったいなくて持ってきたの」

　すぐに健くんからカップケーキを受け取ろうとすれば、彼はひょいっとわたしから遠ざけ。

　もう一度取ろうとしても、同じように遠ざけられた。

　渡してくれたのは、ペンケースのみ。

「返して……！」

「1個ちょうだいよ。茉白ちゃんが作ったんでしょ？」

　なぜかカップケーキをほしがる彼。

　まっ黒焦げで、見た目はぜんぜんよくないのに。

「それ、美味しくないよ!? 砂糖と塩まちがえちゃったからしょっぱいし、焦げちゃったから苦いし！」

「そんな細かいこと気にしないって」

「細かいことじゃないよ!?」

「俺にとって大事なのは、茉白ちゃんの愛が入ってるかどうかだから」

　そんなよくわからないことを言うと、健くんは袋からひとつまっ黒焦げのカップケーキを取り出して。

　それを自分の口へと運んだ。

　大きくひと口食べて、もぐもぐと口を動かす健くん。

　美味しくないとわかっているものを、よくそんなに食べられるな……。

　食べる姿をじっと見て、残りのカップケーキを回収しようとすれば。

「えっ、美味い」

　ごくんと飲み込んだ彼は、そうひと言。

その言葉にびっくり。

自分で食べたから、美味しくないというのはわかる。

わかるのに……。

健くんはわたしを傷つけないように無理して言っているようには見えなかった。

頬を緩めて、本当に美味しそうに食べている。

味覚が狂ってるんじゃ!?

こんな苦くてしょっぱいの、美味しいって思うなんておかしいよ!?

わたしの目の前で彼はどんどん食べていき、あっという間にカップケーキを１個完食。

「ねぇ茉白ちゃん。これはぜんぶもらってもいい?」

自分の手に持った袋を見て言う健くん。

袋の中には、まっ黒焦げになっているカップケーキがあと７個。

それを、ほしいの?

「えっ、絶対体に悪いよ?　しょっぱいし、苦いし……」

「それが美味いんじゃん。俺、甘いものよりしょっぱいもののほうが好き」

「でも、やめておいたほうが……」

「俺がどうしてもほしいんだよ。いいよね?」

ずいっと顔が近づいてきて、至近距離で目を見つめられる。

なんかいい匂いがするし、健くんの顔は整っているから、不覚にも心臓がドキッと鳴った。

「別に……いいけど」

　そう返事をすれば、

「昨日のことといい、いろいろありがとね」

　と健くんは笑顔に。

　……まっ黒焦げのカップケーキで喜ぶ人がいるなんて、珍しいもんだ。

　それから、"昨日のこと"で思い出すのは、碧と出かけている時に健くんと会ったこと。

　昨日のことって、なんのお礼だろうか。

「茉白ちゃんが俺のこと"友だち"って言ってかばってくれたこと、すごく嬉しかったんだよね。おかげで俺は海に沈められたりとかしなかったし、死なずにすんだよ」

　なんのお礼だか、次の言葉でわかった。

　碧が健くんまで片づけそうになった時、かばったあのことだ。

「健くんって、なんかすごいよね。怒った碧を煽るなんて、命知らずですごいっていうか……。そもそも、わたしの家のこと知りながら普通に関わろうとすること自体すごいよ」

「わーい。茉白ちゃんに褒められた」

　健くんはやっぱり嬉しそうに笑う。

「……健くんは"暴走族の総長"ってことを隠さずに、堂々としてるところもすごいよ。わたしはやっぱり家のことを隠さないで学校生活を送るとかは怖くてできないから……そこはすごく尊敬してるんだ」

　健くんは友だちも多いし、コミュニケーション能力が高く、すごいと思うところがたくさんある。

「思ったことを素直に言ってくれるとこ、いいね。俺はそんな純粋な茉白ちゃんが好きだよ」

　手が伸びてきて、わたしの髪に触れる。

　優しく触れた手は、なんだか少しくすぐったい。

「あ、ありがとう？」

「俺さ、茉白ちゃんとは友だちじゃ——あっ」

　健くんはなぜか不自然に言葉を切って、わたしの背後へと視線を向ける。

「茉白‼」

　うしろから、聞こえてきた声。

　その声は、よく知っている人の……碧の声。

　振り向けば、確かにそこにいた碧。

　目が合えばすぐにこっちまで走ってきて、パシッとわたしの手をつかんだ。

「……碧？」

　今、名前で……"茉白"って呼ばれたような⁉

　気のせいじゃないよね⁉

　碧はわたしの手を強く引っ張って、歩き出す。

「えっ、ちょっ、碧！」

　声をかけてもとまってくれず。

　引っ張られるまま足を動かす。

　な、なんだ、急に！　なにか急用⁉

　なにがあったのかはわからないけど、すごく久しぶりに

名前で呼んでもらえた。

どんなに『名前で呼んで！』って言っても聞いてもらえ
なかったのに……。

本当に、どうしたんだろう。

名前で呼んでもらえたのは嬉しいけど……！

碧に手を引かれるまま歩いて、連れてこられたのは屋上。

パタン、とドアを閉めると碧は壁にわたしを押しつけ。

逃がさないように頬の横に手をついて、距離を縮めると。

「好きな人って、あいつ？」

次に耳に届いた声は少し低く。

碧の表情は、なんだか怒っているような……不機嫌そう
な表情。

「!?」

「おまえの好きな人ってあいつ？」

碧が敬語を使わない。

それも久しぶりすぎて、びっくりで……。

驚いてなにも答えられずにいれば、碧はさらに近づいて
くる。

ドキドキと加速する心臓。

下を向いて目を逸らせば、碧の手がわたしの顎に添えら
れて。

ぐいっと持ち上げられ、碧と再び目が合った。

「答えろよ」

なんで……碧がそんなに気にするの？

そんな、無理やり聞き出そうとするほど気になるの？

　なんか……変に期待してしまいそう。って、だめだめ！

　　自分のいいほうに考えちゃだめだ！

「秘密っ！」

　　大きな声で返した。

　　それを聞いた彼は、さらに不機嫌そうな表情に。

「なんで言わねぇんだよ」

「い、言いたくないからっ！」

「言えよ」

「なんで言わなくちゃいけないの！　碧だって、昨日抱き
ついてきた女性のこととか、言わないことたくさんあるく
せに！」

　　勢いで言えば、碧とあの女性を思い出してズキリと胸が
痛む。

　　あの女性は碧の彼女なのか、そうでないのか……本人の
口からちゃんと聞きたいけど、聞きたくない。

　　もし本当の本当に碧の彼女だった時のショックが大きい
よ……。

　　碧から目を逸らせないでただ見つめていると、彼はゆっ
くり口を開く。

「あの人は、社長の知り合いの娘」

　　“あの人”というのは、昨日碧に抱きついてきた女性の
ことだろうか。

　　……お父さんの知り合いの、娘さん。

　　……彼女じゃ、ない。

　　でも……。

「……じゃあ、なんで抱きつかれたの？　彼女でもないの
に……。っていうかあの人とはどんな関わりがあるの？」

　彼女じゃないとわかった安心感からか、つい次の疑問が
口から出てしまう。

「社長の知り合いと一緒に、娘であるあの人もうちの会社
にたまに来るんだよ。あの人は機械関係に詳しいから俺は
パソコン教えてもらって世話になってる。……もともとス
キンシップが激しい人なんだよ。だから俺で遊んでるだけ
だろ」

「…………」

　普通、それだけで抱きついたりするんだろうか。

　そういうのは特別なものじゃないの？

　……だけど、"普通"は人それぞれちがう。

　碧は、特別なものだなんて、微塵も思っていないんだろ
うな……。

　碧とわたしの"普通"は、きっとちがう。

「で、おまえはあいつが好きなのかよ。言ったんだから答
えろよ」

　黙り込んでいれば、再び聞かれる。

「ひとつ言ったからって、わたしが答えると思ったら大間
違いなんだからねっ！　碧はまだまだわたしに言わないこ
とあるくせに！　なんでもかんでも言わせようとしない
で！　バカっ！」

　そう言うのと同時に、思いっきり碧の胸を押す。

　けれど、わたしの力は碧に勝てるわけもなく。彼はビク

ともしなかった。

　次はなにを言われるかと思ったら……。

「……すみません、取り乱しました」

　碧はわたしから離れて、ガシガシと頭を掻く。

　……敬語使ってる。

　本当に、どうしたんだろう。

　別に敬語なしでいいし、むしろそのほうが嬉しいんだけ
ど……。

　わたしがなにを言っても長年敬語を使ってきた碧が、
あんなになるなんて珍しい。

「帰りのホームルームの時間ですよね。行きましょう」

　碧はそう言うとドアを開けて、わたしに先に校舎に入る
ようにと促す。

「……うん」

　ふたりで屋上から中に入って、階段をおりる。

　ちらりと見た碧の姿は、なんだか元気がないように見え
た。

　少し言いすぎた？

　でもさっきのは……ケンカ、じゃないよね？

「追試、頑張ってね」

　今日の放課後からはじまる追試。

　教室に入る前に、元気がない碧にそう伝えて。

　碧は「はい」と返事をして、別々の教室へと帰った。

約束のキス

　碧がわたしのことを名前で呼んだり、普通にため口で話してから、彼と気まずくなってしまう……なんてことはぜんぜんなかった。

　あれから好きな人のことも聞かれなくなったし、碧は何事もなかったかのように普通に話しかけてきて、わたしも普通に返す。

　……ほんと、なんだったんだろう。

　碧は、あれ以来やっぱり少しだけ元気がない……ような気がするし。

　なんて言うべきかさっぱりわからない。

　考えてもわからないことだらけ。

「鷹樹茉白さん、ちょっといい？」

　声が聞こえてきて、ぱっと顔を上げる。

　教室の扉のほうへと目を向ければ、そこにいたのは茶髪の女の子。

　以前2回ほど会った、先輩だ。

　現在は放課後で、教室にいるのはわたしだけ。

　なんで放課後も教室にいるのかというと、碧の追試が終わるのを待っているから。

　いつもは「先に帰っててください」と言われて車まで碧が送ってくれていたんだけど、今日は追試最終日でその結果がぜんぶ返却される。

　だから、結果をいち早く知りたかったわたしは今日だけ「終わるまで教室で待ってる」と碧に言ったのだった。

　まさか、碧を待っている間にこんな目に遭うなんて。

　——先輩の呼び出しということもあり、怖くて断れなかったわたしはついて行くと。

「あんた、男いるんでょ？　なに健ともベタベタしてんの？ブスのくせに生意気なんだよ」

　生物室に到着して、すぐに鋭い目つきで睨みつけられた。

　その数秒後。

『あの人、よくないニオイがします。一応用心してください』

　と以前、碧に言われたのを思い出したわたし。

　……碧はすごい。

　本当に、危ない人だったよ……。

　ここに来たことをひどく後悔。

　この生物室にいるのは、わたしを睨みつける茶髪の先輩とわたし……それから、見ているだけの男子生徒ふたり。

　ちらりとサンダルを見れば、茶髪の先輩と同じサンダルの色で。

　ふたりの男子生徒はにやりと嫌な目つきでこっちを見ていた。

「よそ見してんじゃねぇよ！　ブス！」

　茶髪の先輩は大きな声で怒鳴る。

「ご、ごめんなさい……っ！」

　ガンっ、と強く椅子を蹴るからすぐに謝罪。

　少女マンガでこんなシーンを見たことがあるけど、まさ

か自分がこんな目に遭う日がくるとは思いもしなかった。

　絶対まだわたしと健くんのことを誤解されてる……！

　どうにかしないと……！

「あ、あの、わたしと健くんはただの友だちで——」

「健に近づきすぎなんだよ！」

　勇気を振り絞って声を出せば、怒鳴り声にかき消される。

　だ、だめだ……！

　聞く耳を持ってくれない！

「まじ１年のくせに生意気。健に構ってもらえていい気になってんじゃねぇぞ！　健はあんたみたいなブスでも遊んでやってるだけなんだよ！」

　思いっきり肩を押されて。

　体がよろけ、椅子にぶつかり……しりもちをついた。

「この生意気なブスに先輩の怖さ、わからせてやって」

　茶髪の先輩がそう言うと、わたしの目の前へとやってきたふたりの男子生徒。

　嫌な予感しかしなくてすぐに立ち上がろうとすれば、また肩を強く押され。

　体がうしろへと倒れ、頭を強くぶつけた。

「鷹樹茉白ちゃん、可哀想に」

「せめて痛くないようにしてあげるからね」

　わたしの上にまたがってきたひとりの男性。

　ふたりとも気持ち悪いくらいの笑みを浮かべていて、痛いなんて思っている暇はなかった。

　……本気でやばい！

「や、やめてください……っ！」

　必死に体を動かして、上にまたがる男性を叩く。が、もうひとりの男性によって手を押さえつけられてしまい。

「パンツ丸見えだよ」

　そんなことを言われてしまえば足を大きく動かすことも、羞恥でできなくなってしまう。

　このままじゃ……逃げられない。

　だれか助けを呼ばないと……！

　大きな声を出そうと、息を吸った時──。

　急に、ガラッ！と大きな音を立てて開かれた生物室の扉。

　その音に反応するように、この場にいた全員が扉へと目を向けると、そこにいたひとりの人物。

　茶髪の先輩と男子生徒ふたりは、その人物を見るとピタリと動きをとめて、一気に顔色を悪くする。

　すたすたとこちらまで歩いてくると、わたしの上にまたがる男性の肩にぽんっと手を置く。

「──早くどけよ。いつまで茉白ちゃんに触ってんの？」

　低い声を出したのは──健くん。

　にこりと笑っているけど、声からしてすごく怒っている。

「す、すみませんでした……っ！」

　ふたりの男性はわたしから手を離すとすぐに健くんに土下座。

「ねぇ、おまえがこんなことさせたの？」

　健くんは茶髪の先輩へと目を向ける。

　ビクッと肩を上げて、先輩が震え出すのがわかった。

「だ、だって、このブスが健に……」

「俺がだれとなにしてようがおまえには関係なくない？」

「……っ」

「次、茉白ちゃんになにかしたらただじゃおかないから」

　思いっきり壁を叩く健くん。

　どんっ！と大きな音が響き、先輩はその場に崩れ落ちた。

「おまえらも、顔覚えたから。次、俺と茉白ちゃんの視界に入ったらぶん殴るから覚悟してね」

　続いて彼はふたりの男性に向け低い声を出して。「はいっ！」とふたりの返事が聞こえれば、わたしのそばにしゃがみこんで、体を支えて起き上がらせてくれる。

「おまえら邪魔。早く行きなよ」

　男性ふたりと茶髪の先輩を冷たい目で見ると、3人は立ち上がり。すごい早さでこの場を去っていった。

「茉白ちゃん、大丈夫？　ケガしてない？」

　わたしの顔を覗き込んで、心配そうな表情の健くんが視界に映る。

　その言葉にこくりとうなずく。

　本当は声を出したかったのだが、恐怖がまだ消えていないせいで声が出ない。

　遅れてやってくるように、カタカタと震え出す体。

　あのままだれも来てくれなかったら……と考えると怖くなる。

「ごめんね。俺がまた巻き込んだ……」

　ふわりとわたしを包み込む体温。

　体温がしっかりと伝わってきて……健くんに抱きしめられている、と脳が理解するまで時間がかかった。

　……温かい。

　……いい匂い。

　その体温に触れれば恐怖が少しずつ和らいでいく。

「だ、大丈夫だよ。健くんが助けに来てくれたから……」

　小さな声。

　だけど、その声は確かに健くんに届いたようで。

「……茉白ちゃんって、俺に怒ったり責めたりしないよね」

　背中にまわった手が、さらに強くわたしを引きよせる。

　力強いその手とは裏腹に、声はなんだか弱々しい。

　健くんは鋼のメンタルの持ち主だと思っていたのだけれど……気にしてるのかな。

「健くんはわたしの家のこと知ってるのに、仲良くしてくれる友だちだもん……。すごく、大切な人だよ」

　巻き込まれたけれど、健くんは助けてくれた恩人で、わたしと仲良くしてくれる友だち。

　家のことを知ったうえで仲良くしてくれる人なんてそうそういないから、大切にしたい。

　わたしの気持ちが伝われば、と思って彼の袖をきゅっとつかんだ。

「……茉白ちゃんは嬉しい言葉ばっかりくれるなぁ。そんなに俺に甘くていいの？」

　聞こえてくる声に「友だちだからね」と返す。

「茉白ちゃん。俺さ、茉白ちゃんと友だち以上になりたい

んだけど」

　抱きしめられていた手はわたしの髪に触れ、優しく撫でた。

　友だち以上？

　……それって！

「大親友!?」

　ぐいっと健くんの胸を押して、体を離すと大きな声を出した。

　目の前の彼は一瞬きょとんとしたが……。

　数秒後、あはは！　と笑い出す。

　な、なに!?

　わたし、なにか変なこと言った!?

「そうそう！　俺、茉白ちゃんと大親友になりたいの！」

　笑いながら言う健くん。

　なんか大笑いされてるけど……大親友になりたいって思ってくれてたんだ！

　そう思ってくれるなんて、嬉しすぎる。

「わたしも健くんと大親友になりたいっ！」

「じゃあ今日から大親友ね、茉白ちゃん」

「うん！」

「連絡先交換しようよ。ずっと茉白ちゃんの知りたいって思ってたんだよね」

「交換する！」

　健くんはポケットからスマホを取り出して操作をする、が。

　わたしのスマホは教室だということを思い出す。

「スマホ、教室だからあっちで交換してもいい?」

「もちろん。っていうか、茉白ちゃん歩ける?　大丈夫?」

「歩けるよ……!」

　いつの間にか震えは完全にとまっていて、立ち上がって普通に歩くことができた。

　そしてふたりで生物室を出れば、きょろきょろとまわりを見渡す彼。

「茉白ちゃん、放課後まで学校に残ってなんか用事でもあったの?　そういえば碧くんは?」

「碧は追試だから、終わるの待ってたところなの」

　そう言った後に思ったのは……。

　健くんも追試を受けなくていいのか、ということ。

　健くんはテスト期間まったく学校に来ていなかったから、追試を受けなくちゃいけないんじゃ……?

　まさか、追試もサボったの……?

「健くんは、大丈夫なの……?」

　ちらりと隣にいる健くん見て聞いてみる。

「俺ねー、めんどくさくて追試もぜんぶサボっちゃったから、さっきまで担任に呼び出されて説教されてたんだよ」

　笑う彼だけど、ぜんぜん笑いごとじゃない。

「ちゃんと追試受けないとだめだよ。留年しちゃうよ」

「大丈夫だって〜。たった1回テストサボるくらいじゃ留年しないから」

「健くんだったら2回目のテストもサボりそう」

　2回目のテストは、6月下旬から7月上旬にかけての期末テスト。

　なにげに次のテストまであまり時間がない。

「茉白ちゃんがそんなに心配なら……次のテストは頑張ろうかな〜」

　ふざけたように言ってくるから、「心配だから頑張ろう」と返す。

「じゃあ頑張ろっと」

　本当かはわからないが返ってきた言葉。

　……健くんのことだからテストの日程とかわかってなさそう。

　ID交換したら、メッセージでも送ろうかな。

　教室でID交換したあとは、健くんは帰宅せずわたしの話し相手になってくれた。

　机をくっつけて、おしゃべり。

　家でのこととか、クラスのこととか、もうすぐはじまるプールの授業のこととか、いろんな話をして1時間ほど経過したら。

「茉白」

　──碧に呼ばれた。

　なぜかまた、名前呼び。

　びっくりして、嬉しくて、ガタッと席を立つわたし。

「碧……！　お疲れさま！　追試どうだった？」

　そう聞けば、彼はなぜか無言。

　少し不機嫌そうな顔をしながら教室に入ってきて。

　わたしの鞄を持つと、パシッと手をとり歩き出す。

「わっ」

　強く手を引かれて、早歩き。

　……碧、またどうしたんだろ。

　なにかあった……？

「ま、待って碧！　健くんも一緒に……」

　碧を引きとめようとするけれど、彼はとまってくれず。

「茉白ちゃん、碧くん、ばいばーい」

　うしろを振り向けば健くんは手を振ってくれて、その姿を一瞬見て教室を出た。

　何度声をかけても彼は振り向いてくれることはなく。

　強く手をひかれて校舎を出て、車へと向かったのだった。

「……なにもありませんでしたか」

　強引に車に押し込まれたあと、やっと碧が口を開く。

　……碧は、健くんのことを気にしているんだろうか。健くんが暴走族の総長だから。

「特にな……」

　言いかけて、途中で言葉を切る。

　途中で切ったのは、先輩に呼び出されるなんてことがあったから。

「なにされたんですか!?」

　言葉を途中で切ったせいで碧は心配したみたいで、ガシッとわたしの両肩をつかむと迫り来る。

「あ、えと……」

「内容によってはあのクソ猿を今すぐ──」

「ち、ちがう！　健くんのことじゃなくて！」

「ほかになにがあったんですか!?」

　さっきのことは……言うべきなのだろうか。

　別にケガとかしてないし、言ったら碧を心配させてしまうだけかもしれないけど……。

「あ、あのね──」

　言わなければ健くんの身が危ない。

　わたしは碧に、先輩に呼び出され危険な目に遭い、健くんに助けてもらったことをちゃんと話した。

　それを聞いた碧は、石になったように固まる。

　最初は驚いていたみたいだったけど、すぐに申しわけなさそうな表情へと変わり、わたしにたくさん頭を下げた。

　……碧が悪いわけじゃないのに。

「本当にすみません。俺が１番に気づくべきなのに……。お嬢が危険な時に呑気に追試なんて……」

「元はと言えばわたしがついて行ったのが悪いから、碧は謝らないでよ！」

「ですが……」

「碧はなにも悪くないよ！」

「本当にすみませんでした。これからは俺がお嬢のどんなことにもいち早く気づけるよう、努力します……」

　ぎゅっと強く拳を握りしめた彼。

　そのあとは元気がなくなり、俯いていた。

「お嬢、少しいいですか」

　家に帰って自分の部屋へと行こうとすれば、碧に声をかけられて足をとめた。

「うん？」

「すぐ終わりますので」

　そう言われて碧について行って、彼の部屋へ。

「こちらに座ってください」

　部屋に入るとすぐに彼は座布団を持ってきて、わたしに座るようにと促す。

　なにか……話、かな？

　……なんだろう。

　碧がなんだか真剣な表情をしているから、少し緊張しながら座布団へと座る。

　そうすれば、碧はわたしの目の前に正座。

　自分の鞄の中からクリアファイルを取り出すと、「これを見てください」とわたしに手渡す。

　透明なクリアファイルだから、ファイルになにが入っているのかすぐにわかった。

　それは、追試の答案用紙。

　丸つけがしてあって、しっかり点数が赤字で右上にかいてある。ファイルの中からぜんぶの紙を取り出して、点数を見ていった。

　見て……本当に、びっくり。

　まさか、碧がこんな点数をとれるなんて。

　解答用紙にかいてある点数は……見事にぜんぶ、100。

満点だ。

　すごい。

　教室で追試がどうだったか聞いた時、答えてくれなかったから結果がよくなかったのかと思ったけど……ぜんぜんいいじゃん！

「碧、すごいよ！　お疲れさま！」

　目の前の彼を見つめて笑顔で返せば、彼は。

「お嬢。約束、覚えてますか？」

　わたしをじっと見つめ返す。

　"約束"。

　その言葉を聞いて、瞬時に思い出す。

『俺が全教科、追試で1発合格したら……好きなところにキスさせてください』

　わたしは、碧に言われてうなずいたっけ。

　うん、うなずいたよ!?

　確かに、約束した！

　追試で100点とったら絶対合格だろうし……。

　碧がわたしをここに呼んだのって、その約束を今ここで果たすため……!?

「キスさせてください」

　ぐるぐる考えていると、手に持っていた解答用紙とファイルを取られて、彼はそれを床へと置いた。

「へ……」

　思わず間抜けな声が出る。

「約束は約束です」

　彼の手が伸びてきて、頬に触れた大きな手。

　碧の手は熱くて、ドキッと心臓が大きく跳ねた。

　確かに、約束は約束。

　今さら破るわけにはいかない。だから、ちゃんと大人しくしてよう……。

　あ、碧の好きなところってどこだろう……。

　餅ほっぺって言われるし、やっぱりほっぺかな……。

　く、口はさすがにないよね！　口は……！

　碧がそんな、わたしとキスしたいとか……きっと思ってないだろうから。

　碧は膝立ちになると、顔を近づけてきて……。

　距離が近づくたびに……なんとなく、気づいた。

　碧は、頬にキスするつもりじゃない。

　今、キスされそうになっているのは……唇だ。

　わたしは少しだけうしろにさがって、碧と距離をとる。

「ま、待って碧、き、きす、どこにするつもり、なの……」

　びっくりして、上手く話せない。

　聞いたのは、ちゃんとどこにするのかを確かめるため。

　唇に……なんて、気のせいかもしれないし。

　彼の胸を少し押せば、

「俺の好きなところです」

　と、碧はただひと言。

　ちゃんと教えてくれない。

　だ、だから、好きなところってどこなのさ……！

　ほ、本当に唇にするつもりなら……なんで!?

「ちょ、ちょっと、待ってほしいな、なんて……」

逃げるためにさらにうしろへとさがれば、碧は距離をつめてくる。

だからさらにうしろへとさがって距離をとれば、襖に背中がぶつかった。

「待ちません」

碧はわたしの頬に触れて、再び顔を近づけてくる。

……だ、だめだ、逃げられない！

わたしのファーストキスが……っ！

碧とキスするのはいやってわけじゃないけど！

そういうわけじゃないけど!!

……なんでキスをしたいのか、碧の気持ちを先に知りたい。

こんな、気持ちがわからないままキスするなんて……そんなの……。

どんどん近づいてくる整った顔に、ぎゅっと目を瞑った。

そして――すぐに唇にちょんっと触れたもの。

触れたのは、柔らかいものではなかった。

小さいもので……明らかに唇では、ない。

ゆっくり目を開けてみれば……。

わたしの口に触れていたのは、碧の鼻。

「……へ？」

またも、間抜けな声が出る。

その直後。

――碧は、今度はわたしの頬にキス。

　今度こそ柔らかい感触が触れて、おでこ、瞼、鼻、耳、とキスを連続で落としてくる。

「碧、もうやめ……ひゃぁっ」

　とめようとすれば、今度は髪をさらりとどかして首筋にキス。

　びっくりして、変な声が出てしまった。

　な、なになになになに!!

　なんでそんなところにまで……っ!?

「俺は好きなところにキスする、って言いました。1箇所だけ、なんて言ってません」

　柔らかい感触が首筋から離れたと思ったら、耳元でする声。

　……確かに、そうだけどさ!?

　そんな、最初からたくさんキスするつもりだったの!?

　セーラー服の襟を引っ張られて、あらわになる左肩。

　とめる間もなく、そこにも柔らかい唇が触れた。

「っ!……あ、あおいっ」

　名前を呼べば彼の唇が移動して、鎖骨にキスをひとつ。

　それから……なんと、強く吸いついてきた。

　恥ずかしくて、ドキドキしすぎて、触れられたところから熱がまわる。

　……全身が熱い。

　はじめての感覚に、うまく息が吸えない。

　いやというわけじゃないけど、どうしたらいいのかわからず……。

　ただ、碧のシャツをつかんだ。

　チクリ、とした痛みを感じたあと碧はすぐに離れてくれて……終わった、かと思いきや。

　まだ碧のキス攻撃は終わらない。

　指、手の甲、手首に順番にキスを落とすと、横髪を手にとってキス。

「あおいっ、もうだめだって……っ」

　ドキドキしすぎて、心臓がもう限界。

　声を振り絞って、碧の右手をつかんだ。

　やっと、キスをやめる碧。

　わたしの顔は、今ぜったい赤い。

　見られるのが恥ずかしくて少し下を向けば、顔を覗き込まれた。

　碧から手を離して、自分の顔を隠す。

　けれど、すぐにその手をつかまれて、阻止される。

　……逃げられない。

「……そんな可愛い顔してると、まじで口にキスしたくなるんだけど」

　わたしの顔を見ると、ぽつりとつぶやくように言う彼。

　く、口に……キス、したくなる!?

　そう言ったよね!?

　ドキドキの嵐。

　体の熱は下がるどころか上昇するばかり。

　逸らせない目。

　ただ見つめあっていれば、先に目を逸らしたのは彼だっ

た。

　手を離すと、わたしの肩に頭を乗せて下を向く。

「……ほんとはわかってんだよ。遅かれ早かれ、おまえを
離さなくちゃいけない時がくるって」

　弱々しくつぶやいた。

「……あおい？」

「茉白のそばにずっといていい男は、こんな汚い男なんか
じゃない。おまえの隣は……もっと誠実な男が似合う。そ
ういう男が現れて、いつか俺から茉白をさらっていくんだ
ろうな」

　耳に届く言葉に、胸が痛む。

　……なんでそんなこと言うの。

　碧は汚くなんてない。わたしの未来のことも勝手に考え
ないでよ……。

　声を出そうとすれば、碧はわたしの左手の上に自分の右
手を重ねてぎゅっと強く握った。

「でも、俺が茉白のそばにずっといていい男じゃないって
わかってても……おまえに好きな男がいるってわかって
も、俺はこの場所を渡さない。俺にそんな可愛い顔見せる
んだったら、俺はまだ茉白をだれにも譲らねぇよ」

　強く握ってくる熱い手。

　その手に触れていれば、気持ちが溢れ出して。

「……碧、好き」

　碧の手の上にさらに自分の右手を重ね、自然と声が出た。

「「…………」」

瞬間、強く握られた手の力が確かに弱くなる。

はっと我に返ったときは、もう遅く。

わたし……今、なんて?

す、好き、って……言った!?

自分でも、すごくびっくり。

まだ、告白なんてするつもりはなかったのに……。

心の準備も、碧にちゃんと意識してもらうことさえもできていないのに……。

ここでフラれたら、碧ともういつも通りに話せなくなってしまうかもしれない……っ!

なにより碧との関係が崩れることが怖くて、わたしはすぐに口を開いた。

「手が! 手が好き! 碧の、わたしに触れてくるときの優しい手が好き!」

大きな声を出す。

碧にちゃんと聞こえるように。

誤魔化せるだろうか……。

心は焦りと不安でいっぱい。

次になんて言おうかと迷っていたら。

「……俺も好き。おまえの手、小さくて可愛い」

小さな声で返ってきた。

……とりあえず誤魔化せた、みたい?

なにも変に思ってない、よね?

なんて返せばいいのかわからなくて、「……うん」とうなずくだけしかできない。

これ以上はだめだ。

なんて言ってしまうか自分でもわからない。

自分の気持ちがとめられない。

もう、部屋に戻ったほうがよさそうだ。

「……つーか、手だけ？」

　聞こえてくる声は小さな声でよく聞き取れない。

「え？」

「おまえが好きなのは、俺の手だけ？」

　言い直してくれて……。

　碧はやっと顔を上げると、わたしをじっと見つめた。

　まっすぐな瞳。

　目が合えばやっぱり逃げられない。

「……ほかも好き」

　小さく答える。

「ほかって？」

　……言わせようとしている。

　碧は……。

　碧を好きになって10年。

　その10年分の気持ちが溢れすぎて……もうやっぱり告白してもいいかも、なんて心の中で思ってしまう。

　碧と目が合っているから、もうとめられない。

　自然と、わたしの口は開く。

「わたし、10年前から碧のことが好──」

「碧、今少しいいか？」

　とある声に遮られた。

すぐうしろ、襖の向こうから聞こえてきたのは、翔琉さんの声。

急に近くで聞こえてくるから、心臓が大きく跳ね上がる。

わたしはすぐに我に返った。

……あ、あ、あ、危ない。

勢いで本当に言っちゃうところだった……。

「へ、部屋、戻る、ね」

小声で言って、立ち上がろうとした時。

——手をつかまれて、強い力で引っ張られた。

その力で傾く体。

また座らせられ、つかんだ手とは反対の大きな手がわたしの口元を覆うと……顔が近づき。

彼は、その手の上からキス。

目の前には整った顔。

至近距離でただ瞬きを繰り返していれば、すぐに離れていく。

それから、忘れかけていたけれど乱れた制服を整えてくれて、立ち上がると普通に襖を開けた。

翔琉さんと話す声が聞こえてくる。

顔が絶対赤いから翔琉さんの顔を見ることができず。

わたしは立ち上がり、下を向いて走って自分の部屋へ。

しばらくは、ドキドキがおさまらなかった。

思い出しては体が熱くなっての繰り返し。

また、わたしばっかりドキドキして……なんて思ったが、実はそんなことはなく。

　碧は、動揺していたのだ。

　彼はわたしが言ったことに数時間、頭を悩ませ……。

「茉白、もしかして……なわけねぇ、よな。あいつは家族として、言ったんだ。深い意味はねぇだろうし変に気にしたらだめだ……。しっかりしろ、俺」

　そう思っていたことなどわたしは知る由もない。

パーティーの日

　パーティーの日にちが、急遽変更になった。

　7月の終わりごろの予定だったのが、今週の土曜日に。

　変更になった理由は、お父さんが健康診断でいくつかの項目に引っかかり……検査入院の予定が入ったから。

「お父さん、体は大丈夫なの？」

　話を聞いて、こみ上げる不安。

　お母さんはガンが進行していなくなってしまったから、お父さんまでいなくなってしまったらどうしよう、と考えてしまう。

「ぜんぜん大丈夫だよ」

　お父さんは笑顔で答えると、「それより」と話を変える。

　すごく大切な話をしていたところなのに……。

「茉白、パーティードレスはもう用意したかい？」

　お父さんの会社で開かれるパーティーは、きちんとした会場でやるから、パーティードレスを用意するようにと言われていたわたし。

　ネットとかでドレスを調べたりはしたが、まだ時間に余裕があると思って買っていない。

「まだ……」

「それじゃあ、あそこの店に行ってみるといい。あそこは昔の知り合いが経営している店だから、いいものがたくさんあるよ」

　お父さんはわたしに1枚のカードを渡すと、翔琉さんを呼ぶ。

　渡されたものは、わたし名義のクレジットカード。

　お年玉を貯金しているカードとは、また別のもの。これははじめて見た。

「これは？」

「茉白の将来のために作っておいたカードだよ。これでドレスを買うといい」

「ありがとう……！」

　呼ばれた翔琉さんにお父さんは話をすると、翔琉さんはわたしに「行きましょうか」と言って車に乗ってお店へ。

　行ったお店には本当に素敵なものばかりあって、とっても迷ったけど……。

　すごく悩んだ末にお店の人におすすめされたドレスに決め、無事にドレスをゲット。

　家に帰ったあと土曜日に向けての泊まりの荷物準備と、当日の髪型も考えて。

　──パーティー当日を迎えた。

　早く起きて、すぐに着替え。

　この間買ってもらったドレスは、ネイビーのドレス。

　背中が大きく開いたもので、首の後ろでリボン結びでとめるタイプのもの。

　丈は膝下だが、ドレスは半袖で露出は多い。

　思い切ってこれを選んだのは、やっぱり……碧にドキド

キしてほしいから。

この前は勢いで告白しそうになったけど、告白する前に少しでも碧に意識してもらいたい。

ドレスに着替えて髪を巻いて、軽くメイクをしたあとわたしはあるものへと目を向けた。

"あるもの"それは、鎖骨についている赤い痕──キスマークのこと。

ついこの間、碧に吸いつかれてつけられたばかりのもの。

いろんなところにキスをたくさんされた日のことを思い出せば、ドキドキと心臓が暴れる。

……本当に、あの日はいろいろあった。

また碧と敬語なしで普通に話せて、名前で呼んでもらえて。

唇にもキスされそうになったっけ……。

なんで、あんなことしたんだろう。

あのあとの彼はまたいつも通り。

また敬語で話して、わたしを"お嬢"と呼んで、いつも通りの碧だから考えれば考えるほどわからない。

……キスマーク、目立つから隠さないと。

わたしはコンシーラーとファンデーションを手に取って、目立たないように隠した。

「お嬢」

襖の向こうから聞こえてきた声。

それは、碧の声で。

ちょうど、彼のことを考えていたところだから心臓が跳

ねた。

「な、なに!?」

　びっくりして思わず大きな声が出る。

「少しだけお時間いいですか？」

　ど、どうしたんだろう。

　なにか、話……？

「おはよ」

　急いで立ち上がって、ドキドキしながら襖を開けると目に入ったのは。白シャツにネクタイ、黒いズボンという格好の碧。

　ネクタイは緩められシャツのボタンは上からふたつほどあいていて、あいているシャツの間からはなんだか色気が出ている。

「朝早くにすみません、お嬢を2日分補給しに──」

　言葉を切って、彼は驚いたようにわたしを見て瞬きを繰り返す。

　……見ているのは、ドレス。

「あのね、これ、今日のために買ってもらったの……」

　どうかな、なんて付け足して言ってみると。

「今日のため、って……。もしかして、今日のパーティー、ですか!?」

　さらに驚く彼。

　これは……知らなかった顔。

　てっきり、わたしがパーティーに一緒に行くのなんて碧も知っているものかと……。

「うん。お父さんに──」

「だめです」

　なんで一緒に行くことになったのか、説明しようとすると言葉を遮られた。

「お嬢は家でいい子にお留守番していてください」

　強めに言われる。

「……やだ。絶対一緒に行くもん」

「だめです。お嬢はお留守番です」

「もう行くって決めたし、行く準備もしたもん」

「早く着替えて片付けてください。お嬢はパーティーに絶対連れていきません」

「やだ」

　べーっと舌を出せば、碧はわたしの右頬をむにっと引っ張った。

　強く引っ張られてるわけじゃないから痛くはない。

　……こんなことされたって絶対行くもんね。

「いい子にしててください」

「やらっ」

「やだじゃありません。お嬢はあんなところに連れて行けないんです」

　反対の頬も同じように引っ張られる。

　そんなことをされていると、聞こえてきた足音。

「あんなところって、失礼なやつだなぁ」

　笑い声も聞こえてきて、声のしたほうへと目を向ければ、そこにいたふたり。

　スーツ姿のお父さんと、碧のお父さんである洋二さん。

「おはようございます」

　碧は瞬時にわたしから手を離し、頭を下げる。

　わたしも「おはようございます」と挨拶をすれば、碧は
すぐに顔を上げてお父さんを見た。

「社長、お嬢も一緒に行くなんて聞いてません」

「そりゃあ、おまえには言ってないからな」

　ははっと笑うお父さん。

「そういうことはちゃんと言ってください」

「言ったらおまえはどうした？　とめただろ？　今だって
とめようとしているな、碧」

「…………」

「おまえは仕事のことは茉白にあまり関わらせたくないか
ら連れていきたくないだけだろ。なんでそんなにぜんぶを
見せたがらない？」

「……最近はそれなりに裏の顔も見せてますよ」

「ぜんぶは見せてないだろ。おまえはまだ隠そうとしてる
な」

　お父さんのその質問に、黙り込む碧。

　わたしも、それはすごく気になる。

　なんで彼はわたしにぜんぶを見せてくれないんだろう。

　わたしもただ碧を見つめていれば、彼は数秒後に口を開
く。

「お嬢は、こんな俺を〝大切な人〟と言ってくれて、ぜん
ぶ知りたいと思ってくれました。俺もできる限りはお嬢の

望みを叶えてあげたいと思いましたが……やっぱり、どうしても不安なんです。お嬢の心が汚れないか、って」

　そう言った碧。

　手を伸ばして、きゅっと袖をつかむと彼はまた口を開いた。

「今まで隠していた理由もそれが不安だったからです。お嬢の心はとっても純粋できれいですからね。仕事に関わるとお嬢はうちをねたむ汚いやつらからさらに目をつけられて、もっと危険な目にあってしまうかもしれません。だから……あまり関わらせたくないんです。できることならお嬢にはそういう危険に無関係なところできれいなものばかり見て、美味しいものばかり食べて、健やかに育ってほしかったんですよ」

　……それが、碧が今まで隠していた理由。

　あまり仕事している顔を見せたがらないのは、そう思われていたからだったんだ。

　っていうか、わたしの心は碧が思ってるほどきれいじゃないよ。

「わたしの心配はしないでよ。碧に隠しごとをされて、知らないことがあるほうが悲しいもん」

　じっと碧を見つめる。

　でも、彼はなぜか黙り込んでしまって。

　その姿を見たお父さんと洋二さんのふたりは笑った。

「碧、パーティーにお嬢を連れていきたくない理由がほかにもまだあるようだな」

　にやりと笑う洋二さん。

　……まだ、わたしを行かせたくない理由が？

　なんだろう、と思いながら碧を見つめると。

「お嬢を連れていくなんて、狼の群れに子羊を放り込むようなものです。危険すぎるので行かせたくありません」

　彼はそう返した。

　狼の群れに、子羊を放り込む……？

　子羊って、わたし!?

「そんなに心配なら……碧、茉白はおまえが守れ。茉白も自ら行きたがっているんだし、それで解決だ」

　お父さんは碧の肩をぽんっと叩くと、歩いていく。

「社長、まだ話は──」

「早くおまえも行く準備しろよ」

　引きとめようとする碧だが、お父さんは足をとめることはなく。

　そのままほかの部屋へと行ってしまった。

　そうして、碧はそれ以上なにも言えず。

　パーティーへと、わたしも無事に行くことができたのだった。

　──でも、まさかあんなことが起きるなんて……。

　車に乗ること約2時間。

　到着した、会場。

　車に乗っている間に話を聞いたところ、ここの会場はお父さんの知り合いが経営しているんだとか。

　きれいなところだとお父さんが言っていたけど……あまりの大きさ、きらびやかさにびっくり。

　来る前から緊張していたけど、いざ会場に入ると緊張はマックスに。

「この子は娘の茉白だ。大きくなっただろう」

「た、鷹樹茉白です」

　会場内で、わたしはお父さんの知り合いに挨拶。

　元ヤクザの家系の知り合いなだけあって、会場内にはド派手な色の髪の人ばかりで男性が多い。

　同性の人をあまり見かけないから余計落ちつかなくて、つい彼を探してしまう。

　探しているのは、碧。

　現在、わたしの隣に碧はいない。

　彼は会場の用意の手伝いを任されていたみたいで、わたしよりも先に会場に向かったんだ。

　会場についたら必ず碧に連絡するようにと言われていて、わたしはメッセージを送ったんだけど……まったく返信が来ていない。

　メッセージを送って20分返信が来ないから、きっと忙しいのだろう。

　……碧をよく観察するために来たのに、このまま会えないで終わるなんてことないよね？

　それから数十人と挨拶をして、お父さんたちが話に花を咲かせるからわたしは会場の隅っこへとこっそり移動。

　きょろきょろと広い会場内をまたよく見るが、碧の姿は

やっぱり見えない。

　持ってきた小さなショルダーバッグの中に入れておいたスマホを手に取って、連絡がないか確認してみるが……誰からの連絡もなし。

「こんにちは」

　スマホを見ていると、上から降ってきた声。

　ぱっと顔を上げると、黒髪をオールバックにした20代前半くらいの男性が目に入った。

「こんにちは……っ！」

　慌てて挨拶を返す。

　この、声をかけてきた男性には見覚えがあった。

　この間ドレスを買いに行った、お父さんの知り合いが経営しているというそのお店の、息子さんがこの人。

　名前は確か……葉山実さん。

　葉山さんは自分の父親のお店の社員として働いていて、店内でわたしに優しく声をかけて、わたしが今着ているドレスをおすすめしてくれた。

　あの時は本当にたくさんお世話になった。

「ドレス、やっぱり似合ってますね」

　わたしをよく見ると、にこりと笑ってくれる葉山さん。

「お、おすすめしていただいたドレスが素敵すぎるおかげです……！　この間は本当にありがとうございました！」

「そんなたくさんお礼をされるようなことはしてませんよ。似合っているのは茉白さんがきれいだからです」

　さらっと言われた言葉。

　お世辞だろうけど……なんだか少し照れるな。

「あの、もしよろしければなんですが、連絡先とか聞いて
も──」

「茉白……！」

　葉山さんの声を急に遮った人物。

　その人は……碧だった。

　家ではスーツを着崩していたが、ここではちゃんと着て
いる彼。

　駆け寄ってきてくれたから、少し乱れている息。

「碧……っ!!」

　いつの間に、会場内にいたんだ。

　返信はまだなかったから気づかれないかと……。

「頼まれてた頭痛薬持ってきた。頭、まだ痛いんだろ？」

　彼はわたしの頬に触れる。

　熱い手が触れて、まっすぐに視線を合わせられるから目
を逸らせない。

　……頭痛薬？　頭が痛い？

　遅れて疑問に思うこと。

「話してたところ悪いけど、茉白は具合悪いから別室で休
ませる」

　碧は葉山さんに言うと、わたしの手を引っ張って。

　彼が歩き出すから、つられてわたしの足も動く。

　え……？　碧!?

　とまろうとしても強い力で引かれるからとまることもで
きず。声をかけてもとまらないから、どうしようもない。

　申しわけないが、わたしは葉山さんに向けてぺこりと頭を下げ碧について行った。

　彼は扉を開けて、会場の外へ。

「碧……！　な、なに、今の……！　なんであんな嘘……」

　そう言ったところで碧は足をとめ、くるりと振り向く。

「……なに口説かれてるんですか。少しでも隙を見せると食われますよ」

　不機嫌そうな碧。

　口説かれる？　食われる？

　……碧はなにを言ってるんだ。

「葉山さんにはドレスを買いに行った時にお世話になったの！　お店で迷ってたわたしに声をかけてくれて、このドレスをおすすめしてくれたんだ！　それで顔見知りってだけでさっきは少し話してただけだよ！」

「そのドレス──」

　碧がなにかを言いかけた時。

「碧、翔琉呼んできてもらってもいいか。喫煙ルームにでもいるだろうから」

　突然声をかけてきたのは、洋二さんだった。

　洋二さんは少し離れたところにいて、なにやら忙しそう。

「……わかった」

　碧は返事をすると、「お嬢は一緒に来てください」と言い、彼はまた歩き出す。

　わたしが現在履いているのは、履きなれない高めのヒール。

　歩きづらいながらも必死に歩いていれば、碧はそれに気づいて歩くスピードを遅くしてくれた。

　到着した、喫煙ルーム。

「ここで待っていてください」

　喫煙ルームの少し手前で手は離され、碧は中へと入っていく。

　ガラス張りだから、ここからでも見える喫煙ルームの中。

　中にいたのは、タバコを吸っているスーツを着た人たち。

　うちの社員、そして見たことない人たちがいっぱい。

　碧は奥にいる翔琉さんと話して、そのあとはわたしが見たことのない男性に話しかけられていた。

　碧とは歳がかなり離れているその男性。その人と親しそうに話したあとは、碧はまた別の人にも話しかけられていて。

　わたしはその姿を見ていた。

　挨拶だろうか。

　……まじめな顔をして、話しているから。

「茉白ちゃん、大きくなったね」

　声が聞こえるのと同時に、ぽんっとわたしの肩に乗せられた手。

　びっくりして、心臓が飛び跳ねる。

　うしろを振り向けば、そこにいたのは……。

　50代くらいの、優しい表情の男性。

　この人はさっき会場内で見かけた人だ。わたしがお父さんと離れたあとに、お父さんと親しそうに話していたのを

見た。

「こ、こ、こんにちはっ！」

　わたしはすぐに挨拶をして、ぺこりと頭を下げる。

　『大きくなったね』と言われたから、わたしはこの人と昔会ってるってこと……だよね？

　小さい頃パーティーに一度来たから、その時に会ったのだろうか。

　昔の記憶はないけど……。

「俺が昔会った時は小さかったのになぁ。時が経つのも、子どもが成長するのも早いねぇ。……あ、そうだ。茉白ちゃんにこれをあげよう」

　明るいトーン。

　この人は、すごく優しそうな雰囲気。

　顔を上げれば、目の前の男性はジャケットのポケットに手を入れ。なにかを取り出すと、それをわたしに手渡した。

　渡されたものを見れば、それは……お金で。

　3つ折りになってる1万円札。

「えっ、あの……」

「久しぶりだから、お小遣いだよ」

「えっ」

　お小遣い!?

　そ、そんな……ありがたいけど、受け取れないよ。

「あの……」

　返そうとした時——。

　持っていたお金を横から取られた。

「お返しします」

　お金を取ったのは碧で、彼がわたしの代わりに男性へと返す。

「碧、おまえも１年でまたずいぶんでかくなったなぁ」

　碧を見て笑う男性。

「お嬢、簡単に受け取ってはいけませんよ。あとでなにを要求されるかわかりませんから。お小遣いをもらった立場になると、なにかを頼まれた時に断れないものです」

　碧はわたしによく言い聞かせるように言う。

　……要求？

　なにか、裏があったのだろうか。

「さすが、経験者は語るな」

「俺も昔、簡単に受け取ったことを後悔しましたよ。まさかそっちの会社の仕事まで山のように押しつけられるとは思いもしませんでしたから」

　男性と碧の会話を聞けば、まさかの。

　碧も受け取って、要求されていたなんて。

　危ない危ない……。

　優しそうに見えて、実は怖い人なのかもしれない。

「どんな時でも恩を売っておいたほうがいいと思ってね。茉白ちゃんにはうちの実なんてどうかな、って思って渡そうとしただけだよ。さっき仲良さそうに話していたし、茉白ちゃんは断れなさそうな性格だから１回くらいならお見合いしてくれるかな、って」

　"実"という名前を聞いてすぐに思い出したのは、さっ

き話していた葉山さん。

　……うちの実、ってことは、この人は葉山さんのお父さん!?　このドレスを買ったお店の社長で、お父さんの昔からの知り合いの……!!

　っていうか、なんか"お見合い"って聞こえたような!?

　気のせいじゃない、よね!?

「だめです。お嬢は絶対だれにもあげませんので、諦めてください」

　碧は私の手を引っ張って、自分の背中へと誘導。

「碧の大切な子なんじゃ諦めるよ。いろいろ考えて悪かったね。これは碧にあげよう」

　葉山さんのお父さんはにこりと笑うと、返されたお金を今度は碧に渡そうとする。けど、碧は瞬時に「いりません」と返して。

「俺とお嬢はこれで失礼します」

　と頭を下げると、わたしの手をひく。

　最後に、わたしもぺこりと頭を下げた。

　……さっきの言葉、嬉しかった。

　碧はどういう気持ちで言ったのかはわからないけど。

　変に期待しちゃだめだというのはわかっているけど、ついにやけそうになる。

　わたしは必死に我慢して足を動かした。

　碧がドアを開けたそこは、個室。

　小さな個室だけど……いろいろとすごい。

大きな花瓶に入ったきれいな花があって、おしゃれな
テーブルと高級そうな革製のソファ、椅子までちゃんとあ
る。

てっきり会場に戻ると思ったんだけど……。

なんでここに？

「まず、お嬢からの連絡にすぐ気づけなくてすみませんで
した。思ったよりも仕事が忙しく、バタバタしていたもの
で……」

彼は向き合うと、わたしと目を合わせる。

「う、ううん、わたしなら大丈夫だよ」

「お嬢はもうここにいてください」

「えっ」

「俺がいない隙にお嬢を口説こうとする野郎がいたりする
ので、個室のほうが安全です。お嬢は可愛すぎるので心配
なんですよ。また、次はだれに狙われることか……」

心配されるわたし。

へ？と間抜けな声が出た。

碧が本気で言っているのかはわからないけど、好きな人
から "可愛すぎる" と言われるのはやっぱり嬉しいもので。

手をつないでいるということもあり、さらに体温が上昇
して熱くなる。

碧はわたしの顔をじっと見ると頬へと手を伸ばし……。

「……またそうやって可愛い顔しないでください。お嬢が
そういう顔するから、俺の心配は消えないんです。お嬢は
元から可愛いですけど、そんな可愛い顔をほかの男が見た

ら、俺のライバルが増えることまちがいなしじゃないです
か」

　むにっと頬を引っ張られた。

　……そういう顔？

　……ライバル？

　話がよくわからない。

　瞬きを繰り返していると、急に背中に手がまわり。

　強く抱きしめられた。

　大きく背中が開いたドレスだから、長い指が直接肌に触
れる。

「……っ」

　背中に直接触れられることなんてそうそうないから変な
感じ。

　くすぐったくて、恥ずかしい。

「……そういえば、そのドレスは葉山実が選んだんでした
ね」

　耳元で聞こえてくる声。

「お、おすすめしてもらっただけで——」

　わたしは、言葉を途中で切った。

　彼が、急にわたしを抱きかかえたから。

「碧!?」

　わたしはお姫様抱っこをされている状態。

　そのまま運ばれ、ソファの上へとおろされた。

　座りたかったのかと思ったが、そんなことはなく……。

　碧がわたしの肩を押せば、体は倒れ。彼はなぜかわたし

をうつぶせにすると、次の瞬間には首元のリボンがしゅるりと解かれた。

「あお──……ひゃぁっ」

　彼を呼ぼうとする代わりに、漏れた声。

　背中に触れたのは、碧の唇。

　触れて、強く吸いつかれるから……体がビクつく。

　あ、碧、なにして……。

　チクリと感じる痛み。

「……俺以外の男が選んだものをお嬢が身につけているのは、死ぬほど嫌です」

　すぐ後ろで声がするから、心臓が大きく鳴り響く。

「俺以外の男とお嬢が話すのも、俺以外に肌をこんなに見せるのも、俺以外に可愛いところを見せるのも、ぜんぶ嫌です」

「……っ」

「お嬢をだれにも見せたくないので、今日はもう大人しくここにいてください。お願いします」

　背中に何度もおとされるキス。

　……返事をするまでやめてくれないのだろうか。

　会場で碧をちゃんと見たい、けど……こんなことをされ続けては心臓がもう限界。

「わ、わかった……。ここにいるから……っ」

　そう返すと、とまるキス。

　彼は解いた首元のリボンを結んで、わたしから体を離すと支えて起き上がらせてくれた。

「一応うちの社員を見張りにつけますが、狼が来ても部屋に入れてはいけませんからね」

　普通に話す碧。

　わたしにあんなことをしたばかりだというのに……。

　出発する前も、狼の群れに子羊がどうのとか言っていたけど……いったいなんなんだ。

　碧は優しく微笑むと、ジャケットのポケットに手を突っ込んで。

　小さなメモ帳とペンを取り出し、メモ帳をびりっと破いた。

　そして、その破いたメモ帳とペンをわたしに手渡して。

「お嬢はここでいい子にお絵描きでもしていてくださいね。食事は運びますから」

　彼は立ち上がると、扉を開けて部屋を出ていく。

　わたしは、そのうしろ姿を見送った。

　……お絵描きって。

　わたしはいったい何歳だと思われているんだ。

　この間、絵日記なら描いたけどさ……。

　……あ、そういえばあの絵日記、まだ碧に渡してないや。

　いちご大福買ってもらう代わりにあげることになってたんだよね。

　あのデートでいろいろあって忘れかけてた。

　帰ったら絵日記の写真を全ページ撮って、それから渡そう、っと。

　そう思ったが、すぐに思い出すのはついさっきのことで。

どうしても、気になってドキドキは加速するばかり。

……碧、どういう意味であんなこと言ったの。

どうして、あんなことしたの。

何度考えてもわかるわけもなく。わたしは気持ちを落ちつかせるために大きく深呼吸を繰り返した。

それは、本当に急だった。

個室に来て、30分ほどたった時のこと。

突然、聞こえてきた女性の悲鳴。

まるでそれを合図だというように、なにかが壊されるような荒々しい音が聞こえてきて。

……心臓が、とまるかと思った。

あまりにも急なことで真っ白になる頭の中。

声と音が聞こえてきたのは、明らかに近くから。

近くというのは、きっと……パーティー会場。

碧……っ!!

……み、みんなは、無事!?

立ち上がろうとしたが、次に聞こえてきた怒声。

ガラスが割れる音もして、恐怖で体が動かなくなった。

……いったい、あっちで何が起きてるんだ。

もしかして……うちをねたむ人たちからの襲撃!?

そう思った直後。

「なにして――」

ほんとにすぐそこ。

ドアの向こう側から聞こえてきた大きな声。

それは、うちの社員の声で……次に大きな音が響いた。

心臓がドクドクと早く動く。

嫌な予感しかしなかった。

……やばい。

……部屋の向こうに、確実にだれかいる。

……こ、殺される。

逃げなくちゃと思っても体がまったく動かない。

ただ震えることしかできないでいれば、勢いよく開けられたドア。

黒服姿の男性が見え、その男性の手に握られていた鋭い刃物。

「──死ね」

低い声が耳に届いて、男性が個室へと足を踏み入れた、その時に──。

勢いよくここへやってきた、碧。

碧は黒服姿の男性の刃物を持つ手をつかむと、強く力を入れ。

刃物が床へと落ちれば、男性を背負い投げ。

顔を歪める男性。

「動けば殺す」

碧はその男をうつ伏せに寝かせて、上に乗り動かないように拘束。

よく見ると碧は……右頬や左腕から血を流していた。

……やっぱり、あっちでなにかあったんだ。

「大丈夫ですか!?」

　数秒後に来た数人の社員。

　碧はその人たちに拘束していた男性を引き渡し、すぐこちらに駆け寄ってきてくれる。

「怪我は!?」

　どう見ても自分のほうが怪我をしているのに、わたしの心配をする彼。

「……ない」

　一瞬のことだったけれど、消えない恐怖。

　震えてしまう声。

　そんなわたしを包み込むように碧は抱きしめてくれた。

「な、なにが起きたの……みんな無事なの……?」

　一生懸命声を出して、聞いてみる。

「いきなり襲撃されて……怪我人は少しいる。おまえはもう帰る準備しろ」

「……え」

　その言葉を聞いて、さらに不安になる。

　もし、お父さんやみんなになにかあったら……と考えれば怖くて体の震えがとまらない。

「こんなことがあればこのまま続行することはできないから、おまえは車で帰れ」

「……碧は?……みんなは?」

「俺はここに残る」

　そんな会話をしたあと、すぐにこっちに来る翔琉さん。

　数分後、わたしは強制的に車に乗せられた。

　車に乗せられるまえに見たのは……怪我をした人たちの

姿。

　恐怖心は大きくなるばかり。

　……お父さんやみんなも無事かわからない状態で、とにかく本当に怖かった。

　そんな恐怖を抱いたまま、わたしは車で帰宅した。

星に願う

　パーティーから帰ってきて、すぐに翔琉さんに電話がかかってきた。

　翔琉さんは真剣な表情で数十分電話。

　それから、その電話内容を家にいる社員に伝えれば、何人か出かけていったりとバタバタした状態に。

　電話の内容は、よくない内容だったのだと見ていてわかった。

　帰ってきたこの日は、みんなが忙しそうでわたしはなにも聞くことができず……。

　いろいろ聞いたのは、次の日のこと。

　襲撃してきたのは、以前うちの近くで悪さばかりしていたという暴走族のメンバーだったらしい。

　襲撃で捕らえた人にあとから話を聞き出せば、襲撃するように命令を出したりしたのは……昔からうちをねたんでいる人たちだとわかった。

　うちの社員も来ていた人たちも何人か怪我をしたが、死人はいないという。

　現在、碧たちは……後処理をしているらしい。

　……わたしは待っていることしかできない。

　ただ毎日大人しく家で帰ってくるのを待った、が……。

　──碧たちは、1ヶ月以上帰ってこなかった。

　強い日差しに、暑い気温。

　気づけば、8月。

　期末テストが終わり、夏休みに突入した。

　碧とはいまだにまったく連絡がとれない。

　お父さんとも連絡がとれなくて、家にいる翔琉さんに毎日『今日は帰ってくる？』と聞く日々。

　それで、いつも決まって翔琉さんの質問の答えは『わからないです』、そのひと言で。

　日々不安は募るばかり。

　襲撃事件の時に、お父さんや碧たちがいる世界はいつどこでどんな危険が起こるかわからない、ということを再認識させられた。

　碧も、わたしの前からついいなくなってしまうかわからない。

　そんな危険な世界に彼はいる。

　……早く碧に会いたい。

　無事な姿をこの目で見て安心したい。

「茉白！　ここわかんないよ～！」

「茉白ちゃん俺はぜんぶわかんない～」

　凛ちゃんと健くんの声が聞こえてきて、はっと我に返る。

「……どこ？」

　すぐにシャーペンを持って、前に座るふたりのノートを見て、わからないというところを教えていく。

　わたしは今、凛ちゃんと健くんととあるカフェに来てい

るところ。

　夏休みに入ってから凛ちゃんと会うのはこれで3回目。

　凛ちゃんの家にお邪魔させてもらって猫を見たのが1回目で、新しくオープンしたカフェにふたりで行ったのが2回目。

　そして今日は、『宿題一緒にやらない?』と誘ってもらった。

　夏休みまで友だちと一緒に過ごせるなんて、すごく嬉しい。

　……本当に、いい友だちを持ったよ。

「すごい茉白!　やっぱ頭いい!　天才!　お礼になんか奢(おご)るよ!　なにがいい!?」

　わからない問題を教えて、それが解ければ、凛ちゃんはこれでもかと褒めてくれる。

「えっ、そんな……これくらいぜんぜんいいよ」

「いいのいいの!　奢らせてよ!　もう何問も教えてもらってるんだし!」

「気にしないでよ。わたしも好きで教えてるから!」

「茉白、チョコミント好き?」

　凛ちゃんはわたしの言葉を聞かず、お財布を持つと席を立つ。

　本当にいいのに……!

「そういえば前に、茉白ちゃんチョコミントアイス食べてたよ〜」

　健くんが思い出したかのようにそう返して。

「ほんと!? じゃあチョコミントシェイク買ってくる!」

　早足で行ってしまう凛ちゃん。

「ほ、本当に大丈夫だよ!」

　わたしのそんな声も彼女には届かず……。

　ありがたく受け取ることにした。

「茉白ちゃんさぁ〜」

　凛ちゃんの後ろ姿を見送れば、健くんに話しかけられ。

　目を合わせれば、なぜかじっと見られた。

「な、なに?」

「最近元気?」

　なにを言われるのかと思えば、またそんな質問。

　学校にいる時も、何回か同じことを聞かれた。

　そんなになにか暗い顔をしていたのかな……ぼうっとしないようにしないと。

「も、もちろん! 元気だよ!」

　心配させないように、にこりと笑って見せる。が、健くんは。

「なんかあったの? ほんとにずっと元気ないよ?」

　わたしの目を見て、なんだか心配そうにする。

「ううん、本当になにも——」

「あそこにいるの、茉白ちゃんのお付きの人だよね」

　わたしの声を遮って、健くんが指をさした席。

　そこに座っているのは——翔琉さん。

　翔琉さんは、わたしに万が一のことがないようにと護衛でこっそりついてきてくれた。

　目立つ髪は帽子をかぶって隠して、ここから1番離れた席に座っていたのに……気づくなんてすごい。

「碧くんといるところずっと見てないし……家のことでなにかあった？」

「…………」

「当たりだ」

　黙っていれば、すぐに当てられてしまう。

　……健くんは、エスパーかもしれない。なんでこんなにわかってしまうんだろう。

　……鋭すぎでは？

「友だちなんだから、なんでも俺に相談してよ。悩みってのは人に話せば少しくらいは楽になれるもんだよ」

　目の前の彼は優しく微笑んでくれる。

　……優しい。

　……でも、あの襲撃事件のことはだれにも言わないほうがいいのかもしれない。

　それに、言ったところで碧たちがいつ帰ってくるかなんて健くんにもわからないし……。

「茉白ちゃん、ペル……なんとか座流星群って知ってる？」

　急に変わる話。

「ペルセウス座流星群？」

　そういえば、今夜ペルセウス座流星群が見られるかもしれないというのはネット記事で読んだ。

「そうそう、それ」

「今夜、だよね。見られるかな」

「もし見られたらさ、願い事しなよ」

「願い事？」

「ほら、よく言うじゃん？　流れ星が見えたら３回願い事
言って、流れ星が消える前に願い事を言い終われば、その
願いは叶うって」

　確かにそれは聞いたことがある。

　願えば、本当に叶うだろうか。

　いや……信じてみないと叶わないよね。

「願ってみるね」

「俺は茉白ちゃんが早く碧くんと会えますように、って願
うよ」

「えっ、いいよ。健くんは自分の願い事しなよ！」

「やっぱり、碧くんと会えてないんだ？」

　……完璧に気づかれてる。

　健くんに隠し事はできないな。

「……うん」

　これ以上隠すことでもないと思い、わたしはうなずく。

「そっかそっか。じゃあいっぱい願い事しないとね。俺は
何回も茉白ちゃんのこと願っておくから」

　深く聞かれることはなく、健くんは明るい声で返してく
れる。

　……健くんはどこまでも優しい人だ。

　無理に聞かないで、わたしのこの暗い気持ちを明るくし
ようとしてくれている。

「ありがとう、健くん……。わたし、健くんと友だちにな

れて本当によかったよ」

　目を見てそう返せば、健くんの手が伸びてきて、わたしの手にそっと触れた。

　手を重ねてきて、ぎゅっと強く握る。

　……健くん？

　──彼が口を開こうとしたのと、ほぼ同時に。

「お待たせ〜！　はい、茉白！」

　凛ちゃんが戻ってきて、握られた手はすぐに離れ。手に持っていた飲み物を渡された。

　チョコミントシェイクだ。

　ミントの香りがして、美味しそう。

「ありがとう、凛ちゃん！　わからないとこあったら聞いてね」

「やったー！　茉白まじ神！」

　そんなやり取りをしたあとは、また宿題を進めて。

　休憩にたくさん話して、たくさん笑った。

　勉強会をした日の夜、23時。

　わたしは縁側に座って空を見上げた。

　見えたのは、きれいに輝いてすぐに流れて消えていく星。

　流れ星は、これでもかというほどたくさん見えて……。

　わたしは、強く願う。

　──碧に早く会えますように。

熱に浮かされて

目覚ましが鳴るよりも先に目を覚ました。

目を開けて、見えた光景に思わず目をこする。

でも……見えたものは変わらなくて。

わたしはゆっくり起き上がって、そっと近づいた。

近づいたのは、ベッドの脇に座っている──碧。

スーツ姿で、ベッドにもたれるように座り……下を向いている。

まったく動かないから、寝ているのかも。

それから次に目に入ったのは、彼のすぐ横に置かれた紙袋。

その紙袋は、わたしの大好きなお店のものだからすぐにわかった。

大好きな、いちご大福が売っているお店の紙袋。

碧……ほ、本物?

本当に本当に、本物!?

そっと碧の頬へと手を伸ばす。

柔らかい頬にちゃんと触れられて、熱いくらいの体温もしっかり感じる。

碧に触れていない反対の手で、自分の頬を引っ張ってみたら、ちゃんと痛みがあって……。

これが夢ではなく現実なんだとわかった。

流れ星にお願いしたことが叶ったんだ……!

「碧……っ」

　抱きしめそうになって、直前でピタリととまる。

　……いけないいけない。

　抱きついたりしたら起こしちゃうかも。

　碧はわたしの部屋で普段寝ることは絶対にしないし、疲れて寝ているんだ。

　1ヶ月以上帰ってこなかったことも今までなかったから、すごく多忙だったんだろうな。

　服の下はわからないけど見た感じ怪我はしていないし、このままゆっくり寝かせてあげたい。

　でも……この体勢、体痛くしないかな？

　寝かせておいてあげるべきか、起こすべきか。

　……どうしよう。

　考えながら自分の布団を引っ張って、碧の肩にかける。

　それからベッドをおりて、碧の隣へ。

　下から顔を覗き込めば、可愛らしい寝顔が目に入った。

　……可愛い。

　起こしたくないな……もっと一緒にいたい。

　でもでも、体痛くなったら嫌だし……。

　もう少し、もう少しだけ。

　あと3分、3分だけ、3分だけ一緒にいる。

　3分したら、起こすから……。

　碧の手の上に自分の手を重ねて、強く握った。

　熱いくらいの体温に触れれば、わたしの体温もすぐに上昇して……。

「……碧のこと、ずっと前から好きなの。わたしの初恋なの」

　小さな声が口から出た。

　……って、なに言ってるんだわたしは。

　碧にずっと会えてなかったから、気持ちが溢れ出してとまらなくて……口から出てしまったけど。

　今のは確かな告白。

　もし、聞かれてたら……──。

「……茉白」

　耳に届く小さな声。

　彼の顔を見れば、ぱちっと視線が合った。

　飛び跳ねる心臓。

　……お、お、お、起きてた!?

　今の、聞かれた!?

「あ、えと、ちが、くはないんだけど、その、えと、あの……っ!」

　なんて誤魔化せばいいのか。

　まさか聞かれるとは思っていなくて、頭の中はパニック状態。

　どうしようかと必死に考えていれば、碧はわたしの後頭部に手をまわし……。

　強く引き寄せ、次に瞬きをした時には──柔らかい感触が唇に触れた。

「……っ!」

　熱い体温。

　それは強く押しつけられ……。

碧の整った顔が目の前にあり、わたしは……。

──キス、されているんだとわかった。

心臓が早鐘を打つ。

その音だけが、やけによく聞こえてくる。

現状を理解しても、夢ではないのかと疑ってしまう。

だって、碧がわたしに、キス、なんて……。

さらにパニック状態になるわたしの脳内。

動けずに、ただ固まっていると……。

数秒、唇を重ねただけで碧はわたしから離れた。

それから……急に。

力が抜けたようにわたしの左肩に寄りかかってくる。

容赦なくかけられる体重。

びっくりして碧を見れば、少し苦しそうな顔をして荒く呼吸をしていた。

あ、碧!?

伝わってくるのは熱い体温で……まさか、と思い彼のおでこに触れてみた。

触れてみた結果、思った通り……すごく熱い。

熱!?

しかも、かなりの高熱!!

「碧！ 大丈夫!?」

声をかけてみるが、彼は荒く呼吸するだけで反応はない。

病院……っ！

病院に連れていかないと……！

「だれか呼んでくるから待っててね！」

　わたしは碧を両手でぐいっと押して、ベッドにもたれか
けさせ。寒くないように彼を布団でぐるぐる巻きにしてか
ら、部屋を出た。

　すぐに呼んだのは、翔琉さん。

　碧の部屋まで運んでもらって、熱を測らせたら、39度
ちょうど。

　……すごく心配。

「碧は大丈夫ですよ。とりあえずご飯食べさせたあとに薬
飲ませて、1日様子を見ましょう」

　心配で碧の部屋にずっといれば、翔琉さんはにこりと
笑ってくれる。

「お嬢は大丈夫ですか？　一応測ってみてください」

　手渡された体温計。

　碧とわたしは、なぜか毎年同時に熱を出すから心配され
ているんだろう。

　毎年、体にだるさを感じて熱を測ってみて、わたしに熱
があることがわかったら碧も熱を測らせて……ってやって
たけど。

　わたしは今のところ体のだるさや寒気はなにもないよう
な……？

　そんなことを思いつつも一応体温計で熱を測ってみる
と、36度ちょうど。平熱だった。

　毎年なぜか同じタイミングで風邪をひいて、同じタイミ
ングで風邪が治っていたのに……わたしは、今年は大丈夫
そう!?

　——なんて思ったが、わたしは次の日に熱を出したの
だった。

　碧は、なんでわたしにキスをしたんだろうか。

　……ただ、寝ぼけていただけだろうか。

　いろいろ聞きたいことはあったし、いろいろと考えた。

　考えすぎた結果、一睡もできなくて、朝方に感じた寒気。

　体はだるくて……熱を測ってみれば、38.5度。

　昨日はなんともなかったのに、今日は高熱。

　頭痛がひどくして、なにも考えられなくなった。

「お嬢、病院に行きましょう。立てますか？」

　近くでする翔琉さんの声。

　わたしはあまりの寒気と頭痛に布団から出られず、「……
やだ」と小さくつぶやいて布団で顔を隠した。

「碧も一緒ですよ」

「……わたしは家にいる」

「一緒に行きましょう。病院に行って薬をもらったほうが
すぐに熱がさがりますよ」

「…………」

「お嬢。俺の背中に乗っていいんで、行きましょう」

　顔が出るまで布団をめくられて、視界に入った翔琉さん。
その、すぐうしろ。

　部屋の開いた襖から、見えた碧の姿。

　彼はふらふらしながら部屋へと入ってきて。

　わたしは慌てて再び布団で顔を隠す。

　寝ぼけてたかもしれないけど……キス、したんだよね。

　どんな顔で碧の顔を見たらいいのかわからない……。

「……俺が運ぶ」

　すぐ近くで声が聞こえたそのすぐあと。

　急に布団の中に手が滑り込んできて、背中と足に添えられた手。

　次の瞬間には……感じた浮遊感。

　どうやら、布団ごと抱きかかえられたようだ。

「碧！　そのふらふらな体でなにしてんだ！」

「……お嬢は俺のだから、俺が運ぶ」

「早くおろせ！　お嬢が落ちたら危ないだろ！」

　翔琉さんが必死にとめようとしてくれているが、わたしはおろされることはなく。運ばれていく。

　抱きかかえられていてもよくわかる。

　碧は、ふらふらしてる。

　……自分も高熱なのに。

　わたしは布団から顔を出して、碧を見上げた。

　熱のせいで赤い顔。

　……絶対、無理してる。

「碧……自分で歩く」

　声を出せば、こちらに気づいてくれる彼。

　ぱちっと目が合えば、ゆっくりその場におろしてもらえた。

　床に足をついて、布団を自分の肩にかけると。

「ん」

　差し出された大きな手。

　わたしは、その手をとって。彼が少し前を歩き出すから、手を引かれるように歩いた。

「布団引きずってます」

　うしろから聞こえてきた翔琉さんの声。

　振り向けば、翔琉さんは布団の端を持ってくれていた。

「お嬢、この布団は部屋に置いていきましょう。代わりにひざ掛けを用意しますので」

　その言葉にこくんとうなずく。

　そうすると、「ふたりで玄関で待っていてください」、と言って布団を預かってくれて。

　くるりと背を向けて、わたしの部屋へと向かう翔琉さん。

　わたしと碧は、玄関へと向かう。

　……しっかり、手をつないだまま。

　靴を履いていれば、すぐに翔琉さんがひざ掛けを持って走ってきてくれて、家を出て車へと乗った。

「どうぞ」

　渡されたひざ掛け。

　わたしは碧とベッタリくっついて座り。

　小さなひざ掛けを広げて、それをふたりで半分ずつ使った。

「……碧」

　それだけでは寒気はおさまらなくて、碧の体温を求めるようにぎゅっと抱きつく。

　彼は嫌がることはなく。わたしの頭を優しく撫でてくれ

て、そのあとに背中に手をまわす。

　……碧の体温はあったかい。

　……いい匂い。

　わたしたちは、車の中でも、病院でも、ずっとくっついていた。

　病院から帰ってきて、社員の人が作ってくれたお粥を食べて、薬を飲んで。

　自分の部屋のベッドで寝ていたんだけど、目が覚めた。

　もう一度寝ようとしても、どうしても眠れない。

　眠気がくるまでなにかしていようかな、とも思ったけど頭が痛すぎてなにもする気になれない。

　……寒い。

　それから、熱のせいか強く感じるのは寂しさ。部屋にひとりは寂しい。

　……あおい。

　心が碧を強く求め、ひとりが耐えられなくて体が動き。

　ベッドから起き上がり、枕を持ってふらふらしながら向かった碧の部屋。

　襖を開ければ、彼はベッドに横たわったままぱちりと目を開ける。

「……お嬢？」

　聞こえてくる声。

「どうかしました？　あ、もしかして昨日のこと怒ってます？　翔琉に聞きました。俺、昨日お嬢の部屋で寝てたみ

たいですね……。どうも昨日の記憶がなく、ここまで帰っ
てきたことも覚えてなくて……ご迷惑をおかけしてすみま
せん」

　申しわけなさそうな表情をする彼。

　……昨日の記憶がない？

　……碧は、なにも覚えてないの？

「……一緒に寝る」

　ムカついて、すぐに滑り込むようにベッドに侵入。

　隣に枕を置いて、即寝る準備。

　あまりにも寒くて、ぎゅっと碧に抱きつけば温かさが伝
わってくる。

　わたしより高めの体温。

　やっぱり、温かくて安心する。

「……碧、あったかい」

「お嬢……それはだめです。一緒に寝るのは去年が最後の
約束ですよね？」

　確かに、去年も熱が出た時に碧の部屋に来て、寝ようと
したら『来年は高校生になるので一緒に寝るのは今年まで
です』って言われた気がする。

「……そんな約束してないもん」

　覚えているけど、覚えていないフリ。

「その小さな脳みそをフル回転させてよく思い出してみて
ください。絶対約束しましたから」

「…………」

　小さな脳みそ、なんて失礼な。

　今はわたしのほうが碧より頭いいのに。

「寝ないでください」

　体を揺すられるけど、わたしは碧から離れない。この温かさから離れたくない。

「以前、俺が忠告してあげたのにお嬢は警戒心（けいかいしん）がまったくないです。今この状況で俺に襲われても文句言えない状況ですよ」

「……碧、わたしのこと襲うの？」

「襲う可能性もある、ってことです。だから自分の部屋で寝てください」

「……やだ」

「やだ、ってなんですか。俺に襲われてもいいってことですか？」

「……うん」

　頭が痛くて、体に熱がまわっていて。

　自分でもなにを言ってしまったのかよくわからなくなる。

「……おまえ、ほんとバカ」

　耳に届いた声はぽつりとつぶやくような小さな声。

　その声に、わたしはぱっと顔を上げる。

「……碧？」

　近い距離で見つめ合う。

　じっと見つめれば、彼はため息をひとつ。

　それから——。

「今すぐ自分の部屋に戻ってください。さもないとキスし

ます」

　こつん、とくっつくおでことおでこ。

　さらに縮まる碧との距離。

　至近距離で見つめ合って、唇が触れるまであとわずか数センチ。

　……碧、もうわたしにキスしたんだよ。

　彼が覚えていなくて、溢れてくるのは"悔しい"という気持ち。

　いつもドキドキしているのはわたしだけ。

　碧はキスしたことも覚えていなくて……やっぱりドキドキしているのはわたしだけで、悔しい。

「……っていうのはウソ──」

　碧が口を開いたその時。

　わたしは目の前の彼との距離をさらにつめて──……。

　重なり合った、唇。

　柔らかい感触。

　あつい熱。

　……それを感じたのはほんの一瞬。

　両肩をつかまれ、強引に離された。

「なにしてんだよ……！」

　碧はすごく驚いた表情。

　わたしの唇を自分の袖でごしごし拭く。

「超ド級のアホか!!　大バカかよ!!」

　彼の手をとめようとするが、とめられず。

　ごしごし拭かれるせいで、唇はヒリヒリ。

「口洗いに行くぞ!!」

　起き上がって、わたしの手を引っ張ってくる彼。

「……やだ」

「やだじゃねぇよ。こういうのは好きなやつとするもんなんだよ！　おまえはもっと大切にしろ！」

　……わたしに一度キスしたくせに。

　碧は覚えていなくても、わたしは忘れないよ。

　わたしは……碧が好きだもん。

　ちゃんと好きだもん。

　いやじゃないもん。

　……ほんと、碧はいつもわたしの心を乱してばかり。

　ムカつく……。

　ほんと、ムカつく。

　わたしは重い体を無理やり起こして、碧との距離を一気につめて……。

　もう一度、重ねた唇。

　柔らかくて、あつい。

　……頭がクラクラする。

「おま──っ」

　再び肩をつかまれ、引き離されそうになる。

　が、わたしは彼の首に手をまわして、3回目のキス。

　必死にしがみついて、離れない。

　離してあげない。

　……しっかり、唇に伝わってくる感触。

　碧の、唇の感触。

　角度を変えて重ねて、離れて。

　また重ね合わせて。

　そんなことを数秒繰り返していれば、碧はわたしの両肩
を強い力で押して、強引に体を引き離した。

「茉白!!」

「好きだもん。ちゃんと……碧が好きだもん」

　ぽつりとつぶやくように声を出す。

　じわっと目の奥が熱くなる。

　それと同時、わたしの肩をつかむ彼の力が弱くなるのが
わかった。

　……ひどい頭痛。

　寒気も消えない。

　……やばい。

　……熱が上がってる予感しかしないよ。

　……もう、寝たい。

　彼は驚いた表情をしたまま黙り込み。

　わたしは、彼の手を払って布団の中へと潜った。

「え……っ。え？　え？」

　動揺している碧。

「お、おま、おまえ、それはどういう……」

　そんな声も聞こえるけど、わたしはその声に答える力が
なくなってしまい……。

　すぐにやってくる眠さに抗わず、意識を手放したのだっ
た。

たりない

　２日ほど寝ていれば熱は下がり。

　３日目は１日安静にして、４日目には完全に元気になった。

「ごちそうさまでした！」

　いつも通り食べられた朝食。

　手を合わせて、食器を水につけて。走って自分の部屋へ。

　走ったのは……碧となんとなく気まずいから。

　たぶん、というか絶対、気まずいと思ってるのはわたしだけ。

　彼は朝、普通に挨拶してきたし、目が合えばにこりと笑ってくれた。

　……わからない。

　なにが夢で、なにが現実なのか……ごちゃ混ぜになってさっぱりわからない。

　碧にキスされたのは、夢なのかもしれない。

　熱の時にわたしがキスしたのも、『好き』って言ったこのうっすらとした記憶も、夢なのかも。

　碧が普通に接してくるんじゃ……きっとぜんぶ夢だ。

　そう、熱の時に見た夢。

　絶対、絶対に夢。

　そう思っても……そういう夢を見た以上、碧とはなんとなく気まずい。

　もっと、普通にしなくちゃ。

　碧も無視されてると思っちゃうよね。

　普通にしよう、普通に。

　自分の部屋へと戻って、軽く頬を叩く。

　そうした時に――。

　部屋に響いたスマホの着信音。

　それは、わたしのスマホのもの。

　着信音からして、電話だ。

　ベッドの上に置いたスマホを手に取れば、表示されていたのは【猿渡健一郎】の文字。

　健くんから、電話？

　急にどうしたんだろう。

　とりあえず、通話ボタンをタップ。

『あ、茉白ちゃん？』

　スマホを耳に当てれば聞こえてきた健くんの声。

「健くん？」

『ごめんね、急に電話しちゃって』

「ぜんぜん大丈夫だけど、どうしたの？」

『ほら、茉白ちゃん、数日まえ熱出たって言ってたから大丈夫かなって思って』

　その言葉で思い出す。

　熱が出ていた時に健くんからメッセージがきて、わたしは現在熱が出ていると返信したっけ。

　もう熱は下がったよ、って送るの忘れてた……。

　心配して、わざわざ電話かけてくれたのかな。

「心配させてごめんね、もう熱は下がったよ」

『ほんと？　それはよかった』

「今は元気だからぜんぜん大丈夫！」

『じゃあさ、茉白ちゃん』

「なに？」

『今度遊ぼうよ』

「遊びたい！」

　聞こえてきた声に、すぐに返す。

「あ、凛ちゃんも一緒に──」

『俺、茉白ちゃんとふたりで遊びたいな』

　凛ちゃんも一緒にどうかな、と聞こうとすればその声は
遮られた。

「健くんと、ふたり？」

『そう、俺とふたりで。もちろん茉白ちゃんが嫌なら断っ
てくれていいんだけど──』

　健くんのその言葉のあと、急に開いた部屋の襖。

「あ、碧？」

　襖を開けたのは碧。

　彼は勝手に部屋へと入ってくるとわたしのスマホを奪い
とった。

『茉白ちゃん？』

　スマホから健くんの声が聞こえれば、碧は……。

「茉白は俺のじゃ、クソ猿」

　低い声で、ひと言。

　彼はそのあとに通話終了ボタンをタップした。

　……えっ。

　な、なにして……!?

「碧……！」

　スマホを奪い返そうと手を伸ばせば、その手をパシッと

つかまれ。

「俺がいない間に、あのクソ猿と連絡とってたんですか？」

　彼はじっと私を見つめてくる。

「そんなことより！　なに勝手に通話切って──」

「連絡とってたんですか!?」

　わたしの声は大きな声によって遮られた。

　あまりにも真剣な表情で、ずいっと顔を近づけてくるか

ら……。

「……たまに」

　小さな声で答える。

　それを聞いた彼は。

「まさか、休日に会ったりしてませんよね!?」

　さらに顔を近づけてきて、次の質問。

　……休日？

　健くんとは、夏休みに一度会ったよな……。

「……会った、よ？」

「ふたりで、ですか!?」

「り、凛ちゃんも一緒に宿題やってて……。翔琉さんも、

少し離れたところから見守ってくれてたよ……」

「…………」

　なぜか、急に黙り込む彼。

っていうか、すごく近い。

碧の顔が至近距離にあって、つい思い出してしまうのは。

……碧とキスした、あの時のこと。

あの夢、だけど。

心臓が加速して、暴れ出す。

「離れて……っ！」

碧の胸を強く押した。

そうすれば彼はわたしの手を離し。

「……俺が留守の間、俺のこと忘れてあのクソ猿のことばかり考えてたんですか？」

今度は、元気のない表情で、小さな声で聞いてきた。

……なんでそんなこと聞くんだろう。

わたしは、あのパーティーの日から碧と離れて……碧のことを忘れた日なんて１日もないのに。

碧にメッセージを送っても、電話しても、なにも返ってこなかったから毎日心配だったのに。

「……碧のこと、忘れるわけないじゃん」

「お嬢は俺と１ヶ月以上離れても寂しくなさそうです。もし１年離れたら……俺のことなんて簡単に忘れることまちがいなし、ですよ」

信じてもらえず、適当なことを言われる。

……なんでそうなるの。

なんで、そんなこと言うの。

「忘れるわけないって言ってるじゃん！　わたしは毎日碧のことばっかり考えて、心配して……。なんの連絡もない

し、碧がこのまま帰ってこなかったらどうしよう、ってずっと不安でいっぱいだったんだからっ！」

　大きく息を吸って、それをすべて吐き出すように返した。

「……すみません、俺から連絡できなかったのはスマホが壊れてしまったからで……。あの……毎日、ですか？　ちゃんと毎日俺のことばっかり考えてましたか？」

　今度は、確認するかのように聞いてくる。

　連絡できなかった理由はわかった。

　それはわかったけど……。

　もう、なんなんだ……！

「毎日！　毎日、碧のことで頭いっぱいだったもん！」

　そう返せば、「……そうですか」となんだか少し表情が和らいだ。

「スマホ返して！」

　わたしは碧が手に持つ自分のスマホへと手を伸ばす。けれど、彼はわたしからスマホを遠ざけて、返してくれない。

　碧が健くんからの電話を切ったから、謝らないといけないのに！

　健くんとは話の途中だったし！

「お嬢、あのクソ猿とふたりだけで会うなんて絶対だめです。それと、通話もだめです。あのクソ猿だけじゃなく、俺以外の男のことを考える時間を１分でも１秒でも作らないでほしいです」

　まっすぐに目を見つめられる。

　それは……どういう気持ちで言っているんだろうか。

　碧がわからないよ……。

「な、なんで……そんなこと言うの？」

　勇気を出して、口を開いたわたし。

　ちらりと碧を見ると、心臓がドキリとする。

　なんて言われるんだろう。

　次の言葉をドキドキしながら待つと。

「俺がお嬢を独り占めしたいからです」

　確かに、そう返された。

　……独り占め？

　それは、つまり……独占欲、ってこと？

　ますます碧がわからない。

　なんで、わたしを独占したいと思うの？

　変な期待しちゃうよ……。

「……ダメ、ですか？」

　いつまでも答えないわたしを、すごく悲しそうな目で見つめてくる彼。

　……なんだ、その目は。

　そ、そんな顔をされたって、わたしは……。

「……いいよ」

　だめ、と返せず。

　その目に負けた。

「本当ですか!?」

　ぱぁっと嬉しそうな表情になる彼だけど。

「今日だけ！　今日だけね！」

　わたしは慌てて付け足した。

　だって……碧以外の人のことを考えるな、なんて普通に考えて無理だもん。

　家にいる社員の人たちは男性ばかりで、みんなとだって話すんだから。

「……まぁ、いいです。難しいことを言ってしまった自覚はあるので……。1日もらえただけでも嬉しいので我慢します」

　ぽつりとつぶやくような声が聞こえてくると、返してもらえたスマホ。

「じゃあお嬢、さっそく抱きしめさせてください」

　耳に届くのとほぼ同時、わたしは彼の腕の中へとおさまった。

　背中にまわされた手。

　碧の匂い、体温がわたしを包む。

　腕に力を入れられて、さらに彼の胸へと顔を押しつけるかたちとなる。

　……な、な、なに!?

　なんですか！　この状況は!?

「あ、あ、あ、あお……碧っ」

　すっごく噛んでしまったけど彼の名前を呼ぶ。

　びっくりしすぎて上手く話せない。

「お嬢がたりないんです。1ヶ月以上お嬢と離れていて、俺の心はお嬢不足で限界を迎えました。だから、今日は1日補給させてください」

　耳元で聞こえてくる声。

なんだ……わたし不足って！

……嬉しい、けど。

ドキドキがとまらない。

これじゃまた、一方的にドキドキさせられるだけになっちゃう……！

永遠に片想いなんていやだし、碧にはもうそろそろ本気でわたしを意識してもらいたいのに……！

どうすればこの状況を少しでも変えることができるのか、頭をフル回転。

そしてすぐに思い出したこと。

「碧……っ！　自由帳！　自由帳あげる約束だったよね！それ今渡すよ！」

思い出したのは、碧の観察を記録した自由帳。

あれは、もう全ページ写真を撮ってある。

いつでも渡すことは可能なんだけど、いったん離れてもらって体勢を整えるために言った。

「そういえば、まだもらってませんでしたね」

碧はそれがよほど大切なものなのか、案外すぐに腕を解いてくれて。動けるようになったわたしは自由帳を取りに行って、それを彼に渡した。

もちろん、またすぐに抱きしめられないように少しだけ距離をとっている。

「ありがとうございます。お嬢のいちご大福は、買ってきて冷蔵庫の中にあるので食べてくださいね」

「うん！」

　パラパラと自由帳を見る彼。

　その間に、わたしはどうやって碧を意識させようか必死に考える。

　そういえば……。

　前に凛ちゃんに聞いた、押して押して押しまくる方法の中に、"押し倒す"があった気が……。

　わ、わたしにはレベルが高いけど……そんなことも言ってられない。

　ドキドキさせなきゃ、させられる……。

　やらなきゃやられる!!

　片想いはもうやだ!!

「碧!　ちょっと、ここ座って!」

　碧の手を引っ張って、ベッドの前まで連れていくと座るようにと促した。

　けれど……彼は座ってくれない。

「座って!」

　座らないと、押し倒せない。

　だから、押し倒せる状況を作るために座るように言ったんだけど……彼は。

「……ここはダメです」

　どうしても座ってくれなかった。

「なんで?」

「お嬢、異性のベッドには普通座るものじゃないんですよ。お嬢はちょろくてバカなので俺のベッドに平気で乗りますけど……なにかあるかもしれないので、もうやめてくだ

いね」

　……確かに注意は前にされたけどさ。

　ちょろくてバカって……！

「座ってほしいなら、ここに座ります」

　碧は、カーペットの上に正座。

　そこでも押し倒せそうだけど……頭をぶつけそうな予感。

　クッションで……なんとかなる？

　わたしは部屋にあるクッションをいくつか持って、碧のうしろにぜんぶ置く。

　ここに倒れても、痛くないように。

　そのあとに彼の前に膝立ちになって。

　彼の肩をとん、っとうしろに押した。

　これで倒れる、かと思いきや……ぜんぜんうしろに倒れる気配はなし。

「どうしました？」

　碧はさらに不思議そうな表情をして、わたしを見てくる。

「……ううん、なんでもない」

　そう返して、わたしはもう一度チャレンジ。

　今度は強めに彼の肩を押す……が、ぜんぜんびくともしない。

　……いったい、どうなっているのか。

　まさか……腹筋!?

　腹筋を使ってうしろに倒れるのを耐えてるの!?

　3回目、今度は全力で彼の肩を押した。

　そうすれば、うしろに倒れていく彼の体。

　やったぁ、なんて心の中で喜んでいると、手をつかまれ。引っ張られ、わたしの体も一緒に倒れていく。

　途中でとまることもできず……、倒れたのは、碧の上。

「ご、ごめ──」

　慌てて起き上がろうとすると、背中にまわる手。

　その手はわたしを強く抱きしめて、離さない。

「お嬢、そんなに俺を押し倒したかったんですか?」

　わたしのしたかったことは彼にはお見通しのようで、笑われる。

「ちがっ……!」

　顔を上げれば至近距離で合う視線。

　そして、この近い距離で思い出すのはやっぱり、碧とキスした夢のこと。

　心臓が加速して、顔が熱くなる。

　そんなわたしの顔を見た碧は。

「可愛いですね」

　微笑んで、さらに強く抱きしめてくる。

　……結局は、わたしがドキドキさせられてばかりだ。

　碧は鋭くて、わたしより1枚も2枚も上手。

　……勝てる方法はあるのだろうか。

　彼はちっとも離してくれなくて、動けない。

　嫌というわけではないけど……密着して、ドキドキしすぎて、いろいろやばい。

　っていうか、わたしが上に乗ってたら重いんじゃ……。

「起きる……」

「お嬢は俺を押し倒してなにをしたかったんですか？　なにか気になるなら、好きなところを好きなだけ触っていいですよ」

　彼は目を合わせたまま、やけに楽しそうに笑う。

　わ、わたしは、ただ碧を押し倒してドキドキさせて、意識させたかっただけで……。

　触る、とかは……。

　いや、でも、触ったら少しはドキドキしてもらえるのかな……。

　そんなことを思ったわたしは、大胆に碧の服の下へと手をゆっくり滑らせた。

　——その時に。

「お嬢、碧はこちらに——」

　翔琉さんの声が聞こえてきて、途中で不自然に言葉が切れる。

　声のしたほう——襖のほうへと目を向ければ、見えた翔琉さん。

　襖は開けっ放しで、目が合った。

　現在、わたしが碧の上に乗っていて、彼の服の下へと手を滑らせているという状況。

　……なにか誤解されてもおかしくない。

「ちがう!!　なにもしてない!!　本当になにもしてない!!　碧と遊んでただけだよ!!」

　全力で碧の胸を押して、起き上がるわたし。

　碧と離れて、即座に正座。

「仲がいいのはいいことです。それより……碧」

　翔琉さんはわたしに向けてにこりと笑うと、次に碧に視線を向けた。

「外に用意させてるプールはいったいなんだ？　病みあがりなのに入る気なのか？」

　……プール？

　なんのことだろうか。

「水はあんまり冷たくすんな、って言ってあるから大丈夫」

　碧は起き上がりながらそう答える。

　話がよくわからない。

　なんでプール？　プールって、ビニールプール？　買ったの？

「おまえ、そのプールにお嬢も──」

「お嬢と俺はこれから夏を満喫するんだよ。邪魔すんなよ、翔琉」

　そう言うと碧は立ち上がり、わたしへと手を差し伸べる。

　これは、立ってってことだろう。

　わたしはその手をとって立ち上がり、碧へとついて行った。

　まさか今日、水着を着ることになるなんて……この時はまだ思ってもいなかった。

「碧は入らないの？」

「俺はライフセーバーです。お嬢が溺れたらすぐに助けに

310

行きますよ」

そう返されて。

碧はプールの近くに椅子を置くと、そこに座った。

今、どういう状況かというと……。

庭にある大きな木の下、わたしは滑り台付きの大きなビニールプールに入って、浮き輪の上でぷかぷか浮いているところ。

もちろん、わたしは水着を着ている。碧はプールに入る気がないのかTシャツに短パン姿だけど。

わたしが着ている水着は、学校指定のものしかないからそれを着ていて。碧だけの前で水着を着るのは……なんだか少し、恥ずかしかったり。

碧が買ってきたという、この大きなプール。

彼が言うには、わたしと夏を満喫するためにいろいろ買ってきたんだと。

買ってきたものは、大きなビニールプール、浮き輪、水鉄砲、ビーチボール、手持ち花火などの楽しむ気満々のセット。

いつの間に、買ってきたんだ。

まぁ、いろいろ気になるけどそれよりも気になるのは。

パーティーのあの襲撃事件のあとのことや、碧たちが１ヶ月以上帰らずどこでなにをしていたのか。

熱が出たりで、聞いていなかったけどすごく気になる。

「……ねぇ、碧」

声をかければ、「なんですか？」と返事をしてくれる彼。

「あの襲撃事件のときに怪我したみんなは……大丈夫なの？」

「大丈夫ですよ。だからそんな顔しないでください」

　碧は座ったまま浮き輪の紐を引っ張り、わたしを引き寄せるとむにっとわたしの頬を優しく引っ張った。

「久しぶりに餅ほっぺに触った気がします」

　彼はなんだか楽しそうにわたしの頬を触って遊ぶ。

　……碧の頬だって、柔らかいんだから餅ほっぺじゃんか。

「可愛いですね」

　ムッとしていれば頬に触れていた手は頭の上に移動して、よしよしと撫でられる。

　なんか、子ども扱いされてる？

　頭の上に乗っていた手をとって、ぎゅっと握って。

「碧は、1ヶ月以上帰らずにどこでなにしてたの？」

　次の質問。

「俺は、後処理でとある仕事をしてました。その間は社長の知り合いの家で寝泊まりさせてもらってましたよ」

　にこりと笑って答えてくれる彼。

　……"とある仕事"ってなんだろう。

　言わない、ということはわたしには言えないことなんだろうか。

「お嬢と離れている間は、お嬢に会いたくて会いたくて、それはもう毎日涙で枕を濡らしてました」

　そんなことを言って、碧もわたしの手を強く握り返す。

　なんて嘘を平気で言うんだ。

　碧はそんなことでは泣かないだろうに。

「……とりあえず、碧が無事でよかった」

「あ、お嬢。話が変わって申しわけないんですが……今日の夜は公園でふたりで花火でもしましょう。夕飯も外で食べましょうね。今日は俺だけのお嬢なので、翔琉とももう話しちゃだめですよ」

　"ふたりで"と強調する彼。

　さっきした、碧に1日独占される……って約束。

　碧のこと以外を考えないようにするのって、なかなか難しい。

　家にいれば、やっぱり普通に翔琉さんや社員の人たち、お父さんと会うわけで。

　話すのもだめって言われるのは、難しすぎる。

「ちゃんと返事してください。返事をしない悪い子にはこうしちゃいますよ」

　彼の言葉になんの反応もしなければ、碧は浮き輪をまわし……わたしが彼に背中を向けた状態になると。

　なんと、彼は首元に吸い付いてきた。

「ひゃっ」

　びっくりして、思わず変な声が漏れる。

　な、なになに!?

　こんな、家の庭で何して……!?

「あ、碧……っ」

　彼の名前を呼べば、口元を手で軽くおさえられた。

　……吸い付くのは、やめてもらえない。

「……っ！」

　大きな声を出せば、家にいる人たちやお父さんに見られるかもしれない。

　だから必死に声を我慢して……数秒後、ほんの少しの痛みを感じたあとに、彼はわたしから離れた。

　……前も、こんなことされた、ような。

　碧の追試が終わっていろんなところにキスをされた日と、パーティーの日。

　吸い付かれて、それは赤い痕……キスマークとなったっけ。

　それはもう、さすがに消えたけどさ……。

　ま、また、キスマーク付けたの!?

　なんで!?

「今日は俺だけのお嬢です。よそ見はだめですよ」

　聞こえてくる声。

　触れられたところから体が熱くなっていく。

　もう少し、プールの水が冷たかったらいいのに……。

　そうすれば、すぐにこの熱を冷ませるから……。

　そう思っても、水はぬるいまま。

　ここのプールに入った時から、水はあまり冷たくなかった。冷たい水だと病み上がりの体を冷やしすぎるかもしれない、と思ってくれたみたい。

　ちなみに、このプールを用意したのは碧ではない。

　これは碧が、社員の人に用意させたもの。

　こんなことに社員を使うなんて……碧は鬼か。

　いろいろと思っても、ドキドキがとまらない。

　碧はいつも簡単にわたしをドキドキさせてばかりでずるいよ……。

　わたしだって、ドキドキさせたいのに。

「碧、立って」

　わたしは立ち上がって、碧と向き合う。

「今度はなんですか？」

　彼はすぐに立ち上がってくれて。

「うしろになにか落ちてるよ」

「うしろですか？」

　指をさせば、うしろを向いてくれる。

　もちろん、これは嘘。

　碧がうしろを向いた時、わたしは彼の腕とTシャツをつかんで、全力で引っ張った。

　気を抜いたのか、数歩足が前に動いてつまずき……。

　──バシャーン！

　と、音をたてながら彼はプールのほうへと体を倒した。

「……お嬢、なにか企んでるとは思いましたけど、やりましたね」

　碧の服もズボンも濡れて、髪も少し濡れてる。

　彼が履いていたビーチサンダルは、水面に浮いた。

　水に濡れて、キラキラ輝いて見える彼。

　濡れると、色気も増しているような……。

「碧もまだまだだね」

　作戦が成功したことが嬉しくて、ふふっと笑みがこぼれ

る。

「……俺が気を抜くのはお嬢の前でだけです。ほかのやつにはこんなことさせませんよ」

　彼は立ち上がろうとして……わたしは慌てて彼の前にしゃがみこんだ。

　そして、碧に近づいていき……。

　着ているTシャツを少し引っ張って、見えた骨ばった鎖骨。

　そこに、自分の唇を押し当てた。

　わたしがさっきされたように、ちゅうっと吸い付く。

　必死に吸い付いて、離れて。赤い痕がついたか確認。

　見ると、本当にうっすらではあるが……無事に痕を付けることができた。

「……仕返し」

　小さくつぶやく。

　こんなことを自分からしたのは、この人生ではじめて。

　恥ずかしさでいっぱいになって、顔は熱くなるばかり。

　でも、これで少しでもドキドキしてたらいいな……。

　ちらりと目の前の彼を見る、と。

　碧は、なんだか驚いたような表情をしていて……。

　数秒後にはわたしから目を逸らし、そっぽを向く。

「あの、こういうのは……急にしないでください」

　そう言った彼は、気のせいか少し顔が赤いように見えた。

　……これは！

　もしかして、ドキドキしてくれてる!?

　攻めるなら今かもしれない！

「……碧だって、前回も今回もわたしに急にしてきたじゃん。わたしもあと1回、仕返しする」

　小さな声を出して、碧の首筋に手を伸ばす。

　心臓はドキドキバクバク。

　加速しすぎて、大変なことになってる。

　碧はどんな気持ちでわたしにキスマークを付けていたんだろう。

　……わからないよ。

　そっと彼に近づいて、首筋にキス。

　今度はもう少し強く吸い付いてみる。

　さっきよりも少し長く吸い付いて、離れ。確認すれば、ちゃんと赤色が一点付いていた。

　……ちゃんと付いた！

　心の中で、喜んだ時に――。

　碧は急にわたしを引き離して、目を一瞬合わせたかと思えば……。

　近付いてくる、整った顔。

　頭の中で瞬時に思い出したのは、碧とキスした夢。

　え、でも……あれは夢で、現実ではキスしないよね？

　正夢にならないよね？

　どんどん縮まる距離。

　触れそうなのは……頬ではなく、唇で。

　体が動かなくて、ただドキドキしながら固まっていた。

　そうしたら……。

　唇が重なり合う、あと少しのところでピタリと動きをとめた彼。

　はっと我に返ったようにわたしの両肩を慌ててつかんで引き離す。

「……すみません。俺、タオルもらってきますね」

　すぐに立ち上がれば、ビーチサンダルを手にとってプールから出て。早足で歩いていってしまった。

　……口に、キスされるかと思った。

　本当に……正夢になるところだった。

　キス、するのはいやってわけじゃなかったけど……。

　なかったけど！

　思い出すだけでも恥ずかしい。

　……なんで、碧はわたしにキスしようとしたの？

　知りたいよ……。なんでわたしにキスしようとしたのか、ちゃんと知りたいよ。

　聞いたら教えてくれるのかな……。

　いろんなことを考えていれば体温が上昇して、わたしはパシャパシャと水で顔を濡らした。

　碧は、なにごともなかったかのように普通に接してくる。

　数時間前、わたしにキスしようとしたのに……。

　どんなに気になっても、あのことを聞くタイミングがわからなくて、わたしも一生懸命普通に接した。

　お昼はハンバーガー屋さん、夕飯はファミレスで食べて。

　街を歩いて20時になればいったん家に帰り、手持ち花

火とバケツを持って、近所の公園へ。

　ふたりきりの公園。

　公園にある街灯と月明かりがわたしたちを照らしてる。

　そんな中花火の準備をして、手に花火を持てば彼はライターで火を付けてくれた。

　花火の先から、勢いよく出る火花。

　花火はとても綺麗。

　毎年、花火大会の花火を見に行っていたから、手持ち花火なんてすごく久しぶり。

　いつぶりだろうか。

　小さい頃は、よく家の庭で手持ち花火をして遊んでいたな……。

　それももう10年くらい前のことか。

　時が経つのは早い。

「きれいだね」

　花火を見ながら碧に言えば、彼は「可愛いです」と返す。

　可愛い？　花火が？

　碧の顔を見れば、彼と目が合う。

　どう見ても、彼が見ているのは花火ではなく……わたし。

「……っ」

　そういうことを普通に言われると、反応に困る。

　碧のことだから、わたしの反応を見て楽しんでるんだろうな。

「そのワンピース、やっぱり似合いますね」

　にこにこしている彼。

　碧が言う"そのワンピース"というのは、以前誕生日プレゼントとして買ってもらったワンピース。

　グレーチェックの半袖のワンピースで、白い襟、リボンがついているもの。

　これは碧がいる時に着るって決めていたから、今日はじめて着たんだ。

　……褒めてもらえて嬉しい。

　やっぱりこのワンピース、可愛いなぁ。

「プレゼントありがとね、碧！　このお礼は来年の碧の誕生日に倍にしてお返しするから！」

「俺はいつもお嬢からもらってばかりですよ」

「……え？」

　聞こえてくる声に、首を傾げた。

　……わたし、なにもお返ししてないよね？

　いつもはなにかあげたりしてないよ？

「いつも幸せをもらってます。お嬢の笑顔は俺の癒しですよ」

　碧がそう言った瞬間、持っていた火花が消えた。

　あっという間に1本終わってしまったみたいだ。

　ほとんど見てなかった……。

　っていうか、なんだ、癒しって……。

「あ、碧も花火やろう！　花火！　わたしが火、つけてあげる！」

　碧に手持ち花火を渡して、手に持っているライターを奪おうと手を伸ばす。が、彼はライターを渡してくれない。

「俺はお嬢を見てるので大丈夫です」

「それじゃ碧がつまんないじゃん」

「つまらなくないです。とっても幸せな時間ですよ」

「……もう！　変なこと言ってなくていいから一緒にやろうよ！　たくさんあるんだし！」

　手持ち花火は、本当にこれでもかというくらいたくさんある。

　彼が買ってきたのは、いろんな種類の手持ち花火が入ったセット。しかもそのセットは３セットもあって。

　一応ぜんぶ持ってきたけど、さすがにこれはふたりでやるには量が多すぎる。

　それをさらにひとりでやるなんて……いったい何時間かかることやら。

　まぁ、ぜんぶ無理にやらなくてもいいんだよね。持ち帰ればいいだけの話だし。

「じゃあ俺はお嬢を見ながらやりますね」

　彼はそう言うと受け取った花火に自分で火を付けた。

　火花が出ると、わたしはちがう花火を手に持って、その火を自分の花火に付ける。

「お嬢」

　花火を見ていれば声をかけられ、見ながら「なに？」と返す。

「来年は、必ず一緒に花火大会に行きましょうね」

「約束ね？」

「約束です」

　毎年行っている花火大会は、残念ながらもう終わってしまった。

　だから、来年の約束。

　……こうして、未来の約束をするのは嬉しいもの。

　やっぱり、ふたりでいるこの当たり前がいつなくなってしまうかわからないから……未来の約束をすると少し安心する。

　そんなことを思ったあと、他愛のない話をしながら花火を何本もやって。

　ふたりである程度やったら、線香花火を手に持つ。

「碧、どっちが長く線香花火を長生きさせられるか勝負しよう！」

　火をつける前に、碧に言う。

「いいですよ。でもただ勝負するというのも張り合いがないので、なにか賭けでもしましょう」

「賭け？　アイス奢りとか？」

「それもいいですが……。負けたほうが人参を１本食べる、っていうのはどうでしょうか？」

「それって、わたしだけが罰ゲームだよね!?　碧は人参食べられるじゃん！」

「うそですよ。アイスにしましょうか。負けたほうがアイス奢るってことで」

　碧は笑いながら言うと、自分の線香花火に先に火を付けて、そのあとすぐにわたしの線香花火に火を付ける。

　……まったく。

　碧のバカ。

　心の中でつぶやいて、わたしは線香花火に集中。

　落とさないように気を付けなきゃ。

　落とさないように……。

　勝って、碧に1番高いアイスを奢ってもらうんだ。

　しゃがみこんで、火花をそっと見守る。

　慎重になりすぎて、つい無言になってしまう。

　でもなにか話すと落としちゃうかもしれないしな……。

　そう思った、すぐあと。

　『なんでキスしようとしたの?』と碧に聞くのは今なん

じゃ?　とふと思った。

　今なら聞きやすいような……気がする。

　やっぱり、知りたい。碧との関係を少しでも進めたいか

ら、あれはどうしても知っておきたい。

　今、ちゃんと聞いておこう。

　少し緊張しながらも、口を開こうとした時に——。

「お嬢」

　先に口を開いたのは、碧だった。

「な、なに……?」

　パチパチと燃える花火を見ながら、そう返す。

　そうすると彼は、なぜか口を閉じた。

　横目で見れば、すごく真剣そうな表情をしていて。

　変に緊張しながら次の言葉を待てば、彼は……——。

「熱の時……俺に、"好き"って言いましたよね?　あれは

どういう"好き"なんですか?」

　耳に届いたのは、まさかの言葉だった。

　その言葉に、心臓が大きく飛び跳ねる。

　そして、体がビクッと動いた衝撃で……ぽとり、と地面
に落ちた線香花火。

　それは悲しく、光を失った。

　勝負はついた、けれど……そんなの、どうでもよくなる。

　……す、す、す、好き？

　言った？　わたしが、碧に？

　熱の時……？

　……熱の時!?

　熱の時に見た夢。

　わたしは……碧に好きって言った。

　でもあれは夢で……。

「…………」

　いろいろ考えて、変な汗が出てくる。

　そして、とある考えが頭をよぎった。

　碧に『好き』と言ったり、キスしたりしたのは……夢な
んかじゃなかったのではないか、と。

　心臓が、大きな音を立てて動く。

　……碧、熱が下がったあと、普通に接してきてたから、
あれは夢だと思うじゃん。

　碧がキスしてきたのも、わたしがキスしたのも、『好き』っ
て言ったのも現実だったとか……。

　やばい、なんて返したらいいものか……。

　言葉を考えても、なにも思い浮かばない。

　『家族として好きだよ』とは言いたくないし、でも『ひ
とりの男性として好きなの』と言うのも……。

　フラれたら怖い。

　フラれたら、碧といつもみたいに話せなくなってしまう
かもしれない。

　でもでも、いつまでも怖がっていたら告白なんて永遠に
できないかもしれないし……。

　今、告白するべきなの!?

　いろいろと考えていれば、碧の線香花火も地面へと落下。

「お嬢」

　呼ばれて、心臓がまた大きく跳ね上がる。

　碧の顔が見れない。

　どんな顔していいのかわからない。

　……碧がどんな顔しているのか、気になるけど、見たく
ない。

「お嬢」

　再び呼ばれる。

　でも、やっぱり顔を上げることができず……。

「言いたくないのであれば、今は言わなくてもいいですよ。
もう帰りましょうか」

　ぽん、っとわたしの頭の上に置かれた大きな手。

　2、3回優しくわたしの頭を撫でると彼は立ち上がり、
花火を片付ける。

　……言わなくて、いいの？

　"今は"だから、あとでまた聞かれるのかもしれないけ

ど……。

　とりあえず、今日のところは助かった……。

　わたしは息をひとつついて、使わなかった花火を袋の中
へとしまう。

　って!!　なに安心してるのさ、わたし!!

　碧の優しさに甘えて……!!

　このまま逃げていたら怖気付いて、本当の本当の本当に、
永遠に告白できないかもしれないのに!!

「碧……!!」

　わたしが勢いよく立ち上がると、碧はこちらを見て。

　目が合うと、大きく息を吸った。

「碧はなんでわたしにキスしようとしたの!?」

　言おうと思っていたこととはちがう言葉が口から出てき
て、自分でもびっくり。

　その言葉に、碧は黙り込んだ。

　こ、告白しようとしたのに……!

　これも気になってたから聞きたかったけどさ!?

　もしかしたら……わたしは、告白するのをまだどこかで
怖がっていたのかもしれない。

　そうとしか思えない。

　わたしはずるい女だ。

　自分は答えないくせに、碧に聞くなんて……。

　なんて返ってくるか、わたしの心臓は破裂しそうなほど
ドキドキと加速。

　数秒間彼が黙っていれば、のちに口を開いた。

「……お嬢が可愛いから、です」

　小さな声が耳に届く。

　……か、可愛い、から？

　そう思ったから、キスしそうになった、と？

「今だって、キスしたいと思ってますよ」

　確かに目が合って、ドキッとする。

「!?」

　キスしたい!?

　わ、わたしと!?　なんで!?

　普通、可愛いと思ったらキスしたくなるものなの!?

　考えても、わからないことだらけ。

　ただ、心臓が加速して顔が熱くなる。

「……お嬢、そういう顔しないでください。本当にキスしちゃいますよ」

　碧は歩いてきて、わたしとの距離をつめてくる。

　動けないでいれば、あっという間に彼は目の前に。

「……いいよ」

　小さく出た声。

　それは、わたしの声だった。

　またまた、自分でもびっくり。

　でも……『やっぱりだめ！』とも言いたくなくて。

　自分の気持ちさえよくわからず、自分で自分が制御不能。

「いやだったら、逃げてください」

　優しい声が聞こえてくると、近づいてくる整った顔。

　どんどん近づいてきて、ぎゅっと目をつむると。

　やがて──重なり合った、唇。

「んっ」

　小さく漏れた声。

　頬には熱い手が添えられ、優しく触れ……。

　突然、口の間に差し込まれたあついもの。

「んぁっ……」

　びっくりしてまた声が漏れる。

　差し込まれたあついもの、それは……舌。

　な、な、なにが、起きて……。

　口内でそれはわたしのものと絡み合う。

　はじめての感覚。

　……熱くて、溶けてしまいそう。

　脳内はパニックで、ただされるがまま。

　わたしは抵抗もせず、受け入れ。

　数秒後に碧が離れて、息を乱した。

「お嬢、すみません……。俺……」

　目を開けて、すぐに下を向く。

　……心臓の音がうるさい。

　碧の顔が見られない……。

「……帰りましょうか」

　聞こえてきた声に頷いて、花火をすぐに片付け……。

　わたしたちは、家へと帰った。

　帰り道は、お互い無言。

　碧が今なにを考えているのか気になったりしたけど、キスのことを思い出したり、ドキドキしすぎたりで……結局

なにも話せず。

　この日の月はものすごくきれいで、わたしはそっと祈った。

　──碧に告白して、うまくいきますように。

☆
☆
☆
☆

第4章

嵐の予感

　楽しい夏休みはあっという間に終わり。

　学校がはじまれば、すぐに先生の口から出たのは2週間後の体育祭の話。

　体育祭ではクラスTシャツを各クラスごとに着ることになっていて、早く発注するためにそれは夏休みに入る前にクラスで決めていた。

　そして、夏休み明けに配られたクラスTシャツ。

　わたしたちのクラスのTシャツは、黒い布地に白い文字が入ったもの。

　背中にはクラスとクラスメイトの名前が入っている。

　実物を見て……すごく感動。

　わたしの名前も、ちゃんと入ってる。ちゃんと入ってるよ……！

　高校生になるまで、友だちがいなかったから学校行事を楽しいと思ったことなんてなかったけど。

　友だちができた今は、体育祭がすごく楽しみ。

「茉白、どの種目に出る？」

　くるりとうしろを向いて、聞いてきたのは凛ちゃん。

　クラスTシャツが配られたあとは、体育祭の種目決め。

　体育祭は楽しみだけど……運動音痴なわたしは、クラスの足を引っ張らないかがすごく心配だったり。

　ここは……慎重に選ばないと。

「なんだろう……」

　黒板をじっと見た。

　個人競技と団体競技、どちらも1種目は必ず出場しないといけないらしい。各種目で人数も決まっているから、希望者が多いところはジャンケンになってしまう。

　個人競技は、徒競走、障害物競走、借人競走、この3つ。

　徒競走は、絶対むりだ。足が速い人が集まりそうな予感しかしないから。

　だったら、障害物競走か借人競走かなぁ……。

　あ、でも、障害物競走は数々の試練を乗り越えなくちゃいけないのか。

　少し運次第なところもあるだろうけど、わたしすぐ転んだりしそうだし……やっぱり、借人競走？

　借人競走は、ただ紙に書かれた人を連れていってゴールすればいいだけだよね。探すのは大変かもしれないけど、そっちのほうが単純でよさそう。

「個人競技は、借人競走がいいかも！　凛ちゃんは？」

「あたしは個人だと徒競走かな〜。障害物競走と借人競走は、運がないから無理なんだよねぇ……。やっぱりここは運じゃなくて自分の体力に頼るしかないと思って！」

「そっか！　頑張ろうね！」

「うん！　茉白、団体競技は一緒にしようよ！」

「する！　一緒がいいっ！」

　こくこくとうなずいて、凛ちゃんと団体競技について話し合った。

　そして数分後、先生がみんなに出場したい競技の希望を
とって。わたしと凛ちゃんは、無事に希望していた競技に
出場決定。

　そのあとクラスで決めたのは、特別競技であるクラス対
抗リレーのメンバーと走る順番。

　くじ引きで決まるメンバーの中に、なんとわたしも入っ
てしまった。

　足が遅いわたしは中間あたりに入れてもらって、頑張ろ
うと強く思った。

　それぞれが出場する種目が決まれば、すぐにはじまった
練習。

　体育の授業は、男女ともに体育祭の練習となった。

「おっは～」

　玉入れの1回目練習が終わったあと、聞こえてきた明る
い声。

　声のしたほうへと目を向ければ、そこにいたのは健くん
だった。

　夏休み明けに、はじめて見た彼。

　朝学校に来ていなかったから、お休みかと思ったけど遅
刻だったみたい。

「俺ここの競技なんだってね？　みんなよろしく～」

「おはよ、健」

「健ちゃんおはよー！」

　みんなが笑顔で健くんにあいさつ。

「茉白ちゃんも、一緒だったんだ」

　こっちに向けられる健くんの視線。

「よろしくね、健くん」

　わたしがそう返すと、彼はなぜかこっちまで来る。

　凜ちゃんがトイレに行って今はいないから、寂しいと思われたのだろうか。

「茉白ちゃんと一緒でよかった」

　にこりと笑う彼。

「わたしもよかった！　健くんがいればもっと楽しくできそうだよ！」

「……嬉しいことばっかり言ってくれるね、茉白ちゃんは」

　にこにこしていれば、健くんは急に真剣な表情になって。

「……茉白ちゃんはさ、碧くんが同じクラスにいても、同じこと思ってくれた？」

"碧"

　その名前を聞いて、すぐに思い出したのは……夏休み中、彼とキスしたこと。

　あんなことがあったあとでも、やっぱり碧は何事もなかったかのようにわたしに普通に接してきている。恐ろしいほど、なにも変わらない。

　……どんなことを心の中で思っているのかはわからないけど。

　キスのことを思い出すとドキドキして、すぐにちがうことを考えた。

　……碧と、同じクラスだったら。

「──小鳥遊くん、ごめんなさいっ！」

　想像しかけた時に、耳に届いた大きな声。

　離れたところにいたのは碧と、おさげとメガネが特徴で碧と同じ図書委員の──里古香織さん。

　ふたりの距離はものすごく近い。

　なにがあったのか、碧は里古さんの体を支えていて、里古さんが態勢を整えると離れた。

　ふたりの距離が近すぎて、見ているだけで胸がちくりと痛む。

「茉白ちゃん」

　名前を呼ばれて、はっと我に返った。

　いけないいけない。

　思わずじっと見ちゃってた……。

「……やっぱり、俺はまだ碧くんには勝てないか」

　ぼそっと小さくつぶやいた健くん。

　その小さな声は、よく聞き取れない。

「健くん？」

「そういえば茉白ちゃん、夏休み中俺と遊んでくれなかった〜」

　すぐに思い出したのは、碧が健くんの電話を途中で切ったこと。

　あのあと、わたしは健くんに謝罪のメッセージを送ったんだけど……結局、遊ぶことはなかった。

「茉白ちゃんが碧くんに会えたのはよかったけどさ、もっと俺を大切にしてよ。碧くんに電話切られて悲しかった

なぁ……。っていうか、もしかして茉白ちゃんと碧くんって同じ家に住んでたりする?」

そう聞かれてドキッとする。

慌てて周りを見るが、だれにも聞かれていなさそう。

……碧と一緒に住んでる、ということはそういえばまだ健くんにも言ってないっけ。

健くんは、わたしの家が元ヤクザだってもうわかってるし……一緒に住んでることくらい言っても問題ない、のかな。

そう思ったわたしは、口を開いた。

「その件は本当にごめんね……。実は、碧とは5歳の時から一緒に住んでて……あの電話してた時、たまたまわたしの部屋に碧が来たの」

小さめの声で、健くんにだけ聞こえるように言う。

そうすれば、健くんは。

「……そう、なんだ」

少し低い声で返す。

もっと軽く返されたり、からかわれるかと思ったから、予想外の反応。

「電話の件も、遊べなかった件も、本当にごめんね」

もう一度ちゃんと謝れば、

「……やだ。許さない」

健くんはぷいっとそっぽを向いてしまう。

怒ってる!?

そりゃあ怒るよね……。電話途中で切っちゃうし、せっ

かく誘ってくれたのに台無しにしちゃうし……。

「本当に、本当にごめんね！」

「茉白ちゃんは俺のこと大切じゃないんだ」

「大切だよ!?」

「……じゃあどれくらい大切か言ってみて？」

　どれくらい大切か!?

　なんか、難しい質問……！

　わたしは、うーんと真剣に考えて。

「これくらい！」

　一生懸命、大きく手を広げた。

「……碧くんは地球１周分くらいありそうなのに、俺はそれだけ？」

「えっ」

　それをちらりと見た健くんは、なんだか不満そう。

　「許せないなぁ」と言ってまたそっぽを向いてしまうから、わたしの心は焦るばかり。

「言葉や物で表すのは難しいけど、健くんのことはすごく大切だよ！　本当に大切に思ってるの！」

　せっかくできた、大親友。

　こんなところで失いたくなくて、腕をつかんで必死に伝える。

　そんなわたしの姿を見た健くんは笑って、「冗談だよ、許すから」とぽんぽん頭を撫でた。

　その言葉を聞いて、ほっとひと安心。

「みんな待たせてごめん！」

　体育館へと戻ってきた凜ちゃん。

　それからは、玉入れの練習を再開。

　たまに聞こえてくる碧と里古さんの声でわたしはあまり集中できず……ぜんぜんちがうところに玉を数回投げてしまった。

　体育祭まであまり時間はないから、もっと集中して頑張らないと。

　何度か玉入れの練習をしたら、いったん休憩。

　暑い中での練習は、飲み物がないとさすがに熱中症で死んでしまう。

　座って、持ってきたタオルで汗を拭いて。

　ペットボトルの水を飲んで喉を潤していれば、「茉白ちゃん」と声をかけてきた健くん。

　休憩に入ってから彼は先生のところに行ったから、遅刻してきたことを怒られるのかと思ったけど、すぐに戻ってきたからちがったようだ。

「俺、徒競走に出るんだけどさ、碧くんと走る順番同じだった〜。しかも、クラス対抗リレーでも同じアンカーだったよ」

　すごい偶然、と付け足して笑う彼。

　健くんと碧は、徒競走に出るんだ。

　碧が足が速いのは知ってるけど、アンカーを任せられるくらいだから健くんも速いんだろうな。

　ふたりとも、重要な役割を任せられるのはすごい。

「ねぇ、茉白ちゃんは俺の応援してくれる？」

　わたしの目の前にしゃがみこんで、まっすぐに目を見つめられる。

「もちろん！」

　わたしは大きくうなずいた。

　碧のことを応援できないのは、はじめからわかっている。クラスごとで戦うから、碧とは敵同士。

　敵だから、残念だけど応援はできない。

「え、ほんと？」

　なぜかびっくりしている健くん。

　わたしが同じクラスの味方より、幼なじみだからって理由で敵を応援するとでも思ってたのかな。

「碧はちがうクラスだから敵だよ？」

「……うん、そうだけどさ」

「いっぱい応援するから頑張ってね！」

　にこりと笑って言えば、健くんは急に真剣な表情になって。

「……ねぇ、茉白ちゃん」

　わたしを見つめて、逸らさない。

　なんの話をされるのかとドキドキしていると、握られた手。

　伝わる熱い体温。

　彼は大きく息を吸うと。

「俺は、茉白ちゃんが好きだよ」

　確かに耳に届いた声。

　……心臓が、大きく鳴った。

　急にそんなことを言われるから。

「わ、わたしも、健くんは大切な大親友で──」

「俺は茉白ちゃんを大親友だなんて思ってないよ」

　ぜんぶ言い切る前に遮られた。

　放たれたのは、衝撃的な言葉。

「……えっ」

　びっくりして、体が硬直。

　大親友だと思っていない、なんて。

　はじめてできたと思った大親友。

　ずっと、健くんもわたしのことを大親友だと思っていて
くれているものだと思っていたのに。

　……なんで？

　……大親友だと思ってたのは、わたしだけってこと？

　急に、そんなことを言われて胸が痛い。

　なんだか、ひとりだけ大親友だと思っていたことが恥ず
かしくて、悲しくて……。

　健くんの目を見ていられなくなって、下を向いたその時
に──。

「茉白ちゃんが勘違いしないように言うけど……俺の好き
は、恋愛としての好き、だよ。だから大親友なんかじゃな
くて、俺は茉白ちゃんを彼女にしたいって思ってる」

　上から降ってきた声。

　その声に、ぱっと顔を上げた。

　またまた、衝撃的な言葉。

それは……冗談なんかじゃない。

健くんは、本気の目をしている。

……好き？

健くんが、わたしのことを……恋愛として？

彼女にしたい!?

これは、もしかして……人生ではじめての、告白というものでは!?

いつから!?

いつから、健くんはわたしのことを……!?

「……っ！」

あまりに急な言葉に、脳内がパニック状態になって声が出ない。

なんて返したらいいのかわからない。

「茉白ちゃんの気持ちはわかってるよ、わかってるけど……俺を、茉白ちゃんの心に少しでも入れてほしいな」

握られていないほうの手が伸びてきて、頬に触れる。

熱が伝わって、わたしの顔も熱を持ってだんだんあつくなっていく。

「……そういう顔されると、期待しちゃうよ。俺、諦め悪いから茉白ちゃんのこと簡単に諦めてやらないからね」

彼は数秒わたしを見つめると離れて、うしろを向いた。

「──碧くん、俺、茉白ちゃんに告白したから」

健くんがそう言ったのは、わたしではなく。

──いつの間にか、うしろにいた碧。

碧を見れば、彼は鋭い目つきで健くんを睨みつけていて、

かなり怒っている様子。

　い、今の、碧に見られた!?

　碧はなにも言わずこっちに足を進めてきて、健くんにつかみかかるんじゃないかとヒヤヒヤ。

　碧の手が伸びてきて……つかまれたのは、わたしの腕。

　強く引っ張られ、立ち上がる。

　わたしに触れていた健くんの手が離れて、碧はただ無言で歩き出した。

　腕を強くつかまれて、少し痛い。

　……でも、なにも言うことができない。

　わたしは手を引かれるまま歩いた。

　……体育祭は、なんだか嵐の予感。

聞かなければよかった

「……来い」

　家に帰った瞬間、碧は強引にわたしの手をとって歩き出す。

　帰りの車の中では恐ろしいほど無言だったから、あとでなにか言われるんじゃないかと思ったけど……やっぱり。

　握られた手。

　その手の力は強く、怒っているのがわかる。

　怒っているのは、きっと……健くんのことだろう。

　あの体育の時間のあとから、碧の機嫌が悪いから。

　体育の時間、わたしは健くんに告白されて……。そのあとに碧に手を引かれて引き離されたが、体育の授業中だったため碧とはあまり話せず終わった。

　これから、お説教されるんだろうか……。

　……でも、碧はなにに対して怒っているのか。

　健くんが暴走族の人だから、まだ危険人物だと思われて心配されてる？

　それとも……告白されたことに怒ってる？

　告白されたことに対して怒っているんだとしたら、それはなんで？

　なんで、怒るの？

　少し期待しそうになってしまって、慌てて首を横に振った。

　わたしは碧の部屋へと連れていかれ、すぐに閉められた
襖。

　ふたりきりの空間になれば、碧は一気に距離を詰めてき
て。

　じりじりとうしろにさがれば、碧はさらに距離を詰めて
くる。

　そんなことをしていると、逃げないように彼はわたしの
手をつかみ。まっすぐに見つめられる瞳に、わたしは動け
なくなった。

　彼は優しい笑顔を向けるわけでもなく、怒ったような表
情。

「……おまえ、ほんとバカ」

　低く、つぶやくような声。

　それから、彼は続けて口を開き。

「おまえら距離近すぎじゃねぇの？　もうあのクソ猿を消
してもいいか？」

　再び、低い声が耳に届く。

　敬語を使わない碧。

　ぜんぜん使わなくていいんだけど……急に敬語じゃなく
なると心臓に悪い。

　っていうか、また、"消す"って言ったよね!?

「け、健くんとは出場する競技がたまたま同じだったの！
健くんは大親友だから、変なことしないでね!?」

　碧につかまれた手を振り払おうとする。けれど、彼は手
を離すことはない。

　距離が近いといえば、碧だってそうじゃんか。

　体育の時間、すっごく里古さんと距離が近かったくせに。

　その時のふたりを思い出せば、また胸がちくりと痛む。

「…………」

　黙り込んでしまう碧。

「健くんになにも──っ」

　もう一度口を開けば、びっくりして最後まで言うことができなかった。

　手を引っ張られ……手の甲にキスをされたから。

　一瞬夢かと思ったが、何回瞬きをしても変わらない。

　手の甲に触れているのは、柔らかい感触と、確かな熱。

　……夢なんかじゃない。

　な、なんで……！

　急なことに頭が混乱。

　心臓が大きく早鐘を打って、落ち着かない。

　ただ碧のシャツをつかめば……離れる唇。

「……ムカつくから"健くん"って言うんじゃねぇよ」

　低く声を出す彼。

　……心臓が、壊れそうだ。

「おまえがあのクソ猿といるのを見るたびに、名前を呼ぶたびに、イライラすんだよ」

　つかまれた手は強く握られて、少し痛い。

「……なに、告白なんかされてんだよ」

　耳に届く声に、心臓がドキっとする。

　碧が怒っているのは、そのこと？

　なんとも思われなかったら、碧がわたしのことをなんと
も思っていない証拠だから……気にしてもらえて嬉しい。

　……でも、なんで怒っているんだろう。

　なんで、碧がそのことで怒るの？

　ただの幼なじみとして気になってるの？

　それとも……？

　また、自分のいいほうへと期待してしまう。

「……おまえ、あいつと付き合うの？　好きな男ってまじ
であいつ？　あいつが好きだから、距離が近くても嫌がら
ねぇの？」

　質問攻めにあうわたし。

　また低い声が耳に届くから、わたしは碧の手を握り返し
た。

「……碧は、わたしが健くんのことどう思ってるのか、気
になるの？」

　ドキドキしながら碧の瞳を見つめて、口を開く。

　なんて答えるのか少し緊張していれば、「今質問してる
のは俺」と返され。

　答えろ、と急かされる。

　……わたしだって、気になるのに。

「……秘密」

　ぽつり、とつぶくように答えた。

　すると、顔を近づけてくる碧。

「言わねぇとキスする」

「……なんで」

「言うまでキスするから」

「……っ」

　なんでそんなに無理やり言わせようとするのか。

　……自分のことはちゃんと言わないくせに、ずるい人だ。

「早く」

「……っ」

「茉白」

「……秘密」

　小さく答えた瞬間、頬に伝わる熱。

　一瞬だけ触れて、離れて。

　唇は下へとおりていく。

　首筋にキスをおとされ、しゅるりとはずされるセーラー服のスカーフ。

　襟を引っ張られると、あらわになった鎖骨にキス。

　セーラー服の下に大きな手まで滑り込んでくる。

　本当に……わたしが答えるまでキスするつもりなのか。

　碧……どうして気になるの？

　どうして、キスするの？

　碧がわからない。

　わからないよ……。

　……でも、わからないままにしたらだめ。

　そっと碧の胸を押すと、ピタリととまってくれる彼。

「碧……体育祭が終わったら、ぜんぶ教えてあげる。それから、わたし……その時に、碧に伝えたいことがあるの」

　小さな声だけど、まっすぐに碧に伝える。

"伝えたいこと"

　というのは、わたしのこの気持ち。

　……今度こそ、本当に碧に告白する。

　体育祭が終わったあとと言ったのは、それまでに告白する心の準備をするため。

　告白をすれば、碧とはもうこれまでみたいに普通に一緒にいられなくなってしまうかもしれないから……せめて、体育祭はしっかり楽しんでおきたかった。

「それは……俺にとっていい話？　それとも、悪い話？」

　彼は、少し不安そう。

「……わからない」

　ただ、そう返すことしかできない。

　だって、碧がわたしの告白を嬉しいと思うのか、迷惑だと思うのかわからないから。

「……わかった。だから、俺にひとつ約束して」

　急に、自分の小指をわたしの前に出してくる彼。

「な、なに……？」

「俺があのクソ猿に徒競走で勝ったら、茉白が俺にキスして」

　あ、碧に……キス？

　まっすぐに目を見つめてくる彼に、わたしは断ることなんてできず。

「……いいよ。わたし、碧の応援はできないけど」

　彼の小指に自分の小指を絡めて、約束。

　もしかしたら、最後になるかもしれない碧との約束。

　……告白をしたらなんて言われてしまうのか考えるだけでも怖いけど、もう逃げない。

　告白の心の準備をしっかりしておこう。

　──そう思った直後。

　碧が肩にかけていた鞄が、音を立てて床へと落ちた。

　鞄のチャックが開いていたのか、中に入っていたものが散らばる。

　散らばったのは、たくさんのプリント。

　それから、見覚えのあるもの。

　見覚えがあるものは、わたしが夏休みの課題で提出したテキスト。

　……そういえば、碧は夏休みがはじまる前の１ヶ月以上学校を欠席していて、夏休み中も１回も学校に行っていない。

　ということは、つまり夏休みの課題を受け取っていなかったということ。

　このテキストは、あとから受け取ったんだろう。

　……碧は期末テストも欠席したし、先生にすごく怒られただろうな。

「……ごめん」

　碧は謝ると、しゃがんで散らばったものを片付けていく。

　……今の謝罪は、なにに対しての謝罪なのか。

　気になったが、ふと目に入ったもの。

「……これは？」

　わたしもしゃがんで、それを手にとった。

　手にとったのは、各教科ごとに数枚まとめられたプリント。

　彼はそれを見ると、「期末テスト欠席したから課題出された」と答えた。

　……なんと。

「ちゃんとやろうね。わたし、教えるし……」

「……おぅ」

　そんな会話をしたあと、碧は鞄の中から何かを取り出して、それをわたしに手渡す。

「おまえ、これ持ってろ」

　渡されたものは、除菌シート。

　30枚入、と袋に書かれていて、中身はぜんぜん減っていないような気がする。

　なんで、除菌シートをわたしに？

「あのクソ猿に触られたらすぐ拭いて」

　碧はそう言うと、自分の袖でわたしの頬を拭う。それから手の甲と、鎖骨も。

　な、なんなんだ……！

　碧からキスしたくせに！

　……わたしは、嫌じゃないのに。

　碧の行動は、やっぱりよくわからなくて、今の行動はムカついて……。

　しゃがみこんだまま、彼のシャツを引っ張ってこちらへ引き寄せ──彼のおでこにキスをひとつ。

　触れたのは一瞬。

　わたしは、べーっと舌を出してすぐに立ち上がり、自分の部屋へと走って戻った。

　……乱されるのはわたしだけなんていやだ。

　体育祭が終わるまで、碧はわたしのことだけを考えればいい。

「茉白、健一郎の告白になんて答えるの？」

　学校で、凛ちゃんに聞かれてびっくり。

　まさか、知っているなんて。

「えっ!?」

　思わず大きな声が出れば、凛ちゃんは笑う。

「あんなに堂々と告白してれば、みんな見るよ」

　告白されたのは、体育館。

　しかも、体育の授業の時。

　わたしは告白されたことで頭がいっぱいで、周りが見えていなかったけど……あれは確かに見られてもおかしくない状況。

　……なんだか、恥ずかしい。

　たくさんの人に見られてたのかな……。

「小鳥遊くんの反応とかすごかったけど、どうするの～？」

　なんだか楽しそうに聞く凛ちゃん。

　健くんのことは……ちゃんと一晩考えた。

　告白をすることはすごく勇気がいるものだと思い知って、健くんはその勇気を振り絞ってわたしに告白してくれたんだろう。

　……健くんは、本当にすごい人。

　尊敬もしているし……何より大切な、友だち。

　人生ではじめての告白で、言ってもらえたことは本当の本当に嬉しかった、けど……。

　わたしの、碧への気持ちは変わらない。

　健くんに、自分の気持ちを伝えないと。ちゃんと……。

「あ、あのね、健くんにはちゃんと──」

「おはよ、茉白ちゃん、凛ちゃん」

　ちょうど健くんが登校してきて、「ぴゃっ」と変な声が漏れた。

　びっくりして跳ね上がる心臓。

「朝から可愛いね、茉白ちゃん。なんかの小動物みたい」

　わたしを見て、ケラケラと笑う健くん。

　……バカにされてる？

　というか、なんか……普通に接してきてる？

「茉白ちゃん、少しあっちで話さない？」

　彼が指さしたのは、廊下。

　あっちで話さないって、それはふたりでってこと、だよね？

　その、話す内容は……昨日のこと？

　ちゃんと言わないと、って思ったけど緊張してくる。

「ごめんね、凛ちゃん。茉白ちゃん借りてもいい？」

「あたしの茉白だけど、仕方ないから貸してあげるよ」

　わたしが返事をする前に、健くんは凛ちゃんから許可をもらい。健くんに手を引かれて、わたしは廊下へと連れて

　いかれた。

　教室前の廊下。

　ふたりきりというわけではないけど、さらに緊張。

　目を合わせられなくて、下を向いていると……。

「茉白ちゃんに意識してもらえて嬉しいよ」

　優しい声が降ってきた。

　その言葉に、心臓が加速。

　健くんは……本当にわたしが好き、なんだ。

　で、でも、わたしは碧が好きで……。

　健くんの気持ちには、応えられないことを言わなくちゃ。

　でも、それを言ったら健くんはわたしともう友だちでいてくれないかも……。

　ここまで仲良くなった人を、失うことが怖い。

　でもでも、健くんはそれを覚悟で伝えてくれたわけだし、しっかり答えないと……。

　そう思っても、なかなか声が出ない。

「昨日も言ったけど、茉白ちゃんの気持ちはわかってるよ。わかってて告白したから、返事はいらない」

　ぽんっと頭の上に置かれた手。

　その手は、優しく頭を撫でてくれる。

「だから、これからも普通に俺と仲良くしてよ」

　その声に顔を上げれば、優しい瞳と目が合う。

　……やっぱり、どこまでも優しい人だ。

　わたしのことを考えて、あまり気にさせないようにしてくれてる。

　でも、本当に健くんはそれでいいのだろうか……。

「茉白ちゃんのことはまだぜんぜん諦められないし、隙がありそうなら攻めるけど、変わらず仲良くしてくれると嬉しいな」

　にこりと笑う彼に、ドキドキがとまらない。

　隙がありそうな時に攻める、って!?

　また、急になんてことを……！

「……っ」

　熱くなる顔。

　……果たして、わたしは普通にすることができるのか。

　そんな不安しかなかったが……予想は的中。

　──まったく、普通になんてできなかった。

　話しかけられると、意識せずにはいられない。

　わたしの反応を見て、健くんは楽しんでいたのだった。

「はい、茉白のぶん！」

　早いもので、体育祭前日。

　凛ちゃんから、渡されたのは白いリボン。

　体育祭はクラスごとで戦うから、女子の間だけでもなにかおそろいのものを身につけたいねという話になって、話し合いの結果、白いリボンをつけることになったのだった。

「ありがとう、凛ちゃん！」

　わたしはそれを受け取って、持ってきていたヘアゴムに結びつけた。

　できるだけきれいにリボン結びにして、完成。

　明日はこれをつけて体育祭に出るんだ……！

　クラスの女の子みんなでおそろい……！

　友だちがいる学校行事は、人生ではじめて。

　すごく楽しみであり……やっぱり少し不安でもあった。

　体育祭の練習は、今までひと通りやった。

　クラス対抗リレーの練習もしたし、借人競走の練習も一度だけした。

　ぜんぶそれなりにできたつもりだけど、不安は最後まで消えない。

　うまくいきますように、とひたすら願うばかり。

　──寝る前に、何度も白いリボンがついたヘアゴムをにやけながら見た。

　おそろいのものはやっぱり嬉しくて、嬉しすぎて。

　碧に自慢しよう、と思いリボンヘアゴムを持って自分の部屋を出る。

　もちろん、自慢したいという気持ちはあるけれど……今のうちに碧とちゃんと話しておきたかった。

　わたしは明日、碧に告白する。

　その告白が最悪の結果なら……碧とちゃんと話せるのは今日が最後になるかもしれない。

　……だから、他愛のない話は今のうちに。

　そう思い、歩いていれば。

「──碧、おまえは茉白のこと、どう思ってるんだ？」

　そんな声が聞こえてきて、わたしはピタリと足をとめた。

　聞こえたのは、お父さんの声。

　そのあとに、激しく咳をする碧。

　……いる。

　ここを曲がった先に碧とお父さんが、いる。

　ふたりは、縁側にいるのだろうか。

　ここにいて、盗み聞きなんてしてはだめ。早く行かなく
ちゃ。

　……そう思っても、足が動かない。

　つい、お父さんがした質問の答えが気になってしまう。

　息を潜めて立ちどまっていると、次に耳に届いたのは。

「……俺は、お嬢のことを家族のように大切に思ってます
よ」

　碧の声。

　すぐに、聞かなければよかったと後悔した。

「……ほう。それはつまり、恋愛感情はないと？」

「……ないです」

　お父さんの質問に、確かに答えた碧。

　頭が、真っ白になった。

　石になったかのように動けなくて……、涙だけがこぼれ
落ちていく。

　わたしのことを家族のように大切だと思っていて、恋愛
感情がない、ということは……これは、フラれたも同然。

　……告白する前にフラれた。

　碧の気持ちを知ってしまった。

　今まで碧になにかを期待していた自分が恥ずかしい。

　少しでも、碧ももしかしたらわたしと同じ気持ちなのかも……なんて思った自分が恥ずかしい。

　5歳の頃、はじめて会った時に一目惚れして……ずっと、碧のことが好きだった。

　でも、わたしの初恋は叶わない。

　碧は、わたしのことを好きじゃないから。

　……わたしと碧は、これから先ずっと一緒にいることなんてできないんだ。

　悲しくて、涙がとめどなく溢れ……やっと足が動き。

　すぐに自分の部屋に戻り、ベッドに寝転んだ。

　──本当は、まだあの話に続きがあったなんてわたしはつゆ知らずに。

「実は、茉白に見合いの話が来ていてな。碧、おまえが茉白のことをなんとも思っていないのであれば、これを茉白に伝えてもいいよな」

「……だめです」

「なんでだめなんだ？　おまえは茉白に恋愛感情はないんだ──」

「あります。……すみません、さっきは嘘をつきました。俺は……本当はお嬢が好きです。だから、お見合いなんてだめです」

「やっと、本当のことを言ったな」

「……はめたんですか」

「見合いの件は嘘だ。おまえの気持ちなら見ていてすぐわ

かったが、ちゃんとした気持ちを本人の口からいい加減き
いておきたいと思ってな」
「……俺の気持ちなんていつわかったんですか？」
「5歳の時、だったか。わかりやすかったぞ、碧」
「…………」
「俺は反対はしない。まぁ、茉白をどこぞの馬の骨に取ら
れないように頑張れよ」
「……はい」

体育祭

　青い空に白い雲。

　朝から気温も高く、今日は体育祭日和。

　……なんだけど、わたしの気持ちはぜんぜん上がらない。

　碧の気持ちを聞いてしまって、顔を見られなくなってしまったし……ぼうっとしすぎてクラスＴシャツは家に忘れ、リボンヘアゴムはどこかになくしてしまうという最悪の事態。

　クラスＴシャツの件については、幸い翔琉さんと連絡がつきすぐに学校に持ってきてくれて。

「これで大丈夫ですか？」

「うん！　ありがとう、翔琉さん！」

「よかったです。お嬢、頑張ってくださいね」

「本当にありがとう！　行ってくるね！」

　クラスＴシャツを受け取り、わたしはすぐ更衣室へと走った。

　……リボンヘアゴムは、いったいどこでなくしちゃったんだろう。

　鞄の中にも、家を探しても、どこにもなかった。

　……せっかくもらったものをなくすなんて。

　……みんなにちゃんと謝ろう。

　そう思いながら階段を急いで上っていれば、

「お嬢」

　声をかけられ、わたしは足をとめる。

　声をかけてきたのは、碧。

　昨日のことを思い出して、心臓がドクリと嫌な音を立てた。

　なんで……碧はわたしに何度もキスしたのか。

　昨夜たくさん泣いて、それがすごく疑問だった。

　……本当の理由なんて聞けるわけないけど。

　目を見ることはやっぱりできなくて、逸らせば彼はこちらに駆け寄る。

「これ、お嬢のですよね？」

　見せられたもの。

　それは……白いリボンがついたヘアゴムだった。

　なくしたと思っていたのに……！

「えっ……ど、どこにあったの？」

「家の廊下に落ちてました。お嬢にすぐに言おうと思ったんですが、すっかり忘れてて……すみません」

「ううん、ありがとう……」

　リボンヘアゴムを彼から受け取り、「じゃあもう行くね」と彼に言う。

　碧とは、今はあまり一緒にいたくない。

　できるだけ、顔を見たくない。

　顔を見たらどうしても思い出してしまうんだ。

　碧の本当の気持ちを思い出しては、ズキズキと心が痛んで、涙が溢れそうになる。

　……碧は、わたしが昨日あの話を聞いていたなんて知ら

ない。

　だから、碧の前で泣いたら心配させてしまう。

　絶対に、泣きたくない。

　……今思えば、告白しなくてよかったのかも。

　碧はわたしのこの気持ちを知らないから、わたしさえ碧への気持ちをきれいさっぱりなかったものにすれば……碧と、またいつも通りに過ごせるんだから。

　早く、この気持ちをなくそう。

　一刻も早く……。

　下を向いて、とにかく早足で歩く。

　早足で歩いて、小走りになって……最終的には走って。

　更衣室へと向かっていれば、急にパシッと手をつかまれ、引きとめられた。

「お嬢、もしかして……昨夜、社長としてた話聞きました？」

　耳に届くのは、やっぱり碧の声。

　心臓が大きく跳ね上がる。

"社長としてた話"

　というのは、絶対わたしが聞いてしまったあの会話のことだろう……。

「…………っ」

「……聞いたんですね」

　なにも答えられなければ、無言は肯定と捉えられる。

　ど、どうしよう……っ！

「あっ、碧、ごめ──」

「この際なのではっきり言いますが、あれは俺の本心です」

　わたしの言葉は、碧によって遮られた。

　あれが、碧の……本心。

　本当に、心の奥底から思っていること……。

　彼の言葉は重く、わたしの心に深く突き刺さる。

　わざわざそんなことを言うなんて……。

　碧、もしかして……わたしの、碧への気持ちに気づいてた？

　だから、そんなとどめを刺すようなこと言うの？

　胸が痛くなって、涙がこぼれ落ちそうになる。

「俺の気持ちとお嬢の気持ちは……きっと、ちがいます、ね」

　彼は確認するようにわたしの目を見てくるから、それは確信に。

　碧は、いつからだかわからないけど……わたしのこの気持ちに気づいていたんだ。

　碧は、わたしが碧を好きだと気持ちがわかったうえで今まで接してきてくれていたんだ。

　……今まで、わたしのこの気持ちでどれだけ彼に迷惑をかけてきたんだろう。

　碧はわたしのことを好きじゃないから、すごく迷惑をかけてきたんだろうな……。

　好きでもない相手からの好意なんて、めんどくさいだけだよね……。

　わたしは、小さくうなずく。

「……困らせてすみません。ぜんぶ忘れてください」

　碧は最後にそう言うと、うしろを向いて早足で行ってし

まう。

　遠くなっていくうしろ姿。

　彼は自分の教室のほうへと足を進め、わたしは……そのうしろ姿を見送った。

　……碧の気持ちと同じって、うなずいたらずっと一緒にいられたのかな。

　でも、やっぱりうなずけるわけない。

　わたしは、碧のことが好きだから……。

　わたしの好きは、家族や友だちの好きとちがう。

　碧とちがう……、恋愛としての好き。

「……好き」

　そのうしろ姿にぽつりとつぶやけば、とうとう涙が溢れてくる。

　ここは廊下。

　だれかに見られたら、心配されてしまうかも……。

　わたしは慌てて女子トイレに行こうとした、が。

　女子トイレは髪を整えている女の子たちでいっぱいで。走って階段を上り、屋上のドアの前に座り込んだ。

　次々に溢れる涙。

　とめられなくて、手で拭う。

　そんなことをしていると。

「茉白ちゃん？」

　──声が聞こえてきて、びっくり。

　ひょこっと顔を出して、こっちを見ていたのは──健くんだった。

　目が合って、すぐにごしごしと目をこする。

　……泣いてるとこ、見られた？

　もし、見られてたら心配させちゃうかも……！

「お、おはよ、健くん……！　ちょっと朝から目にゴミが入っちゃって、大変で……！」

　必死に笑顔を作って、大丈夫だとアピール。

　だけど、彼は階段を上り。

「……どうしたの？　なにがあったの？」

　わたしの目の前まで来ると、しゃがみこんで顔を覗いてきた。

　なんだか、心配そうな表情の彼。

「目にゴミが入っちゃって痛いだけなの……！　本当に気にしないで！　わたしは目薬でもさしたら教室に行くよ！」

　これ以上笑顔を作ることはできそうになくて、健くんに戻ってもらおうと必死に言うけど……。

　健くんは戻ることなく。

　わたしを温かい体温で包み込んだ。

「無理して笑わないでよ。俺でも、それは嘘だってわかるよ。なにかあったならなんでも言ってごらん」

　わたしを包む、熱い体温。

　甘くていい香り。

　優しく頭を撫でてくれるから……その優しさに触れれば涙がさらに溢れて、とまらなくなる。

　こういう時、自分に告白してくれた人に頼るのはちがう

気がする。

　それはわかっているけど……今だれかに話さないと心が壊れてしまうような気がした。

　10年間という、長かった初恋。

　その恋が終わってしまい、心には穴が空いたような感じで……とにかく胸が痛い。

「健くんっ……、わたし、フラれちゃった……」

　嗚咽混じりに声を出せば、「えっ、碧くんに？」と驚かれる。

「……うん」

「ほんとに？」

「……うん」

「碧くんに告白したの？」

「碧は、わたしのことを家族のように大切なんだって……。恋愛感情はないんだって……。お父さんと話してるとこ、たまたま聞いちゃったの……」

「それ、もう1回ちゃんと……って、なんで俺が碧くんに協力しなくちゃいけないんだか。俺が茉白ちゃんに近づくチャンスなのに」

　途中から、ひとりごとのようにぶつぶつとつぶやく健くん。

　よく聞き取れない。

「もう、気が済むまで思いっきり泣いていいよ」

　背中をさすってくれるから、わたしは本当に思いっきり泣いた。

　どんなに悲しい気持ちでも、聞こえてくるチャイムの音。
　気持ちを入れ替えようとしたが、しばらくは無理そうだった。

　いっぱい泣いたあとは、教室にすぐに戻ろうとした。
　けれど、泣きすぎて目が赤く、とても戻れる顔じゃなくて……。
　健くんが凛ちゃんを呼んでくれて、凛ちゃんはわたしにメイクをしてくれた。
　最初にわたしの顔を見た凛ちゃんは、それはもうびっくりしていたから、よほどひどい顔だったんだろう。
　凛ちゃんにも碧とのことを話して、すごく泣きそうになったけど……メイク中だったから、なんとか耐えた。
　数分後、メイクは完成。
　このひどい顔をなんとかメイクで隠してくれた凛ちゃんには本当に感謝。
　そのあとは気合いを入れるために、自分の髪を手グシでひとつにまとめる。
　髪型は、ポニーテール。
　縛っているヘアゴムは、もちろん白いリボンがついたヘアゴム。
　手グシだから、あまりきれいにはまとめられていないけれど。
「ポニーテールだ！」
　健くんはわたしを見て、なんだか嬉しそうに笑った。

　以前、ポニーテールが好きと言っていたけどそんなに好きなのだろうか。

「前に健くんと約束したから……」

「覚えててくれたなんて嬉しいよ。茉白ちゃん、やっぱり女神だね。可愛くて大好きだよ」

「……っ!?」

　か、可愛くて、大好き!?

　なんてことをここで言って……!?

「ほら、ふたりだけの世界に入ってないで行くよ」

　凛ちゃんに手を引かれ、まずは更衣室へと行って着替え。

　着替えた後は体育祭へと参加するために外に出れば、もう開会式が終わって、競技がはじまっていた。

「茉白もほら、これ持って!　応援しよう!」

　凛ちゃんにメガホンを渡されて、一緒に同じクラスの人たちを応援。

　あつい太陽の下、汗を流しながらできるだけ大きな声を出すが……ちらちらと思い出す、碧の顔。

　碧に言われたこと、彼が昨日言っていたことを思い出して、応援に集中できなかった。

　──そして、数十分後にあった玉入れ。

　それに出場したわたしは……玉を踏んで、転んだ。

　まさか、玉入れで転ぶなんて……恥ずかしすぎる。

「怪我してない!?」

　競技が終われば、心配そうに私のところに駆け寄ってきてくれる健くん。

　とっさに手をついたから足はぜんぜん痛くないけど、手は擦りむいて血が出ていた。

「大丈夫……！」

「血が出てるじゃん。手当しに行こうか」

「えっ、大丈夫だよ。これくらい舐めておけば治るもんね」

「だめだよ、ちゃんと手当しないと」

　そんな会話をしていると、

「茉白、大丈夫!?」

　こちらに駆け寄ってくる、凛ちゃんとクラスの人たち。

「ぜんぜん大丈夫だよ！」

　実際そんな大きな怪我もしてないし、痛くない。

「ほんと？」

「ほんとほんと！」

　じっと見てくる凛ちゃんに笑顔で返せば、彼女はわたしの前に手を出してきて。

　なにかと思えば、健くんが先に凛ちゃんと手を合わせて叩き合った。

　そこで、わたしは凛ちゃんがやろうとしていたことを理解。

　……ハイタッチだ！

「玉入れ、うちのクラスが１位だったんだよ！　ほら、茉白も！」

　そう言われて、わたしは血が出ていないほうの手でハイタッチ。それに続くように、クラスの人たちも手を出してくれて、みんなでハイタッチ。

　みんなで笑いあって、喜びを分かちあって……。

　こういうのが、わたしが学校でずっとやってみたかったこと。

　ずっと、夢だったこと。

　いつもよりみんなを近くに感じられるから、学校行事ってすごい。

　この学校に来て本当によかった……っ！

　さっきまであんなに沈んでいた気持ちが、一気に上がる。

「よし、行こうか」

　健くんはわたしの手を引いて、向かったのは救護テント。

「健くん、ひとりで行けるよ」

「送ってくよ」

「お、送るなんて……すぐそこだし本当にひとりで大丈夫だよ！」

「俺が茉白ちゃんと少しでも長く一緒にいたいんだよ」

　健くんの言葉に心臓がドキリとする。

　……また、なんてことを急に言うんだ。

「いい？　茉白ちゃん」

　優しい笑顔で聞かれて、断ることなんてできず。こくんとうなずく。

　そして、ふたりで救護テントへと向かった。

　救護テントは、遠くから見てもどこにあるのかわかりやすい。

　横幕がついていて、テントの中が見えないようになっているから。

　そのテントへと到着して、中へと入ると──思わず立ち
どまる。

　まず1番最初に見えたのは、碧。

　それから長椅子に横たわる、里古さんの姿。

　里古さんは青白い顔色をしていて……横たわりながら、
碧の顔を見つめてる。

"見たくない"。

　心の中で強くそう思って、わたしは1歩うしろにさがる、
と。

　急に、肩に手を置かれて心臓が大きく跳ねた。

「あなたたちも怪我してるの？　そこに立ってないで遠慮
なく入って入って」

　わたしの肩に手を置いたのは、白衣を着た保健の先生。

　先生は袋に入ったたくさんの氷を持っていて、走ってき
たのか少し息が乱れていた。

「あの、わたし、やっぱり大丈夫みたいです、なんでもな
いです」

　救護テントの中へと入りづらくて……入りたくなくて、
そう返すが。

「手、擦りむいてるじゃない！　今手当してあげるから、
中に入りなさい！」

　手の擦りむいているところを見られて、強制的にわたし
と健くんのふたりは救護テントの中へと押し込まれてし
まった。

　バチッと目が合った、碧。

　わたしは見ていられなくて、すぐに逸らす。

「ここに座って」

　先生に碧たちと少し離れたとこにある椅子に座るように
と促され、わたしは下を向いて座った。

　あのふたり、見つめ合ってた。

　思い出すと涙が溢れそうになる。

　別に、碧とわたしは付き合っていないし、ただの幼なじ
みだから、碧がだれといてもいいのに……。

　どうしても、思ってしまう。

　あの優しい瞳はわたしのものだから、見つめられるのは
わたしだけがいい、って。

　フラれたわたしはそんなことを思ってはいけない。

　早く気持ちを消さないと……ずっと心が痛い。

「せんせー、俺が茉白ちゃんの手当てしてもいい?」

　下を向いてぎゅっと拳を強く握っていれば、わたしの頭
の上におかれた大きな手。

　先生に聞いたのは、健くん。

「あなたは怪我してない?　大丈夫?」

「俺は付き添いだからだいじょーぶ」

「じゃあお願いね。はいこれ、消毒液と絆創膏」

　先生と健くんのやり取りが聞こえてきたあとに、健くん
は隣に座って。

　「茉白ちゃん、手出して」と優しい声で言われるから、
わたしは擦りむいたほうの手をそっと出した。

　……消毒液が、手に染みる。

　傷は大したことないのに、すごく痛い。

　涙を必死に堪えていたけれど、瞬きをすればこぼれ落ちてしまった涙。

　慌てて目を擦る。

　……碧に見られちゃう。

　泣いてるところなんて見られたくない。

　碧にはこれ以上気を使わせたくないし、気まずくなりたくないよ……。

　そう思っていれば、健くんはわたしから碧を隠すように立ってくれた。

「里古さんは熱中症じゃなくて貧血っぽいわね。しばらくはここで休んでなさい。休んで回復しないようだったら、無理しないように帰宅になるからね。小鳥遊くんは戻っていいわよ」

「わかりました。よろしくお願いします」

　先生と碧の会話が聞こえてきて、その間に手当は終了。

　わたしは下を向いたまま先生にぺこりと頭を下げて、健くんとふたりでテントを出た。

「茉白ちゃん」

　健くんは、わたしを呼ぶ。

　ゆっくり顔をあげれば、確かに目が合った。

　まっすぐな瞳。

　その瞳と目が合えば、彼は大きく息を吸う。

「俺なら、気持ちはちゃんと伝えるし、茉白ちゃんを絶対泣かせない。茉白ちゃんをずっと笑顔にするって約束する。

だから——俺と、付き合わない？」

　次に耳に届いた声は、まさかの言葉だった。

　……つき、あう？

　わたしと、健くんが？　付き合う!?

　な、なんで、急に……。

　わたしは、フラれたけど碧が好きで……それは健くんだってわかってるはずで……。

　こんな気持ちのまま付き合うことを考えるなんて、次の恋をするなんて……考えられないよ。

「茉白ちゃんの気持ちはわかってる。わかってるから、ほかの人を好きなまま俺に寄りかかっていいよ。それで少しでも楽になれるならいいんだ。俺とたくさん楽しいことして、たくさん笑っていようよ。俺がいつか……絶対、茉白ちゃんを惚れさせるから」

　健くんは、わたしをまっすぐに見つめて逸らさない。

　その言葉に、瞳に……鼓動が早くなる。

　この気持ちのまま付き合うことや、次の恋をすることなんて考えられないのに……。

　今のこの辛い気持ちをどうにかすることができるのなら、いいかも……って少し思ってしまう。

　汚い気持ち。

　……わたし、最低だ。

　いくらいいって言ってもらえたからって、健くんを利用することは最低なことなのに……。

　そんなの、お互い辛いだけなのに。

「俺は茉白ちゃんが好きだよ。茉白ちゃんが心から欲しいから、俺に悪いとかなにも考えなくていいんだよ。少しでも悩むんだったら、俺とのことを視野に入れてよーく考えて決めてほしい」

　鼓動は静まるどころか、さらに加速してとまらない。

　体温が上昇して……顔があつい。

「ここ暑いし、日陰にでも行こっか」

　彼は微笑んでくれて、わたしの手をひいて歩く。

　手からも熱が伝わって、ドキドキしすぎて……なにも言うことができなかった。

『これからは俺がずっと茉白のそばにいてやるから、もう泣くなよ』

『……ほんと？　碧くん、ずっとそばにいてくれる？　お母さんみたいにいなくならない？』

『いなくならねぇよ』

『ぜったいだよ？』

『あぁ』

　５歳の頃、碧とはずっと一緒にいられるんだと思っていた。

　誓いもしてくれたから、大丈夫だと思っていた。

　でも——それが叶わないことかもしれない、って思ったのは小学校中学年の時。

　あれは、５歳の頃にしてくれた誓い。

　わたしを慰めるために言っただけで本気ではなかったの

かもしれないし、碧はもう忘れているかもしれない。

　それから、もうひとつ気づいたこと。

　碧にわたしよりも特別な人ができれば、確実にそばにいられなくなる、と気づいてしまった。

　碧のことを好きなわたしが碧のそばにずっといられる方法は、彼にわたしを好きになってもらうしかない。

　そう思って、意識してもらえるように頑張って……今までやってきた。

　結果、フラれてしまったわけだけど。

　"幼なじみ"という関係は、不安定なもの。

　幼い頃から今まで当たり前のように隣にいたのに、いつその当たり前がなくなってしまうかわからない。

　ずっと一緒にいたからか、その隣は自分のものだと思っていたのに……ある日突然、だれかに取られてしまう。

　どちらかに恋人ができれば、その隣は完全に自分のものではなくなってしまうんだ。

「──好きですっ」

　好きな人が告白されているところを見てしまえば、恐怖心は強くなる。

　碧に告白しているのは、里古さん。

　教室に飲み物を取りに行こうと校舎に入ろうとして、昇降口へと行けば……偶然、見てしまった。

　やっぱり……里古さんは、碧が好きだったんだ。

　だから、碧にこうして告白したんだ……。

　声が聞こえてきて、わたしは教室に入らずにこの場から

逃げた。

碧がなんて返すのか、すごく気になる。

けど、同時に……すごく怖い。

碧と里古さんは、仲良く話しているところを見るから、碧が告白を受けてしまうかもしれない。

碧は、もしかしたら里古さんと同じ気持ちなのかもしれない……。

ふたりがもし付き合うなんてことになったら、碧の隣は里古さんのものということになる。

わたしは、碧の隣にいることはできなくなるんだ。

……そんなの、やだ。

やだよ。

フラれたけど、碧の隣は譲りたくないよ……。

そんなことを思っても、ふたりが付き合えばわたしがなんと言おうと碧の隣は里古さんのもの。

想像するだけでも怖くて、泣きそうで……とにかく全速力で走った。

いよいよ、男子の徒競走。

碧と、健くんが競う時。

碧が勝ったら、キスしなくちゃ……なんだけど。

今となっては、碧はわたしのキスなんて欲しがる必要があるのか。

っていうか、なんでわたしのキスなんかを欲しがったのか。

　今まで、なんで……わたしにキスしたのか。

　わからない。

　ぜんぜんわからないよ、碧……。

「次、健一郎と小鳥遊くんだよ」

　凛ちゃんにメガホンを渡され、前を見ると……。

　次のレースは、本当に健くんと碧だった。

　もう、どんな気持ちで見ればいいのかわからない。

　下を向いている時間もなく……。

　次の瞬間には、スタートの合図であるピストルの音が鳴り響く。

　いっせいにスタート。

　まず最初に先頭に飛び出したのは、健くん。

　すごい速さでスタートして、その１歩うしろに碧。

　５人いるはずなのに、ふたりは圧倒的に速い。

　健くんと碧は接戦で、ほかの人たちをどんどん引き離していく。

　声援が飛び交って、わたしも声を出さなくちゃ……と思うけど、ふたりから１秒たりとも目が離せない。

　だめだめ。健くんに、応援するって約束したからちゃんとしなくちゃ……！

「健くん!!　頑張って!!」

　できるだけ大きな声を出して、応援。

　そうした時に、健くんはさらに加速。

　うしろを走る碧と、少しずつ距離ができていく。

　なんという速さ。

　碧もそうとう速いけど、健くんもここまで速かったなん
て……！

　ひらいた距離は縮まらず、離されていく碧。

　このままだと碧が……。

　碧はちがうクラスだから応援はできない。

　応援はできないけど……。

　一生懸命走る姿を見て、自分の心をおさえられなくなる。
「頑張れっ!!　碧……っ!!」

　メガホンを使ったことにより、大きな声が出て自分でも
びっくり。

　碧は、急加速。

　ものすごい勢いで足が動き、1歩2歩とすぐに距離が縮
まって……。

　やがて、健くんの隣に並ぶ。

　あと、数メートルでゴール。

　最後の一瞬まで見逃せない。

　どちらが勝ってもおかしくない状況で……わたしは、強
く自分の手を握ってしっかりと前を見た。

　次に瞬きした時には、碧が先頭を走っていた健くんを抜
かして……1位でゴール。

　大接戦。

　その熱い戦いに決着がつき、拍手が沸き起こった。

　碧!!

　すごい!!　1位だ!!

　わたしもつられるように拍手をしていたが、はっと我に

返った。

　碧は、ちがうクラスだから敵。

　だから喜んだり、拍手なんかしたらだめなのに……！

　顔を横にぶんぶん振って、また喜びそうな気持ちを振り払う。

　そんなことをしていると。

「茉白！！」

　凛ちゃんに肩を強めに叩かれた。

　なにかと思えば、なんで呼ばれたのかすぐに理解。

　凛ちゃんは、こっちに走って近づいてきている人物がいるから……教えてくれたんだ。

　ゴールしたすぐあとなのに、こっちにすごい速さで走ってきているのは、碧で。

　彼はわたしの前まで来ると、ここでなにを言うでもなく、強く手をつかんで……走り出す。

　強く手を引かれるから、つられるように動く足。

　あ、碧……！？

　彼はわたしの手を離さず、校舎へと向かっていく。

　いったい、これからなにが！？

　疑問に思ったが、もしかしたら……とすぐに思ったこと。

　碧が１位でゴールをしてわたしのところに来たということは……約束のことなんじゃないか。

　約束どおり、キスしてもらいに来たのではないか。

　でもでも、碧がわたしのキスを欲しがる理由がさっぱりわからないよ……。

　碧は、わたしのことを幼なじみ以上には見てないんだよ
ね？

　わたしのこと、フッたんだもん。

　そんな女のキスが欲しいの……？

　碧、里古さんとはどうなったの……？

　いろいろと思っているうちに昇降口へと到着し、下駄箱
で靴を履きかえさせられ。

　サンダルに履き替えると、また手を引かれてひたすら階
段を上った。

　1階から、屋上まで。

　ノンストップで上がるものだから、足がもう限界。

　これは明日には筋肉痛になるだろうと確信。

　彼が屋上の鍵を開ければ、外へと出て……ガチャンと音
がした。

　外鍵を閉められた音。

　ふたりきりという実感がわいて、自分の心臓の鼓動が速
くなるのがわかった。

「茉白、約束守って」

　耳に届く声。

　碧はわたしと向き合って、1歩ずつ近づいてくる。

　"約束"というのは、やっぱりあの約束のことだ。

　あの約束を果たさせるために、わたしは連れてこられた
んだ。

「えっ、でも、碧、そんなのいらないんじゃ……」

　1歩ずつうしろへとさがって碧から離れると、彼は。

「好きな女からのキスは欲しいに決まってんだろ。約束、勝手になかったことにしてんじゃねぇよ」

　まっすぐに目を合わせて、わたしとの距離を詰めてくる。

　……好きな、女？

　な、なにを言って……？

「フッた男にキスしたくねぇかもしんねぇけど、約束は約束。おまえがいいって言ったんだから、ちゃんと約束守って」

　腕をつかまれて、引き寄せられる。

　1歩2歩、と足が動けば碧がすぐ目の前に。

　……な、な、な、なんだ。

　"フッた男"って。

　フラれたのはわたしで、碧はわたしをフッた側、だよね？

　碧は……なんの話をしてるの？

「……あ、碧？」

　わたしは精一杯声を振り絞った。

「やっぱ無理とかはナシだからな」

「……な、なに言ってるの？　碧がわたしをフッたんじゃないの……？　碧、わたしのこと家族として好き……なんだよね？　わたしとちがう"好き"、なんだよね？」

　自分で言って、悲しくなる。

　碧とお父さんの会話を思い出せば、目の奥が熱くなって涙が溜まっていく。

「なに、言ってんだよ？」

　質問に質問で返される。

　碧は、目を丸くして瞬きを繰り返した。

「俺は、5歳の頃からおまえが好きで……」

　聞こえてきた言葉に、わたしはピタリと動きを停止。

　……わたしを、好き？

　5歳から？

　だれが？

　……碧、が？

　……え？

「わたしだって、5歳の頃からずっと碧が好き……。一目惚れで……」

　わたしも口を開けば、碧も動きを停止。

　その数秒後には、お互いが頭の上にはてなマークを浮かべた。

「は？　待って……。茉白、おまえ俺のこと男として見てないんじゃねぇの？　おまえには、好きな男がいて……。俺と、ちがう気持ちなんじゃ……？　俺がおまえのこと好きだって知ったから、今日の朝から気まずそうにしてたんじゃねぇのかよ？」

　わたしよりも先に口を開く彼。

　好きな男？

　碧は、わたしの気持ちに気づいたんじゃ……？

「わたしが好きなのは、碧だよ……？」

　答えると、彼は黙り込み……。

　──数秒後、わたしの手を強く握った。

「おまえ……俺と社長の話聞いてたんじゃねぇのかよ」

「き、聞いてたよ……。碧、わたしのこと家族として、幼なじみとして好きなんでしょ……。わたしとは、ちがう気持ちなんでしょ……」

　もう一度声に出せば、溢れ出していく涙。

　碧の前で絶対に泣きたくなかったのに、涙がとまらない。

　……もう、やだ。

　碧を困らせる前にこの場から早くいなくなりたい……。

　握られた手を振り払おうとするが、離れず。

「茉白」

　碧に名前を呼ばれる。

　……これ以上、なにを言われるというのだろうか。

　もう傷つきたくないよ……。

「茉白。お願いだからちゃんと聞け」

　さらに強く握られた手。

　その声が聞こえてきて、わたしは涙を流しながら碧を見つめた。

　すると、次に聞こえてきたのは──。

「俺の"好き"は、家族としての好きじゃない。俺はひとりの男として……──おまえが好きだ」

　思わず自分の耳を疑ってしまうような言葉。

　……家族として、じゃない?

「……う、うそだ」

　ぽつり、と声が漏れる。

「ほんとだって」

「だったらなんで、家族としてわたしのこと大切、なんて

お父さんに言ったの……。嘘言わなくていいよ、わたしは
大丈夫だから……」

「社長との会話、おまえは一部しか聞いてねぇんだよ。そ
の話はまだ続きがあって……。って、どうせ話聞くなら最
後まで聞けよ、アホ」

「な……っ！」

　おでこに軽くデコピンをされるわたし。

　……ぜんぜん痛くない、けど。

　あの話に続きがあるって……？

　碧、わたしのこと家族としての好きじゃないの……？

　本当の本当に、わたしの好きと同じ？

　そんな、夢みたいなこと……。

　心臓が大きく鳴って、壊れそう。

　でも、すぐに頭の中に思い浮かんだのは……里古さんの
顔。

　碧が告白をされているところを思い出せば、胸が痛んで
一気に現実に戻される。

　……だめ。

　ひとりで期待して、舞い上がるのはだめ。

　碧には、もしかしたら彼女がいるかもしれないんだから。

「碧、里古さんの告白……なんて答えたの？」

　恐る恐る聞いてみる。

「……見てたのかよ？」

「たまたま、本当にたまたま見ちゃって……」

　碧はなんて答えるのか、聞くのが怖い。

　でも、ちゃんと聞かないと……。

「好きな女がいる、って断った」

　すぐに彼は答えてくれた。

　……断った？

　……付き合って、ない？

　それを聞いて、心の中には安心感が広がっていく。

　付き合っていないということは、碧の"好きな女"というのは本当に……──。

「つーか、おまえこそどうなんだよ。あのクソ猿に告白されて……付き合うつもりなの？」

　碧はわたしの涙を袖で拭いながら聞いてくる。

　急に聞かれるものだから心臓に悪い。

「えっ、いや、あの……」

　健くんの告白に返事はしていない。

　一瞬、心は揺れたけど……わたしは、やっぱり……。

「おまえが好きな男はだれだか、おまえの気持ち俺にちゃんと教えて」

　碧は、わたしに顔を近づけて、至近距離でピタリととまる。

　至近距離で見つめられるから、心臓が暴れ出すのがわかった。

　わたしの、気持ち……。

　なんか、さっきさらっと言ってしまった気がするんだけど……。

　……ちゃんと伝えないと。

ちゃんと伝わっていないのなら、後悔しないように伝えたい。

わたしは、大きく息を吸い。

「わたしは、碧が好き。一目惚れで、初恋なの。好きな人は碧なの……」

しっかりと、目を見て伝えた。

声を出せば、涙がぽろぽろとこぼれ落ちていく。

ちゃんと伝わって……。

お願い……。

心の中で強く祈る。

碧はわたしの目をまっすぐに見つめていたが、急に目を逸らし……。

手を離すと、力が抜けたようにその場にしゃがみこんだ。

あ、碧!?

わたしも碧の前にしゃがみこめば彼は顔を上げ、再びわたしと目を合わせる。

「これは……両想い、ってことだよな？」

確認するように聞いてくる碧。

わたしは碧が好きで……碧も、わたしが好き。

その"好き"は、家族としての好きじゃない。

つまり、わたしと碧は同じ気持ちで、両想い。

本当の本当に……両想い。

碧の言葉にこくんと頷けば、彼はわたしを強く抱きしめた。

……夢みたい。

一度はフラれたと思ったのに。

もうだめだと思ったのに……。

夢みたいで、まだ信じられないよ……。

って！　本当に夢だったらどうしよう!?

わたしは慌てて、抱きしめられながら自分の頬をつねった。

……大丈夫。

ちゃんと、痛みを感じる。

痛いから、夢じゃない。

夢じゃないんだ……！

「……あおい」

わたしは、碧の背中に手をまわそうとしたが、それをやめて彼の胸を押した。

押したのは、いったん離れてほしかったから。

「ごめん。すげぇ嬉しくて、つい……」

碧はすぐに体を離してくれて、わたしはそんな碧に顔を近づけ──唇にキスをひとつ。

熱が伝わるのは一瞬で、すぐに離れた。

「好き」

そっと、小さな声で伝えると。

「……俺も好き」

確かに、返事がかえってくる。

……両想いってすごい。

言葉だけでドキドキして、嬉しくて、幸せな気持ちになれる。

片想いの時とは、比べものにならない。

碧の顔が近づいてきて、もう一度唇を重ね合わせ。

お昼休憩になるまで、ふたりで一緒にいたのだった。

想いと油断

　お昼休憩を知らせる放送が流れると、碧はわたしの目元をもう一度拭ってくれて。

　そのあと手を差し伸べてくれるから、わたしはその手をとる。

　強く手をつないだら、ふたりで屋上から校舎に戻って階段をおりた。

　両想いで手をつなぐのは嬉しい気持ちが溢れるもの。

　ずっと、手をつないでいたいけど、その前にちゃんとしなくちゃいけないことが……。

「碧」

「なに？」

「わたし……休憩の前に、健くんとちゃんと話してくるね」

　このままじゃだめだ。

　健くんのことを曖昧にしたまま、碧と一緒にいるなんて。

「……俺も行く」

「ううん。ひとりで行くよ」

「…………」

「大丈夫だよ、行ってくるね」

　わたしは碧を見つめてそう言えば、彼は渋々手を離してくれる。

「碧はお弁当持って待っててね。すぐ戻るから」

　最後にそう言って、わたしは走って昇降口へと向かった。

　休憩に入ったから、次々に昇降口から校舎内へと入って
いく人たち。

　わたしが昇降口へと行った瞬間に、集まるたくさんの視
線。

　……さっき、目立ったからだろう。

　恥ずかしさに耐えながら健くんを待てば、数分後に見え
た彼の姿。

「健くん……！」

　健くんの元へと駆け寄れば、すぐに気づいてくれて。

「目立つから、あっちで話そうか」

　健くんは優しく笑うと、外を指さした。

　こくりとうなずき、靴を履き替え外へ。

　校庭にも人がまだいっぱいいて、健くんはそこを避ける
ようにちがう方向へと向かう。

　そのうしろをついて行くと、到着したのは……体育館裏。

　そこは日陰で、人はだれもいなかった。

　……言わなくちゃ。

　期待させられるのが辛いことは、わたしもちゃんとわ
かってるから……。

「あのね、健くん」

　わたしは緊張しながらも口を開く。

「健くんからの告白はすごく嬉しかった。わたしのことを
好きになってくれて、人生ではじめて告白されて……本当
に嬉しかったよ。でも、健くんの気持ちに応えることはで
きない。本当にごめんなさい」

　言い終わったあとに、ぺこりと頭を下げた。

「……茉白ちゃんは謝らないでよ」

　ぽんっ、と頭の上に乗せられた大きな手。

「最初からふたりが両想いだとわかってて間に入ろうとしたのは俺だから。すれ違ったのをいいことに、迫ったりずるいことしてたんだよ、俺は」

　上から降ってくる声。

　わたしは、その言葉に顔を上げた。

「健くんは悪くないよ……っ！」

「茉白ちゃんは、やっぱり優しいね」

「優しいのは健くんだよ。わたしと仲良くしてくれて、辛い時にそばにいてくれて……」

　わたしは、健くんに優しさをもらってばかりだ。

　それを聞いた健くんは、優しく微笑み。

「こんなずるい俺だけどさ……茉白ちゃんさえよければまた仲良くしてくれると嬉しいな」

　そう言ってくれるから、わたしは「もちろんっ！」と大きな声で返した。

「ありがとう、茉白ちゃん。碧くんが待ってるから、早く戻ったほうがいいよ」

　にこりと笑うと、優しく背中を押してくれる。

「えっ、健くんも一緒に──」

「俺はあとから教室に戻るから」

「……じゃあ、先に戻るね」

「うん。バイバイ、茉白ちゃん」

　健くんはひらひらと手を振ってくれて、わたしは背を向けて歩いた。

　……よかった。

　告白の返事をするということは、もう健くんと友だちに戻れない可能性も充分にあったわけで……。

　縁を切られなくて本当によかった。

　大切な友だちを、ひとり失わなくてよかった……。

　最後まで、健くんの優しさに助けられた。

　泣きそうになりながらも歩いていれば、近くの駐車場に見えたふたりの若い男性。

　そのふたりは私服姿で、体育祭を見に来ている人なんだとわかった。

　駐車場で、なにやらうろうろしていて……困っているように見える。

　……なにか、探してるのかな？

　声をかけるべき……？

　一瞬立ちどまり、考えていると。

「すみません！」

　わたしに気づいた男性ふたりは声をかけてきて、こちらに駆け寄ってきた。

　気づかれて、声をかけられるものだからびっくり。

「あの、俺ら車の鍵を落としちゃったみたいで……。落し物がどこに届くかとかわかりますか？」

　青いアロハシャツを着た男性が聞いてくる。

　……車の鍵、落としちゃったんだ。

それは帰れないし、なかなか大変なことじゃ!?

「あの、今先生に――っ！」

　声を出した時だ。

　――急に、背後にもうひとりの男性がまわって口元をおさえられたのは。

　口元と鼻にハンカチのような布を押し当てられて、手を強い力で拘束される。

　な、な、なに!?

　なにが起きて!?

　急すぎる出来事。

　脳内はパニック状態に。

　パニック状態になっても、ひとつだけすぐにわかったのは……この状況はかなりやばいということ。

「んーっ!!」

　大きな声を出そうとするが口元をおさえられているせいで出なくて、手も強い力で拘束されているから動かせない。

　唯一動かせるのは、足だけ。

　わたしは、精一杯足を動かした。

　前にいる男性の足を必死に蹴って、脱出しようと頑張る。

　……けど、急になぜか力が出なくなって意識が遠のいていく。

　な、なに、これ……。

　なんとか意識をつなぎとめようと頑張ったが、それは無理で……わたしは、意識を失った。

「それにしても、ラッキーだったな」

「まさかあの鷹樹組組長のひ孫がひとりでいるとは。楽に学校に入れたし、まじで運が良かった」

「今頃、俺たちを散々痛めつけてチームを潰した小鳥遊碧は焦ってるんじゃねぇの？」

「あはは！　絶対そうだな！」

「自分が護衛してた女が誘拐されるとなれば、あいつはもうクビだろ！　クビ！」

「ちょろすぎるもんな、こんなに簡単に誘拐できるし！」

　耳に届く男性たちの笑い声。

　遠くで聞こえていた声は、はっきりと聞こえてくるようになり……ゆっくり、目を開けた。

　ぼんやりとした視界。

　ぼうっとしていれば、少しずつ視界が定まってきて。

　見えたのは、見知らぬ天井。

　どうやら、今まで寝ていたみたいだ。

　……どこ？

　どこかと思い、横を向けば……。

　現在わたしは寂れた倉庫にいて、そこの片隅にあるソファに寝かされ……近くには、数人の男性がいた。

　……ここはどこ!?

　な、なにがあったんだっけ!?

　頭を巡らせると、すぐに思い出したのは……学校でのこと。

　車の鍵を探している男性ふたりがいて……急に、ハンカ

チで口元と鼻を押さえつけられ。

　わたしは、意識を失ったんだ。

　もしかして、この人たちはうちに恨みがある人たちなの!?

　……やばい。

　どうしよう……！

　すぐに体を動かそうとしたが、ぜんぜん動かない。

　まるで、石になったかのように体がいうことをきかない。

　どうなってるの……。

　それでも必死に体を動かそうとしていると、目が合った人物。

　青いアロハシャツを着た、男性。

　学校で見かけた人だ。

「おまえら、お姫様が目覚めたぞ」

　その男性はまわりの人たちに知らせると、わたしのほうへと近づいてくる。

　わたしは逃げようと必死に動こうとしたが……やっぱり動けず。

　……逃げられないっ！

「強いクスリを使ったから、しばらくは動けないよ」

　隣まで来れば、にこりと笑うアロハシャツを着た男性。

　瞬間、ゾクッと鳥肌が立つ。

「元ヤクザのひ孫、ってだけでこんな目にあうなんて可哀想に」

　こちらに伸びてくる手。

　避けたくても避けられなくて、ぎゅっと目をつむる。

　無遠慮に頬にベタベタと触られ、気持ち悪い。

「おまえ、ぜんぜん可哀想とか思ってないだろ。その子で遊ぶの楽しみにしてたくせに嘘言うなよー」

　横から聞こえてきた声。

「まぁそうだな。可愛いこの子とできるし、小鳥遊に仕返しができるし、まじ楽しみ」

「じゃあもうやるか？　俺にも代われよなー」

「わかってるって。順番だろ、順番。俺は1番だけど！」

　下品な笑い声。

　その声が聞こえたすぐあとに、ギシッと軋むソファ。

　だれかが、ソファに乗ってきた。

　ゆっくり目を開ければ、わたしの上に覆いかぶさっていたアロハシャツを着た男性。

「脱ぎ脱ぎしようねー」

　その男性は、わたしが着ているTシャツとキャミソールに手をかけて、一気に上までまくりあげた。

「……っ」

　やだっ！

　やめて……っ。

　体は動かなくて、恐怖で声も出ない。

　……抵抗ができない。

　それをいいことに、どんどん服は脱がされて……あっという間に下着姿に。

　上から下まで舐めるように見られて、恥ずかしくて目の

奥が熱くなる。

「この光景を見た小鳥遊がどういう反応するのか、楽しみ
だなぁ」

　下着のホックにまで手をかけられた。

　……さっきまであったことが夢みたい。

　体育祭で楽しんで、碧と気持ちが通じあって、あんなに
幸せだったのに……。

　今は、別世界にいるみたい。

　これこそ、夢だったらいいのに……。

　ホックがプチンっ、とはずされて……わたしは強く目を
つむった。

　目をつむればこぼれ落ちていく涙。

　その、涙がこぼれ落ちたすぐあとのこと——。

　なにかが壊されるような、荒々しい音がこの場に響いた。

　その音に、わたしの上に覆いかぶさっていた男性の手が
とまる。

　わたしはすぐに目を開けた。

　男性は、青ざめた顔をして扉のほうを見ている。

　この男性だけじゃない。

　……この場にいる全員が、青ざめた顔をしていて同じと
ころを見て固まっていた。

「……動けば殺す」

　次に、低い声がこの場に響く。

　この声は——わたしの大好きな人、碧の声。

　声のした扉へと目を向ければ、そこにいたのは碧。

　あとに続くように、社員の人たちも数人入ってくる。

　……碧が、来てくれた。

「お、おい、なにおまえらが有利になったと思ってんだ。自分らがどういう状況だか──」

　アロハシャツを着た男性は、青ざめた顔をしながらも声を出すが……また響く大きな音に途中で言葉を切った。

　扉を強く叩いた碧。

　彼からは殺気が溢れ出している。

「なに勝手にしゃべってんじゃハゲ……。次口開いたらまじでぶっ殺すぞ」

　碧の低い声が響き、男性はその声に怯んで口を閉じる。

　それを確認した碧は、

「死にたくねぇなら全員手ぇ上げろ」

　と言い。

　全員がおとなしく手を上げると、こちらに碧と社員の人たちが来て……。

　わたしの上に覆いかぶさっていた男性を引きずり下ろすと、この場にいる男性たちを全員拘束。

「おまえ、上着貸せ」

　碧がある社員に言えば、ジャケットを脱ぎ。

　その受け取ったジャケットはわたしにかけられた。

「……碧っ」

　碧を見れば、心に安心感が広がって次々に溢れる涙。

「茉白、怪我は？」

「……ない」

　心配そう聞いてくる碧に、わたしは小さく答える。

　碧に触れてもっと安心したいのに、体が動かなくて触れられない。

　……早く触れたいよ。

「碧っ、体が動かないよ……。もっと近くに来て……」

　声を出せば、碧はわたしの涙を拭ってくれて。

　そのあとに、すぐ抱きかかえられた。

　そして彼は歩いていって、車に乗せられる。

「ほら」

　車内にあったひざ掛けをとって、それもわたしにかけてくれる彼。

　このひざ掛けは、熱が出て病院に行く時に使ったもの。

「碧、一緒にいて……」

　すぐに行ってしまいそうな彼にそう伝えれば、「一瞬だけ待ってろ」と言われ……。

　結局、彼は車をおりていった。

　でも、本当にすぐに戻り。

「……近くに来て」

　じっと見つめると、彼はピタリとくっついてくれる。

　冷房がきいている車内、ひざ掛けとジャケットは温かくて……ちょうどいい温度。

　昨夜眠れなかったせいか、急にやってくる眠気。

　わたしは必死に睡魔と戦っていたけれど、何回か負けそうになる。

　そんなわたしに気づいた碧は、わたしの体を引き寄せ。

「寝てていいから」

　優しく言ってくれる。

　わたしはその言葉に甘えて、碧に寄りかかって目を閉じ
たのだった。

ぜんぶを知りたい

　次に目を開けた時は20時過ぎ。

　わたしは、家にいた。

　着ていたのはパジャマ。

　自分の部屋には、クラスTシャツや学校の制服、鞄が置いてあった。

　……体育祭！

　……は、もう終わっちゃったか。

　途中で帰るなんて迷惑なことしちゃった……。

　今度、ちゃんと謝ろう。

　起き上がろうとすれば、今度はちゃんと動く体。

　碧に会いたくて、軽く部屋着に着替えて自分の部屋を出ると……。

　部屋の襖の前に座っていた、だれか。

「お嬢……！　起きたんですね！　体はどこも痛くないですか!?」

　座っていた人物はわたしに気づくと勢いよく立ち上がり、心配そうに見つめる。

　──座っていた人物は、スーツ姿の碧だった。

「大丈夫」

　わたしは答えてから、碧に抱きついた。

　……強く、強く。

「……お嬢」

　上から降ってくる声に、「なに？」と返すと。
「今日、お嬢の気持ちを知れて本当に嬉しかったです。それはもう今まで生きてきた中で、今日が1番幸せだと言えるくらい、本当の本当に幸せでした」
　急に、少し落ちる声のトーン。
　わたしは、碧に抱きついたまま顔を上げた。
　至近距離で目が合うと……。
「お嬢、もう一度よく考えてください。俺は人の恨みを買っている自信しかないので……俺といれば、お嬢は今日のような危険な目にまたあってしまうかもしれません。それだけじゃないです。俺は、お嬢に心配かけることまちがいなしですし、会社をねたむやつらにやられていつ死ぬかもわかりません。……本当にそんな男でいいのか、もう一度よく考えてください」
　真剣な瞳でわたしを見つめてくる彼。
　……考えるって、今日碧に伝えた気持ちを取り消すことを考えろ、ってこと？
　……碧は、わたしを想ってくれているから、こんなこと言うんだろう。
　でも、そんな悲しいこと言わないでよ……。
　以前は……いつ危険な目にあうかもわからない男を好きになるなんて、って思ったこともあったけど、今は後悔なんてまったくしていない。
　碧のことは、好きで、大好きで、この人生でこれ以上好きになる人なんて現れないと思うくらい。

　確かに碧といれば、普通の人ならしないような苦労も、心配もしなくちゃいけないかもしれない。……うちをねたむ人たちがいる限り、ずっと。

　でも、それでもわたしは……。

「わたしは、碧が好き。碧を諦めるとか、気持ちをなかったことにするなんてできるわけない。一緒にいたいよ……」

　彼を抱きしめる手に、力をいれる。

「……後悔しませんか？」

　見つめてくる瞳を逸らさず、

「しない」

　まっすぐに答える。

「絶対、後悔しませんか？」

「絶対しない」

「絶対、絶対に？」

「後悔しないっ！」

　よく確認するかのように何回も聞かれて、何回も答える。

　すると、碧は口角を上げ……。

　わたしの背中に手をまわすと、強く抱きしめ返してくれた。

　──その、すぐあと。

「おまえたちふたりが本気なら、なにも言うことはないな」

　近くから聞こえてきた声に、心臓が大きく跳ねる。

　聞こえてきたのは、お父さんの声。

　振り向けば、少し離れたところにいた和服姿のお父さん。

　み、見られてた!?

しかも、聞かれてた!?

「……社長っ!」

碧もお父さんの気配に気づかなかったみたいで、慌てて
わたしを引き離して背筋を伸ばす。

ど、どうしよう……!

お父さんになにか言われるんじゃ……。

なんて思ったが、ついさっきの言葉を思い出した。

それは、批判的な言葉ではなかった、ような……。

わたしも背筋を伸ばしてピシッと立つけど、目の前のお
父さんはなんだかすごく優しい表情をしていた。

「ふたりが想い合っているのは、昔から知っていたよ。だ
から、ふたりが本気なら反対はしない」

お父さんはわたしと碧を見つめ、確かにそう言う。

その言葉に耳を疑う。

お父さん、知ってたの!?

わたしの気持ちも、碧の気持ちも……!

いつから!?

わたし、隠してたつもりなんだけど!?

「碧も茉白も昔からよく顔に出ててわかりやすいよ」

わたしの心を読んだかのように、笑うお父さん。

碧もわたしも、顔に出てる!?

しかも、昔から!?

……そんな、バカな。

……恥ずかしすぎるよ。

お父さんに今までずっとわたしの気持ちを知られてい

たってわけで……今まで必死に隠そうとしていたわたしが恥ずかしい。

「茉白、碧がなんで武道をはじめたのか知っているかい？」

　お父さんからの、急な質問。

　碧が、なんで武道をはじめたか……？

「知らないや……。いつの間にかはじめてたから……」

　そう答えれば。

「碧は茉白を1番近くで守りたいから強くなりたい、って思って武道をはじめたんだよ。5歳の時に、碧に『茉白のボディーガードをさせてほしい』と頭を下げられたのを今でもよく覚えてる」

　……わたしのため？

　わたしを守りたくて……強くなるために武道をたくさん習ってたの？

　隣に立つ碧に目を向けると、彼は「……本当です」と答えた。

　……碧。

　本当に5歳の頃から、わたしのことを考えてくれていたんだ……。

「碧、これからも茉白をよろしく頼むな」

　お父さんは、碧に向けて優しく微笑んだ。

「はいっ！」

　碧は大きく返事をして、頭を下げるから、わたしも一緒に頭を下げた。

「仲良くな」

その言葉を最後に、お父さんは去っていく。

この場には、わたしと碧のふたりに。

……お父さん公認になったから、コソコソしたりしなくていいんだ！

恥ずかしいけど、嬉しい。

っていうか、わたしと碧の関係は……なんなんだろう。

気持ちが通じあって、認めてもらえたから……付き合ってる、ってことでいいの？

でも、付き合おうとは1回も言われていないし……。

考えてもわからなくて、わたしは顔を上げて碧の袖を引っ張った。

すると、彼も顔を上げて。

「部屋で話そう」

わたしは、自分の部屋を指さした。

でも、彼は。

「部屋もいいですが……少し、庭で話しませんか？」

そう返してくるから、その言葉にうなずき靴を履いて外へ。

少し蒸し暑い気温。

聞こえてくる虫の音。

ふたりで広い庭を歩いて、なんとなく向かったのは大きな木があるところ。

「この木、わたしが昔登っておりられなくなっちゃったの覚えてる？」

登ったのは、5歳の時。

　おりられなくなっちゃって、その時に碧がなんとか受け
とめようとしてくれたのをわたしは忘れない。
　……すごく嬉しかったことで、あれは碧と仲良くなる
きっかけだったから。
「もちろんです。お嬢が泣いていたのを俺は忘れません」
「……わたし、碧にはじめて会った日に"クソチビ"って
言われたの忘れないからね」
　笑いながら返されたのが少しムカついて、言い返す。
　昔のことだから、ぜんぜん気にしてないんだけど。
「……すみません。あれは俺の黒歴史です」
「碧、虫も苦手だったよね。触れないくらい」
「虫なら今は余裕で触れますよ。お嬢を守るために訓練し
たので。俺はお嬢をどんな虫からでも守ります」
　碧はわたしの手をとって、指の間に自分の指を絡めると、
強く握る。
「碧……ずっとそばにいる、って誓ってくれたのは覚えて
る?」
「もちろん覚えてます」
　即答。
　それも覚えていてくれたことはすごく嬉しい。
　今……言おうかな。
　せっかく想いが通じあったんだ。
　曖昧な関係にはしたくないから、ちゃんと言おう。
「ねぇ、碧」
　大きく息を吸って、声を出す。

「なんですか?」

「わたしと碧は付き合ってる……ってことでいいんでしょうか?」

　聞くのに緊張して、なぜか敬語になってしまった。

　まぁ、それでもちゃんと伝わればいいや……。

　ドキドキしながら返事を待つと、「お嬢」と呼ばれ。

「俺と、付き合ってください」

　その言葉を聞いて、心臓がドキドキと加速。

　……返事は、もちろん。

「喜んで!」

　大きな声で返す。

　碧は、そんなわたしを見て嬉しそうに笑う。

「ありがとうございます」

　これで碧とわたしは、彼氏と彼女……!

　そういうことだよね!?

　関係がはっきりすれば、嬉しくてついにやけてしまう。

　……そうだ、わたしはもうひとつ碧に言わなくちゃいけないことがあるんだった。

　これもちゃんと言わないと。

「碧、ふたりの時は茉白って呼んで……。敬語も使わないでほしい……」

　ここ最近はたまに名前で呼んでもらえたり、彼は敬語なしで話す時もあるけど、やっぱりほとんどは"お嬢"呼びだし敬語を使われる。

　付き合うのなら、どうしても敬語は嫌だった。

「……茉白」

耳に届く声。

"お嬢"と呼ばれるのと、名前で呼ばれることでは、やっぱりぜんぜんちがう。

名前で呼ばれるほうが……何十倍も、何百倍も、ドキドキする。

「……キス、してもいい？」

誘うような声。

その声に、顔が熱くなった。

「……うん」

こくんとうなずくと、つないでいないほうの手がわたしの頬に触れる。

それから顔が近づいてきて……そっと目をつむれば、重なり合う唇。

優しい熱。

柔らかい感触が、しっかりと伝わってくる。

重ねるのは数秒で、すぐに離れ。

目を合わせ、強く抱きしめ合う。

「……そういえば碧、パーティーから帰ってきてすぐにわたしにキスしたんだよ。あれはファーストキスだったのに」

自分だけ覚えているのも寂しいから、あの時のことを言ってみる。

怒っているとかではぜんぜんない。

それを聞いた碧は、「夢じゃなかったのか」と小さくつぶやく。

410

　どうやら、少しでも記憶はあるみたいだ。

　……よかった。

「つーか、あれがおまえのファーストキスじゃねぇよ。俺のファーストキス、おまえが５歳の時に奪ってるからな。今までなにも言わなかったけど」

　次の言葉は……信じられないような言葉。

　わたしが……碧のファーストキスを奪った？

　５歳の時に……？

　な、なんですか、それは!?

「え？……えぇっ!?」

　思わず大きな声が漏れる。

「一緒に寝てた時に寝ぼけてキスしてきたんだよ、おまえは」

「え!?」

　ファーストキスは、もう５歳の時にしてたの!?

　しかもわたし、まったく記憶にないよ!?

「ご、ごめんね!?　謝るのは今さらだけど……！」

「俺はあの時も茉白が好きだったからいいって。それより、キスさせて」

　碧はすぐにわたしに顔を近づけてきて、唇にキスを落とす。

　ゆっくり目を閉じれば、唇はすぐに離れて。

「茉白、口開けて……」

　聞こえてきた声。

　……口？

　……なにするの？

　疑問に思いながらもほんの少しだけ口を開けると、まさかの。

　彼はまた、唇を重ねてきて……開いた口に、自分の舌を差し込んできた。

「……んんっ!?」

　溶けてしまいそうなほどあつい熱。

　口内にそれが入れば、わたしのものと絡み合い……さらに体温を上昇させていく。

　……深いキス。

　漏れるお互いの熱い息。

　口内でそれは激しく絡み合い。

　どうすればいいのかわからなくて、彼のシャツをつかんで身を任せた。

　熱くて、目の奥が熱くなって……───数秒後には、離れていく。

　唇が離れると、乱れる息。

　碧も少し息を乱し、整えながらわたしの頬を優しく撫でてくれた。

「……苦しかった？」

「……キスのしかた、よくわからない。碧、おしえて……」

　じっと碧を見つめれば、なぜかぱっと逸らされた瞳。

　……あおい？

　もう一度こっちを見てほしくて、わたしは碧の頬へと手を伸ばし、彼の右頬に触れる。

「碧」

　彼の名前を呼んで、声をかければ……再び合わせてくれた視線。

　ここに電気はなく、月明かりしかわたしたちを照らすものはない、けど。

　気のせいか、碧の頬は少し赤いような気がした。

「わたしのぜんぶ、碧にあげる。だから、碧のことも……知らないところがひとつもないくらい、ぜんぶを知りたいの……。碧のぜんぶ、わたしにちょうだい」

　目を見つめたたま、まっすぐに声を出す。

　そうすると、彼は口角を上げて。

「いくらでもおしえるし、俺のぜんぶは茉白にやるよ」

　確かに、返してくれる。

　お互いの目を見て笑い合い……また、唇を重ねあった。

　だれよりも、わたしが碧のことを知っていたい。

　碧は、大切で……大好きな人だから。

　これからもふたりで笑いあって、たくさん知らないところを見つけていこう。

　ぜんぶ、お互いの知らないところがないくらい。

Fin.

☆ afterword

あとがき

　みなさんこんにちは、Nenoです。

　このたびは『無敵の最強男子は、お嬢だけを溺愛する。』をお手に取ってくださり、誠にありがとうございます！

　去年の１月にも書籍を出させていただけて、もしかしたらこれが最後かもしれない……と思っていたので、また書籍化のお話をいただいた時は本当に嬉しくてしばらく浮かれていました。

　こうして書籍化の機会をいただけたのも、応援してくださる皆さまのおかげです。本当にありがとうございます！

　私は、一途に想われて守られるお話が大好きでこの作品を書いていました。

　実はヒロインの茉白と私には少しだけ共通点がありまして……！　私も高校の入学式から遅刻する、なんてことがありました(笑)。同じ中学出身の人がいないところを選んだので、人見知りの私は友だちづくりにかなり苦戦したり……と茉白みたいにいろいろあったのですが、なんとか楽しい学校生活を送れました。なので今では笑い話です。

　すごく唐突なのですが！　このカバーイラスト可愛すぎませんか！

　碧の手が茉白の背中に触れて怪しい感じで、とっても
キュンキュンですね。私ははじめて見た時に「手が、手
がぁぁぁっ！」って叫びました(笑)。

　付き合ってからのふたりも絶対くっついてイチャイチャ
することまちがいなし、です。

　果たして碧は敬語ナシ＆名前呼びで茉白と接すること
ができるのか……。約10年もの長い間茉白と敬語で話し、"お
嬢"と呼び続けていたから慣れるまで時間がかかりそうで
すね。

　碧のことだから「もし俺が敬語で話したり"お嬢"って
呼んだら、罰として茉白から俺にキスして」なんて罰にな
らないことを言ってイチャイチャしそうな気もします。

　ふたりに関してお話したいことはまだまだ山ほどあるの
ですが、キリがないのでやめておきます。

　最後になりましたが、素敵すぎるカバーイラストと挿絵
を担当してくださった、そうだすい様、この本に携わって
くださった全ての方々に深く感謝を申し上げます。

　そして、この作品と出会ってくださった読者の皆さま、
本当に本当にありがとうございました！

2022年2月25日 Neno

作・Neno (ねの)

関東地方在住。6月23日生まれのかに座。常にギリギリで生きている。黒髪がすき。2020年1月に『校内No.1モテ男子の甘くてキケンな独占欲。』で書籍化デビュー。現在はケータイ小説サイト「野いちご」にて執筆活動中。

絵・そうだすい

北海道出身。電子書籍を中心に活躍中の少女漫画家。代表作は『キスまで、あと1秒。』(MEQLME)。犬とパンが大好き。

ファンレターのあて先

〒104-0031

東京都中央区京橋1-3-1

八重洲口大栄ビル7F

スターツ出版(株)書籍編集部 気付

Ｎｅｎｏ先生

KEITAI
SHOUSETSU
BUNKO
SINCE 2009

野いちご

無敵の最強男子は、お嬢だけを溺愛する。

2022年2月25日　初版第1刷発行

著　者　Neno
　　　　©Neno 2022

発 行 人　菊地修一

デザイン　カバー　しおざわりな（ムシカゴグラフィクス）
　　　　　フォーマット　黒門ビリー＆フラミンゴスタジオ

Ｄ Ｔ Ｐ　朝日メディアインターナショナル株式会社

発 行 所　スターツ出版株式会社
　　　　　〒104-0031 東京都中央区京橋1-3-1　八重洲口大栄ビル7F
　　　　　出版マーケティンググループ　TEL03-6202-0386
　　　　　（ご注文等に関するお問い合わせ）
　　　　　https://starts-pub.jp/
印 刷 所　共同印刷株式会社
Printed in Japan

ISBN 978-4-8137-1223-7　C0193

ケータイ小説文庫　2022年2月発売

『悪い優等生くんと、絶対秘密のお付き合い。』干支六夏・著

普通の高校生・海凪が通う特進クラスは、恋愛禁止。ある日、イケメンで秀才、女子に大人気の凜くんに告白される。あまりの気迫にうなずいてしまう海凪だけど、ドキドキ。そんな海凪をよそに、凜くんは毎日こっそり溺愛してくる。そんな中、ふたりの仲がバレそうになって…！　誰にも秘密な溺愛ラブ！

ISBN978-4-8137-1221-3
定価：649円（本体590円＋税10%）

ピンクレーベル

『極上男子は、地味子を奪いたい。⑥』＊あいら＊・著

正体を隠しながら、憧れの学園生活を満喫している元伝説のアイドル、一ノ瀬花恋。極上男子の溺愛が加速する中、ついに花恋の正体が世間にバレてしまい、記者会見を開くことに。突如、会場に現れた天聖が花恋との婚約を堂々宣言⁉　大人気作家＊あいら＊による胸キュンシリーズ、ついに完結！

ISBN978-4-8137-1222-0
定価：649円（本体590円＋税10%）

ピンクレーベル

『無敵の最強男子は、お嬢だけを溺愛する。』Neno・著

高校生の茉白は、父親が代々続く会社の社長を務めており、周りの大人たちからは「お嬢」と呼ばれて育ってきた。そんな茉白には5歳の頃から一緒にいる幼なじみで、初恋の相手でもある碧がいる。イケメンで強くて、いつも茉白を守ってくれる碧。しかもドキドキすることばかりしてきて…？

ISBN978-4-8137-1223-7
定価：693円（本体630円＋税10%）

ピンクレーベル

『悪夢の鬼ごっこ』棚谷あか乃・著

中2のみさきは、学年1位の天才美少女。先輩から聞いた「受ければ成績はオール5が保証される」という勉強強化合宿に参加する。合宿初日、なぜかワクチンを打たれて授業はスタートするが、謎のゲームがはじまり『鬼』が現れ…。鬼につかまったら失格。みさきたちは無事に鬼から逃げられるのか⁉

ISBN978-4-8137-1224-4
定価：649円（本体590円＋税10%）

ブラックレーベル

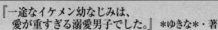

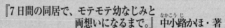